蓮實重彦

Shigehiko Hasumi

随想

Essais critiques

新潮社

随想

Essais critiques

目次

à Chantal

随想

Essais critiques

1 文学の国籍をめぐるはしたない議論のあれこれについて

十月九日木曜日、スウェーデン王立アカデミーの一部門であるスウェーデン・アカデミーは、恒例に従い、二〇〇八年度のノーベル文学賞受賞者の名前を明らかにする。ついさきごろ世界をかけめぐったこのニュースの主役は、いうまでもなく、自分の著書にJ.M.G. Le Clézioと署名する作家であり、とりあえずはフランス人としておこうジャン＝マリー＝ギュスターヴ・ル・クレジオ氏にほかならない。処女長編の『調書』（１９６３、豊崎光一訳、新潮社）からはすでに四十五年の歳月が流れており、六十八歳での受賞となる。まだ邦訳の存在しない『飢餓のリトルネロ』*Ritournelle de la faim*（２００８）がその最新作である。とりあえずフランス人としておいたのは、ニースで生まれた彼の国籍がフランスであることは確かなのだが、その受賞を報じる「タイムズ」紙が「半分は英国人（a half-British）」と書いていたように、この作家の国籍にはいささかの複雑さがつきまとっているからだ。その複雑さには、ことによるとこの地球の歴史のある側面が否応なく露呈されているのかもしれない。

いきなり「半分は英国人」などと聞かされれば、「タイムズ」紙の読者ならずとも、父親か母親のどちらかがイギリス人だと想像しがちだろう。実際、ル・クレジオの著作が紹介され始めた当初、父親は英国人といった記述が日本でも多く見られたものだ。ところが、いずれもル・クレジオ姓を名乗るいとこ同士だった彼の両親は、とてもイギリス系とは呼べない男女だといわざるをえない。ル・クレジオ家の祖先は、十八世紀後半のフランス革命直後に、当時はまだフランス島と呼ばれていたモーリシャスに亡命移住したブルターニュ系のれっきとしたフランス人だからである。いわば入植者の子孫である祖父の奇態な想像力とその行動のありえたかもしれぬ軌跡をめぐっては、『黄金探索者』（１９８５、中地義和訳、新潮社）や『ロドリゲス島への旅――日記』（１９８６、中地義和訳、朝日出版社）などで詳しく語られているが、いまそれについては触れずにおく。

ナポレオン失脚以後の十九世紀初頭にイギリス軍が占領し、やがて大英帝国に併合されることになるこのインド洋上の島は、まだ「旅への誘惑」も「旅」も書いてはいない二十歳そこそこの詩人ボードレールがインド行きを断念し、そこからパリへと引き返したことでも記憶されている。その名にまつわるフランス文学的な記憶にもかかわらず英国領だったこの島は、一九六八年に独立し、一九九二年以降はモーリシャス共和国を名乗ることになる。だから、ル・クレジオ家の国籍は、ある時期まで、少なくともジャン＝マリー＝ギュスターヴが生まれた一九四〇年には「英国」としてもおかしくなかったはずだが、現在のモーリシャス島はまぎれもない独立国なのだから、「半分はモーリシャス人」の「フランスの作家」とするのが正しく、ル・クレジオ自身も、ことあるごとに、モーリシャス系である出自の意義深さを口にしている。

確かに父親のラウール・ル・クレジオはイギリスに留学して医師の免許をえて英領ギアナに軍医として赴任し、そこからナイジェリアに派遣されたという人物であり、ジャン＝マリー＝ギュスターヴもこのイギリスの植民地で幼児期の一部をすごしている。その間の事情は、父親の想像的な伝記ともいうべき『アフリカのひと——父の肖像』（２００４、菅野昭正訳、集英社）に間接的に語られ、同書の訳注にも詳しく触れられていることだが、ほとんどの旧植民地や旧領土が独立しているいま、ル・クレジオ家の後裔である小説家を「半分は英国人」と呼ぶ「タイムズ」紙の姿勢はいささかはしたないものに映る。それは正確さを欠くというにとどまらず、かりに「半分」でしかないとはいえ、受賞者をあえて自国に関係づけずにはいられないさもしさが透けて見え、何とも醜い振る舞いだというほかはないからである。

ノーベル賞の受賞に当たっては、権威ある「高級紙」においてさえこうした事態が起こりがちなのだが、その理由はいささかも複雑ではない。この種の国際的に名高い賞のニュースを受けとめる者の多くが、受賞者と自分とが同じ国籍の場合にはしかるべき興味を示すが、そうでなければニュースとしてはあっさり無視するという大衆消費社会に特有の現象に、「高級紙」といえども敏感たらざるをえないからである。あるいは、今年度の受賞はありえないと観測筋が断言していたにもかかわらず、あたかも村上春樹氏の受賞が確実であるかのような扇動をやめなかった日本のマスメディアのように、期待値のむなしい助長を報道の義務だと勘違いすることのはしたなさに無自覚を決め込まないかぎり、大衆消費社会はとても乗りきれぬのかも知れない。

この点をめぐっては、今年度のノーベル物理学賞を受賞された南部陽一郎シカゴ大学名誉教授がすでにアメリカ国籍を取得しておられたにもかかわらず、当初は日本人の受賞者として大きく報道されていたことが記憶に新しい。その並外れた業績からいつ受賞してもおかしくないといわれていた南部博士のいささか遅ればせの受賞を批判的に検証したり、科学の名においてそれを祝福するというならわからぬでもないが、それ以前に、もっぱら博士の国籍ばかりを問題視するマスメディア的な了見の狭さには、正直げんなりするしかない。

個人的には、南部博士にお目にかかれるはずだった日の朝、ボストン空港が雪で閉鎖されてシカゴ行きが不可能となってしまった苦い思い出を持っているが、その後、ソウルで二週間ほどをともに過ごす機会のあったシカゴ大学の元学長から、博士を名誉教授として持つことの大学人としての誇りを熱っぽく聞かされたとき、偉大な科学者はかくも軽々と国籍を超越するものだとの認識を新たにした記憶がある。ところが、南部博士の日本国籍の喪失を「もったいない」ことと判断した政府与党は、いささか泥縄式ながらすでに国籍法の改正を検討し始めたという。それが将来「半分は日本人」のノーベル賞受賞者を量産するための布石だとするなら、これも「タイムズ」紙の「半分は英国人」に劣らずはしたない振る舞いだというしかない。

こうした国籍をめぐるはしたなさは、いたるところで演じられている。例えば、ル・クレジオの受賞の報に接したフランスの首相フランソワ・フィヨン氏は、それを「フランス文化の凋落」というおおかたの見方を鮮やかに否定する「快挙」と見なすとの声明を発表しているが、これは、フランスという限られた国土から思いきり遠い世界に向けてつむがれているル・クレジオの近年の言葉を知っている者には、いかにも場違いで空疎なものに響く。それに、一国の文化の興隆や凋落が、国際的な賞の受賞とはおよそ無縁の事態であることぐらい、誰もが知っているはずではないか。ミシェル・フーコーやジル・ドゥルーズやジャック・デリダが、同国人の哲学者アンリ・ベルクソンのようにノーベル文学賞を受賞しなかったことが、「フランス文化の凋落」に拍車をかけたとでもいうのだろうか。

合衆国でもさして事情は変わらない。アメリカ人の作家が一九九三年度のトニ・モリソン——彼女が優れた作家であるか否かはひとまず問わずにおく——以来ノーベル文学賞を受賞しておらず、九四年度の大江健三郎以後、ヨーロッパ人かヨーロッパと強い絆を持つ者ばかりが受賞者リストをかたちづくっていることに、あからさまに反ヨーロッパ的といえる強い不快感があちらこちらで表明されていたからだ。おそらくそれは、スウェーデン・アカデミー事務局長のエングダール氏が、アメリカの作家たちは「あまりに孤立し、島国的な偏狭さ」に陥り、「自国のマスカルチャーのトレンドに敏感すぎる」と述べたことへの反発でもあるだろう。また、そこには、物理学賞、化学賞、医学生理学賞、経済学賞のように、ノーベル文学賞を独占できないことへのいら立ちが隠されているのかもしれない。

例えば、「ロサンジェルス・タイムズ」のスタッフ・ライターを名乗る人物は、ル・クレジオの受賞にさいして、「私は彼の書物を一冊も読んだことがない。実際、先週の木曜日まで、彼の名前など聞いたこともなかった」と同紙の電子版でその無知を堂々と告白している。しかも、自分はいささかも例外的な存在ではなく、アメリカ出版協会の会長もル・クレジオという名前は聞いたことがないと断言したとさえいうのである。この作家のかなりの数の作品が英語に翻訳されているにもかかわらずこんな野蛮な議論が「一流紙」に掲載されているところを見ると、アメリカ人が「あまりに孤立し、島国的な偏狭さ」に陥っているというスウェーデン・アカデミー事務局長のやや誇張された言明もまんざら間違いではなさそうだといってみたい誘惑にかられもする。

どうやら、国際金融の領域にとどまらず、文学においてもまた、ドル圏とユーロ圏との対立が日夜深刻なものになりつつあるようだ。

ノーベル文学賞受賞者の国籍をめぐるこうした議論が示唆しているのは、「あまりに孤立し、島国的な偏狭さ」に陥ることが、どうやら日本人の特技ではなくなろうとしているという事態にほかならない。あるいは、日本人の特技であった「島国的な偏狭さ」を他の国民が無意識に模倣した場合、事態はさらに悪化するとすべきなのかもしれない。だとするなら、『ヘーゲル読解入門――『精神現象学』を読む』（上妻精／今野雅方訳、国文社）のアレクサンドル・コジェーヴがその悪名高い註で指摘した歴史終焉後の人類の動物性への回帰――日本の絶対的スノビズムとは方向の異なるアメリカ的な――という現象が、いまや文学の領域にも浸透していると結論すべきなのだろうか。それとも、スウェーデン・アカデミーの事務局長が、ヘーゲル的な視点から、歴史終焉後の世界をまるで見てきたかのように語るコジェーヴの粗雑な立論を、退屈に、しかもそうとは意識することなく反復していることを笑うべきなのだろうか。

ここで、歴史は「笑劇」として反復されるなどとしたり顔でつぶやいたりはしないつもりだ。とはいえ、事務局長による「アメリカ文学」という粗雑な一般化は、コジェーヴによる歴史終焉後の「アメリカ人」と同様、ことによったらそれを身をもって体現しているのかもしれない「ロサンジェルス・タイムズ」のスタッフ・ライターの破廉恥な言明にも劣らず、およそ文学にはふさわしからぬものだといわねばならない。

では、どんな振る舞いが文学にふさわしいものだというのか。その定義にはかなりの困難をともなうのでいずれ別の機会に改めて検討するとして、いまは詳述せずにおく。とはいえ、やや図式的ながら、「近代」とは、しばしば口にされる「個人」の発見などとはおよそ無縁に、人々が自分の「国籍」を意識せずにはいられなくなった一時期と定義さるべきものだということぐらいには、ここで触れておくべきかもしれない。

まさしく「近代」の発明にほかならぬ「国語」が、この「国籍」の意識化に大きく貢献したことはいうまでもない。ほぼそれと同時に、「国語」の読み書きを通して、いわゆる「近代小説」なるものが生まれる。ほとんどの「近代小説」が、「国語」によって「国籍」の意識化を「国民」にうながしていたのは当然である。それは、明治の日本のみならず、欧米の諸言語においてさえ、リトレやウェブスターを想起するまでもなく、辞書や教科書の編纂による「国語」意識の向上の試みとして着実に推移していた事態にほかならない。

だが、「近代小説」を書く作家たちの中に、たかが「近代」の発明にすぎない「国語」を自明の前提として書きつつある自分への懐疑の念がきざすのもまた当然だろう。その懐疑は、いくえもの迂回をたどりつつ、大かたの意識化にさからって、「国籍」への疑問にまでたどりつく。過度の単純化をあえて怖れずにいうなら、それが、「近代小説」の大まかな流れにほかならない。実際、「半分はモーリシャス人」の「フランスの作家」とするしかないル・クレジオは、その複雑かつ曖昧な自己同一性において、おのれの作品をまぎれもなく「近代小説」の内部に位置づけている作家だといえよう。「ある場所、ある時代の表現である文学は、その限界から抜け出すことをその使命としております」と、ル・クレジオはある講演で述べている。「文学は、また、侵犯であり、横断でもあるのです」(《Littérature et universel》, The 2nd Seoul International Forum for Literature 2005)。

「侵犯」と「横断」としての文学という概念は別段こと新しいものではない。だが、あらゆる作家は「国語」に対して「外国人」たらざるをえないという「近代小説」の宿命を見落とすと、文学はたちどころに視界から遠ざかってしまうだろう。二十世紀を代表する小説家といってよいジェームズ・ジョイスやフランツ・カフカは、いずれもみずからの「国語」とは異なる言語で作品を書いていたわけだし、ジル・ドゥルーズによる吃音性の問題を思い出すまでもなく、マルセル・プルーストもまた、「国語」としてのフランス語の中ではひたすら「どもる」ことしかできなかった作家である。いずれにせよ、作家は「国語」を超えて言語と素肌で対峙するしかないという宿命から自由な存在ではなく、そこから、「近代小説」がかかえこんだ歴史的な必然としての「読みにくさ」が導きだされる。

『調書』や『愛する大地』(1967、豊崎光一訳、新潮社)を初めとする初期のル・クレジオの作品が読みにくいものだったのは、おそらくその時期の彼が「近代小説」の宿命に過度に自覚的なフランス人だったからだと想像できる。「半分はモーリシャス人」であることを意識したことで、彼は、「国語」的な環境としてのフランスからゆるやかに離れることでアフリカや南アメリカの失われた文明に触れ、それと自分との関係をきわめようとする過程で、「近代小説」の作家としての過度の自覚からみずからを解放し、『アフリカのひと——父の肖像』を初めとする比較的読みやすい家族の肖像の想像的な描写に向かったのだろう。そのような作家としての軌跡を文学としてどう評価すべきか、それについての結論はいったん宙に吊ったまま話を進めたい。

「読みにくさ」という点では、現在のフランス文学より、ドン・デリーロを初めとする一部のアメリカの作家の方が、「近代小説」の宿命の意識化により誠実に対応しているように思う。ごく個人的にいうなら、アメリカ人の多くがノーベル文学賞の受賞を期待しているフィリップ・ロスの場合はともかく、『重力の虹』（1973、越川芳明ほか訳、国書刊行会）のトマス・ピンチョンが、「自国のマスカルチャーのトレンドに敏感すぎる」アメリカ文学というコジェーヴ的＝ヨーロッパ的な粗雑な一般化にどう反応するかを知りたくさえ思う。

ピンチョンの『ヴァインランド』（1990、佐藤良明訳、新潮社）の翻訳がでたばかりだったからかなり前のことになるが、中国の社会科学院で開催されたグローバリゼーションをめぐる当然のことながら退屈きわまりない討論の席で、いくぶんかのいら立ちを隠すことなく、英語がどれほどグローバライズされようと、まぎれもない英語で書かれているピンチョンの「読みにくい」作品が、全世界で広く読まれたりする日はまず到来しないだろうと大見得を切ったことがある。遠くの席に座っていたアメリカのさる財団の理事から、北京の会議で思いもかけずピンチョンの名前を耳にしえたことの感動を記したちっぽけな紙きれがまわってきたことをのぞくと、この発言はあたりに気まずい沈黙を惹き起こすのみだった。

その後のコーヒーブレイクのときに笑顔で近寄ってきた財団理事が、何でも英語で書けば世界で読まれるだろうと思っている連中の故のない楽天主義にはうんざりだと吐き捨てるように口にしたことを記憶している。文学とはおよそ無縁の学術財団だっただけに、わたくしはピンチョンが気に入っているというその理事の反応にかなり驚き、同時に、アメリカという国の思いもよらぬ懐ろの深さに改めて新鮮な好感をいだいた。どれほど「読みにくい」作品であろうと、しかるべき重要な文学作品の翻訳がまぎれもなくその国の言葉で読めることの方が、グローバリゼーションを論じることなどより遥かに重要なのだというのがそのときの結論だったのだが、それはもちろん英語でなされた会話から導きだされたものである。

ル・クレジオのノーベル文学賞の受賞にあたって思わずトマス・ピンチョンに言及してしまったのは、その年の受賞者を予想する国際的な賭け専門のエイジェンシーであるラッドブロークスがはじき出した掛け率——それは発表の数日前まで日ごとに変動し、今年は下位ながらボブ・ディランが登場したことで話題になったりもした——が、発表の一週間ほど前に、ル・クレジオとピンチョンとを同じ掛け率の十四倍と割り出していたりしたからにすぎない。ああ、そんなものかと思いはしたけれど、同じ掛け率十四倍のル・クレジオが受賞し、ピンチョンが受賞を逸したことにこれといった深い感慨をいだいたわけではない。

ル・クレジオの受賞直後の「ル・モンド」紙に、さるフランスの文学教師が、彼の初期の作品はともかく、その後の作品はとうていノーベル文学賞に値しないという批判的なテクストを発表し、数日後にそれへの反論が同紙に掲載されていたりしていたが、そうした議論は、いずれもノーベル文学賞が作品の文学的な価値の客観的評価の基準たりうるという何の根拠もない事態を前提としている。いうまでもなかろうが、わたくしはそんな前提などいささかも共有するつもりはない。

受賞にあたってのインタビューで、あなた以前にノーベル文学賞を受賞したフランスの作家はクロード・シモンでしたがという質問者の言葉に、「ああ、彼は自分とは比較できないほど偉大な作家で、『フランドルへの道』（1960、平岡篤頼訳、白水社）は途方もない作品です」と応じていたル・クレジオの謙虚さにほっと胸をなでおろしたのは、わたくし一人ではあるまい。実際には、二〇〇〇年度の受賞者である中国系の高行健も国籍はフランスなのだから、この応答も正確なものとはとてもいえまいが、少なくともクロード・シモンに対するル・クレジオの姿勢はまったくもって正しいといわざるをえない。ル・クレジオはたしかに優れた作家の一人であるが、誰が見たってクロード・シモンに比肩しうるほどの例外的な存在ではないからである。

だが、だからといって、彼は受賞を辞退すべきだなどとは間違っても思わないし、ましてやそれに反対するつもりもない。それは、谷崎潤一郎とくらべればその例外性において劣る川端康成の受賞に反対する個人的な理由がないのとまったく同じである。すでに述べたように、ノーベル文学賞が作品の文学的な価値の評価の基準たりうるとは思ってはおらず、何の根拠もないそんな前提を誰とも共有するつもりはないからである。そもそも、ノーベル文学賞というものは、スウェーデン・アカデミーというあくまでお他人様が集団的に演じてみせる恒例の年中行事なのだから、それに反対したり賛成したりすることはそもそも意味がないからである。

かりに、村上春樹氏が今年度のノーベル文学賞を受賞されていたとしても、それに反対する理由などわたくしにはこれっぽっちも存在していなかっただろう。くれるというならもらっておけばよかろうとは思うが、それとて村上氏個人の問題であり、他人が介入すべき問題ではないからである。ところが、世間には、こうしたせめてもの常識をわきまえず、わたくしが村上氏の受賞には断固反対すべきだと本気で考えているらしい閑な人間——いうまでもなく、大学の教師である——が棲息しているらしい。あるブログにそう書かれていたと教えられたときには、思わず「やれやれ」とつぶやかずにはいられなかったが、そこにはこんな言葉が書かれている。

「蓮實重彥は村上文学を単なる高度消費社会のファッショナブルな商品文学にすぎず、これを読んでいい気分になっている読者は『詐欺』にかかっているというきびしい評価を下してきた。／私は蓮實の評価に同意しないが、これはこれでひとつの見識であると思う。／だが、その見識に自信があり、発言に責任を取る気があるなら、授賞に際しては『スウェーデン・アカデミーもまた詐欺に騙された。どいつもこいつもバカばかりである』ときっぱりコメントするのが筋目というものだろう。私は蓮實がそうしたら、その気概に深い敬意を示す」（「内田樹の研究室」）

すべては村上春樹氏がノーベル文学賞を受賞したらという仮定法で書かれているから、この書き手の夢があっさりついえさったいま、この頓珍漢な文章に律儀に答えることはあるまいが、これまで書き記してきたことからも明らかなように、わたくしは村上春樹氏がノーベル文学賞を受賞されることにまったく反対しない。また、反対することで「その気概に深い敬意を示す」という閑人がいたとしても、その「敬意」の表明に接することだけはご免こうむりたいというのが正直な気持ちだ。あえてウィンストン・チャーチル卿の名前はあげずにおくが、それ以外にも十人はくだるまいあれやこれやのノーベル文学賞受賞者と同様に、わたくしには村上春樹氏の文学をとりわけ高く評価することができないというだけのはなしである。

「近代小説」の擁護を目指して書かれた『小説から遠く離れて』(日本文芸社、1989)で、あまりにたやすく説話論的な還元に屈してしまう『羊をめぐる冒険』(講談社、1982)の小説としての限界を指摘して以来、わたくしのこの作家に対する姿勢は変わっていない。すでに述べたことに関係づけていうなら、たかが「近代」の発明にすぎない「国語」を自明の前提として書きつつある自分への懐疑の念が、この作家にはあまりにも希薄だというのがその理由である。その点をめぐっては、『海辺のカフカ』(新潮社、2002)で使われているたった一つの「前衛的な芝居」という表現を取り上げ、そこに同時代的な感性への安易な同調をうながす「詐欺性」が露呈されているとも指摘したことがあるが(「『結婚詐欺』からケイリー・グラントへ」、『早稲田文学』、03年7月号)、いずれにせよ、「高度消費社会のファッショナブルな商品文学」云々といった通俗的な理由でわたくしが村上文学を否定しているのではいささかもない。

このブログの書き手の言葉に何よりも驚かされるのは、これが複数の新聞社から「村上春樹ノーベル文学賞受賞のコメント」を求められたことにまつわるテクストだということだ。中には三年連続でその執筆を依頼した新聞社もあったというが、今年も紙面を飾る機会のなかったそのむなしい予定稿をブログに公表するにあたっての枕の文章に、いま見た数行の言葉は読まれるのである。だがそれにしても、いったい何という野蛮なことが新聞社で起こっているのだろう。真の職業意識をそなえた新聞記者なら、本年度のノーベル文学賞はすでにル・クレジオ氏に決まっているから、村上春樹氏の受賞はない、したがって、今年はコメントをお書きいただかなくても結構だといわねばならぬはずである。にもかかわらず、「『ロサンジェルス・タイムズ』のスタッフ・ライター」に劣らず「あまりに孤立し、島国的な偏狭さ」に陥っているらしい日本の記者たちには、そういいきるだけの情報が欠けていたとしか思えない。

実際、今年度の受賞は、その全業績を評価されてスウェーデンのスティグ・ダガーマン賞を受賞したばかりのル・クレジオにほぼ決まったという程度の予測は、新聞記者ならずとも、多少とも聡明な人間になら誰にでもできたはずである。どうやら受賞者の名前が事前にもれたらしいと判断したスウェーデン・アカデミーは調査に乗り出したとさえいわれているし、ル・クレジオ自身も、受賞の知らせの電話を受けたときは、ちょうどスティグ・ダガーマンの書物を読んでいたところだなどと剽軽に笑ってみせている。おそらく彼も数日前から受賞をほぼ予測していただろうし、もちろん村上春樹氏自身も今年の受賞はあるまいと確信していたはずだ。

にもかかわらず、この退屈な年中行事に三度もつきあわされてしまったという律儀なブログの書き手には、あまりにも意識の低いマスメディアから適当にあしらわれているという屈辱感がまるで感じられない。多少とももののを書いたことのある人間なら誰もが体験的に知っているだろうが、この種のコメントを求められて断れば、相手は涼しい顔で別の人間に改めて依頼するだけのことだ。このブログの書き手は、自分がいくらでもすげ替えのきく便利な人材の一人であることを隠そうとする気すらない。

だが、そんなことはどうでもよろしい。文学の国籍をめぐるいかにもはしたない議論が、ここでも破廉恥に演じられているだけだからである。問題は、いつか何らかのかたちで論じてみたい水村美苗の『日本語が亡びるとき――英語の世紀の中で』（筑摩書房、２００８）の言葉を借用するなら、誰も「今の日本文学について真剣に考察しようとは思わなくなって」おり、「ある種の日本文学が『西洋で評価を受けている』などということの無意味を指摘する人さえいない」という状況が慢性化していることにある。その慢性化の分析には結構なエネルギーが必要だろうが、いつかはやってみたいと思っている。だがそれにしても、このグローバライズされた地球にあって、人はなお、ノーベル賞受賞者の国籍がたまたま自分と同じであることに悦びを見出さずにはいられないほどはしたない存在なのだろうか。その受賞によって、「村上文学の世界性」が証明されるなどと、本気で思っている大学の教師がいるのだろうか。やれやれ。

2 第一回直木賞はことによると無自覚ながら「ポストモダン」を顕揚していたのかもしれない

昭和十年八月十日土曜日、芥川龍之介賞と直木三十五賞の第一回の受賞者の名前が発表される。誰もが知っているように、その記念すべき最初の受賞者は、芥川賞は石川達三、直木賞は川口松太郎である。その事実が発表されている『文藝春秋』誌の昭和十年九月号によると、「賞、時計及副賞金五百円」を「次の二氏に贈呈す」とされているのみで、「受賞作」というものの題名は記されていない。『オール讀物』誌の平成十四年十月号の「完全保存版・直木賞『全選評』戦前篇I」や豊田健次の『それぞれの芥川賞 直木賞』（文春新書、２００４）などの記録には、石川達三については『蒼氓』、川口松太郎については『鶴八鶴次郎』、『風流深川唄』等、がそれだとされているが、「芥川・直木賞委員会」は、受賞者たるにふさわしいと判断された作品が何であったかには直接言及していない。芥川賞と直木賞は、あくまで作家に与えられる賞として設定されていたと考えるべきなのだろう。

ところで、いきなりこんな話を始めたのは、七十年余も昔のこの文学賞の機能と役割とに深い興味をいだいているからではない。わたくしの個人的な関心は、それとはまったく別のところにある。直木賞の第一回受賞者の名前が明らかにされたとき、文学とは本質的に異なる何かが始まろうとしていたのだが、そのことが当時の人々はいうまでもなく、こんにちにいたるも充分に意識化されていないことが久しく気になっていたのである。

では、文学と異なる何かとはいかなる事態をいうのか。すぐさま書きそえておかねばなるまいが、わたくしは『蒼氓』の作者の文学的な業績にはいかなる興味もいだいていない。だからといって、『鶴八鶴次郎』と『風流深川唄』の作者に深い共感をいだいたことがあるわけでもないが、日本の近代の文化史を語るにあたって、石川達三の名前は無視しえても、川口松太郎の存在だけは無視しえないと思っている。これからそのことの意味を明らかにしてみたいのだが、しばらくは、芥川賞と直木賞の第一回の受賞者の周辺にどんな言葉がとびかっていたかを確かめながら話を進める。

「詮衡経過その他に就ては各委員の感想に依られたい」という註記にしたがって彼らの感想に目を通してみると、芥川賞の選考委員である瀧井孝作の所感——以下、当時の表現を、現代仮名遣い、当用漢字で再現する——には、「今後活躍されるだろうと思われる人、次の如く五人、七月の末日に至って漸く候補者に挙げた」として、「石川達三氏　蒼氓／外村繁氏　草筏／高見順氏　故旧忘れ得べき／衣巻省三氏　けしかけられ男《ママ》／太宰治氏　逆行」というリストが挙げられている。そこから推察するなら、候補作家はどうやら委員会自身の手で選ばれたものらしい。また、佐佐木茂索の所感に「予選に残る作品が十篇位あって欲しかった」と述べられているように、それをあえて五人に絞る決断も委員会によって行われたようだ。ちなみに、芥川賞の選考委員は、菊池寛、小島政二郎、佐藤春夫、川端康成、室生犀星、山本有三、谷崎潤一郎、横光利一、久米正雄、瀧井孝作、佐佐木茂索の十一人である。そのうち菊池寛と佐佐木茂索は賞を設置した『文藝春秋』側の人間であり、小島政二郎とともに直木賞の選考委員も兼ねている。

直木賞の残りの選考委員は久米正雄、吉川英治、大佛次郎、三上於菟吉、白井喬二の五人だが、彼等の所感からは、芥川賞ほど厳密に候補者の絞り込みがなされた様子はうかがえない。久米正雄は「主査である三上君の意見を尊重した」と記しているが、当の三上於菟吉によれば、「濱本浩、岡戸武平、海音寺潮五郎、川口松太郎の諸君を候補として種々考慮」したとなっている。他方、吉川英治の所感には「陸（直次郎）君、木村（哲二）君、濱本君、湊（邦三）君、他数氏の名ものぼせられた」との記述もあるのだが、先に引用した記録の候補者のリストには陸直次郎の名前は挙げられておらず、それがなぜか岡戸武平となっているのだが、その変更の理由はつまびらかにしえない。

『文藝春秋』誌の昭和十年九月号には、選考委員の所感にさきだち、受賞者による短い受賞の言葉が掲載されているが、二人の言葉のありようともいうべきもののあまりの対照性が読む者を驚かせる。「所感」という題の文章で、石川達三は、「名誉ある芥川文芸賞を受けるに当って私は何とも言えない一種の逡巡を感ずる。それは自分の作品に自信が持てないからであろう」といくぶん構えたかたくるしい語調を響かせている。たぶん真摯な思いを綴ったのだろうその文章は「俊才芥川氏の後塵を拝して、浅学菲才の自分はたゆまざる駑馬の努力をして行きたい」と思いきり生硬な言葉で結ばれている。ところが、川口松太郎の「感想」という文章を読むと、八歳も年齢が上の直木三十五のことをひたすら「直木」と気軽に呼び捨てにしており、石川達三との違いがきわだつ。しかも、「私は故人直木と因縁が深い。直木賞の制定が発表された時にも、力作を書いて自分が貰いたいと思った」と書き始められており、その言葉遣いには直木賞は狙ってとったものだと自負しているかのような響きさえ感じられる。そればかりか、「直木は生前、私の書いたものなぞ軽蔑していて読んでもくれなかった」のだから、「私が直木賞を受けたと聞いたら、地下の直木は、あの禿げ上った額の先に皮肉な苦笑を浮べている事だろう」といかにもあっけらかんと結ばれている。まるで受賞は当然のことといっているかのようなこの屈託のなさには、選考委員たちの所感にこめられた否定的な評価をはなから受け付けようとしない川口の自信がこめられているかに見える。

「川口の如き有名な作家には反対だった」という小島政二郎は、「が、大衆作家と云うものの性質上、無名作家と云うものはあり得ないと云う説明を聞いて、僕も遂に有名作家に賞を贈ることに降参した」と書きついでいる。「純文芸の人と変って野心のある新人がいないのは淋しい。皆、最初から『くろうと』過ぎ、型にはまることで満足し過ぎるのだ」と書く大佛次郎にとって、その言葉はおそらく川口松太郎にもあてはまるものだろう。川口松太郎の受賞は「異存のない所である」とはしながらも、「早く、小成させたくない気もする」という吉川英治は、さらに、「一貫した業績と、生活と、作家精神」とによって受賞は正当化さるべきものだと述べている。「僕と同様に、君の生活体験がまだ、市井的に過ぎないものであって、文学的苦労に於ては生若いのである、加うるに、人間的修養に多分な薄ッぺらさえも僕は君に正直に感じる、より友誼的にいうならば、ここで一皮剝いで、もっと、作家的川口になってもらいたいと思う。菊池氏以下、委員会に於て、君を推薦した人達の苦い言葉と知己の言を聞いたら、君は泣いたろう。僕が、ここで云う程度のものではない」。

そうした選考委員たちの所感をまとめるかたちで、佐佐木茂索はこう書いている。「唯川口君に気の毒でもあったのは、委員の全部に知人のない石川が純粋に作品でのみ論じられたに反し、『風流深川唄』の作者は、その生活態度まで論ぜられた点である。知らるるも憂患多し知られざるも亦憂患多し。とは云え同君も三省すべき点あるは首肯しよう。至嘱」。

わたくしは、こうした選考委員の言葉と受賞者の言葉のあからさまな行き違いをきわめて興味深い事態と見なす。おそらく、どちらの賞についても選評を書いてはいない菊池寛の真意――「外に人がいないので止むを得なかった」云々は、『文藝春秋』の「話の屑籠」に述べられている――を代弁してのことだろうが、佐佐木茂索の所感から滲みだしているのは、第一回の直木賞を受賞者なしとするわけには行かぬから無理してお前さんに賞を与えたのだから、そのことを忘れずにどうか精進してもらいたいという舞台裏の事情を伝えんとする思いにほかならない。ところが、すでに見た受賞の言葉の川口松太郎は、当の直木三十五は気に入らぬかもしれぬが、俺は初めからこの賞がほしかったたし、また、そのつもりで書いた作品でこうして直木賞をとったのだから文句はあるまいと胸をそらせているかのようだ。その言動には、受賞者にふさわしいつつしみがまるで感じられないのだが、わたくしはむしろそのことに強く惹かれる。

『鶴八鶴次郎』の出版にあたり、「文藝春秋の『話の屑籠』で菊池氏がとても褒めてくれた」と述懐しつつ感謝の言葉を捧げている菊池寛その人からお小言を頂戴すれば、川口も神妙な顔ぐらいは浮かべて見せただろうが、吉川英治の所感を読んでも涙など一滴も流さなかっただろうし、佐佐木茂索の言葉に触れても「三省すべき点ある」を「首肯」したりはしなかったに違いない。

その理由は、いとも簡単である。川口松太郎にものを書かせているのは、間違っても吉川英治のいう「作家精神」などではないからである。実際、『鶴八鶴次郎』の作者は、吉川のいう「生活体験」などとはいっさい無縁に、書こうと思えばいくらでも書けてしまう執筆装置のようなものなのだ。第一回の直木賞選考委員は、「人間的修養」など考えもせず、ひたすらものを書くサイボーグのような男を受賞者として選んでしまったのである。

その点をめぐっては、「飜案が多いという説には僕も同感ではあるが、然しそれを換骨脱胎《ママ》する才気は充分推奨に価すると思う」という久米正雄の言葉が核心を衝いている。「自分の作品に自信が持てない」と書く石川がごく普通の人間だとするなら、川口は、悩みも逡巡もなく、何でもひたすら換骨奪胎して翻案してしまう超人間的な執筆装置にほかならぬからだ。「文学とは本質的に異なる何かが始まろうとしていた」と書いたのは、泣いたり反省したりする機能など内蔵しているはずもないこの執筆装置の歴史的な出現ぶりにほかならない。戦後における『皇女和の宮』などの新聞連載小説家や、『新吾十番勝負』を初めとする時代小説作家としての活躍ぶりにはあえて触れず、ここでは昭和十年代の川口松太郎のサイボーグとしての作動ぶりがどんなものかを見てみることにする。

『文藝春秋』誌の昭和十年九月号の芥川賞、直木賞の決定を告知している頁の直前には、九月五日発売予定の『オール讀物』十月号の見開きの広告が掲載されている。その頁には、岸田国士の『啄木鳥』とともに二本の罫線で囲まれた川口松太郎の『明治一代女』の予告が、大佛次郎の

『大楠公』のそれにつぐ活字の大きさで印刷されている。また、同号発売の前日に当たる「朝日新聞」の九月四日付けの『オール讀物』十月号の広告の中心には、「直木賞受賞　川口松太郎」の作品として黒地に白抜きで『異説／明治／巷談　明治一代女』と印刷されており、「毒婦波名井／お梅の殉情」というリードのもと、後ろ向きの立ち姿のお梅の挿絵がひときわ人目を惹く趣向となっている。この作品については八月六日付けの「朝日新聞」の『オール讀物』九月号の広告にもやや小さな挿絵入りで予告されているが、直木賞委員会が開かれた時期にはこの作品が掲載され始めたばかりなので、受賞作とされる『鶴八鶴次郎』、『風流深川唄』等、の等の中に『明治一代女』を加えるのは明らかに間違いだといわざるをえない。この中編小説は、いまならさしずめ「受賞第一回作」としてあつかわれるべき作品なのだ。

直木賞の発表が終わり、『明治一代女』の連載が佳境を迎えようとする昭和十年の秋から、サイボーグ川口の面目躍如ともいうべきかたちで事態は推移する。まず、『オール讀物』の連載が終わるか終わらぬかという十一月に、『明治一代女』は、川口松太郎自身の脚本、花柳章太郎、大矢市次郎の主演による五幕ものの戯曲として明治座で上演されて大当たりをとり、その後は水谷八重子主演による新派の文字通りの当たり狂言として、こんにちにいたるまで数えきれぬほど再演されることになる。また、同じく連載中といってよい時期に『明治一代女』は田坂具隆監督によって映画化され、川口松太郎は、原作者のみならず、脚色者としてもスタッフに名を連ねている。これは、日活と入江プロとの提携作品だが、川口松太郎は、ほんの数ヶ月のうちに、原作小説を執筆しながら、一方で舞台上演用の脚本を書き、他方で撮影用の脚本まで書いてもいることになる。そのとき、自分自身の作品を文字通り換骨奪胎し、複数の異なる表象形式へと翻案する作業がいくえにも並行して演じられていたのだろう。

「朝日新聞」の十一月七日付けの「Q」署名による津村秀夫の「新映画評」では、「その容姿の美しさは依然たるものであっても、その台詞が昭和のお嬢さんのように甘ったるく意地も張りもない」という主演女優の入江たか子の評判がいまひとつで、「約言す、少くとも日本語に対する神経を有つ人なら聞くに堪えぬ部分の多い愚作十巻」とまで酷評されているのだが、映画『明治一代女』は、作品の出来ばえとはいっさいかかわりなく、藤田まさと作詞、大村能章作曲による『明治一代女』として大ヒットしたことを指摘すべきだろう。実際、「浮いた浮いたと浜町河岸に／浮かれ柳のはずかしや……」で始まるその曲は、初代の新橋喜代三から戦後の美空ひばりにいたるまで何人もの歌手によって歌いつがれ、川口松太郎の原作を読んだことのない者でも、知らぬ間に『明治一代女』の世界と触れあっているという状況の一般化に貢献しているのだ。その後、伊藤大輔、衣笠貞之助というヴェテラン監督の手で、一九五〇年代に二度も映画化されるのだが（衣笠版は『情炎』という題名で封切られている）、文学作品のこうした他領域へのとどまることを知らぬ増殖ぶりこそ、「文学とは本質的に異なる何かが始まろうとしていた」と書いたことの実態にほかならない。

それは、こういうことを意味する。すなわち、川口松太郎の書いた文章は、それが優れた文学作品であるか否かにはかかわりなく、いま見た『明治一代女』がそうであるように、一刻も書かれた場所にとどまろうとはせず、文学とは異なる領域へと不断に流れだしてゆくとらえがたい言葉なのだ。いい換えるなら、一篇の作品を書きあげることは、この作家にとってはあくまでとりあえずの身振りでしかなく、それが映画となり、あるいは戯曲となり、さらには流行歌となり、あるいは題名そのものとしてあたりに流通することで初めてそれ本来の役割と出会うのであり、その不気味な流通過程でオリジナルのテクストが変形され、あるいは無視され、ときには忘れられようと、それはむしろ喜ばしいことがらだとさえいえるのである。おそらく、川口松太郎は、かけがえのない「作品」という独創性の概念にこだわりを持つことのない世界で最初の小説家だというべきだろう。実際、彼のテクストは、書き終えたとたんに、あるいはすでに執筆中から、翻案されることを前提として、いかなる換骨奪胎にもたえる複雑さを欠いた細部の組みあわせとして作動しているのである。

一九三〇年代の中期に当たる昭和十年といえば、同時代の文学作品が映画化され始めた時期にあたっているし、それ以前にも菊池寛の『真珠夫人』や『東京行進曲』の例もあるように、川口松太郎ばかりがそうした体験の持ち主ではないという反論があろうかとも思う。だが、必ずしも文学的とはいいかねる換骨奪胎による翻案という振る舞いにおいて、川口の才能は他の追従を許さないものがある。

最近発売された伊藤大輔監督の『明治一代女』のＤＶＤにそえられたブックレットの木全公彦の解題「毒婦から悲劇のヒロインへ」（紀伊國屋書店、２００８）によると、明治二十年に起こった美人芸者の花井お梅による「箱屋殺し事件」は、河竹黙阿弥による戯曲『月梅薫朧夜』を初め、秋葉亭霜楓の浄瑠璃『花井於梅粋月奇聞』などを通してさまざまな形で人々の興味を惹き、その後、真山青果、舟橋聖一、北条秀司、平林たい子などの文学者たちがそれぞれのやりかたで作品に仕上げている。また、田坂具隆の『明治一代女』以前にも、お梅が起こした惨劇は五回も映画化されているという。そうした作品と川口松太郎の作品が異なっているのは、それまでお梅についてまわった毒婦のイメージを消し、『オール讀物』の広告にもあるように、ヒロインを「殉情」の女に仕立てたことにある。そして、何よりもまず、『明治一代女』というある意味では大袈裟な、だが同時にすぐには固有名詞にゆきつくことのない曖昧な題名が、文学とは無縁の領域までその牽引力を及ぼしていることが重要なのだ。実際、それは、新派の舞台にも、映画館のスクリーンにも、流行歌のレコードにもふさわしい題名なのである。いうまでもなくそれは、たちまち映画化されてその主題歌も大流行した川口松太郎の現代小説『愛染かつら』についてもいえることだ。

もちろん、文学に於ける換骨奪胎や翻案は川口松太郎の専売特許ではない。森鷗外の一時期の歴史小説や、『今昔』、『宇治拾遺』などに題材をとった芥川龍之介の作品もまた、さらには中上健次のある種の作品さえ翻案の一種といえるだろう。また、堀啓子によって発見され、『女より弱き者』(南雲堂フェニックス、2002)として翻訳されたバーサ・M・クレーの十九世紀のベストセラー小説が尾崎紅葉に『金色夜叉』の素材を提供したこともいまではよく知られている。明治十年代のあまたの政治小説を考えるなら、近代日本の文学は換骨奪胎と翻案によって始まったとさえいえるかも知れない。だが、『金色夜叉』の場合には、川口松太郎のそれを思わせる他領域へのとどまることを知らぬ流失の初期形態というべき事態が観察しえぬでもないが、尾崎紅葉の言葉には川口松太郎的なサイボーグ性は皆無だし、鷗外や芥川の翻案にもそれとは無縁のある作家的な決断が見てとれ、書けば何でも書けてしまうという執筆装置の円滑な機能はそこにはいっさいない。その意味で、換骨奪胎と翻案は川口松太郎の専売特許だとあえていうべき時が来ているのかも知れない。

第一回直木賞受賞にあたって選考委員たちが読んだ『鶴八鶴次郎』が、日本で公開されたばかりのウェズリー・ラッグルス監督のアメリカ映画『ボレロ』の翻案であることはよく知られている。その点をめぐっては『映画への不実なる誘い』（NTT出版、２００４）で詳しく論じたのであえてくり返さずにおくが、二人組でボレロを踊る名高い男女のダンサーが第一次世界大戦によって引き裂かれ、女は富豪の夫人に収まってしまうというヨーロッパを舞台としたメロドラマを明治時代の新内芸人の男女に置き換えた『鶴八鶴次郎』は、「飜案が多いという説には僕も同感ではあるが、然しそれを換骨脱胎する才気は充分推奨に価すると思う」という久米正雄の言葉にふさわしい作品だといえる。

だがそれにしても、ハリウッドのメロドラマを涼しい顔で翻案してみせた作家に第一回の直木賞を与えてしまう選考委員たちの太っ腹ぶりはかなりのものだといわねばなるまい。ながらく文学を映画の上位に位置づけてきた文化的ヒエラルキーは、その時点で崩壊せざるをえないからである。この作品も作者自身の手で戯曲化され、昭和十三年一月に明治座の新派の舞台に乗り、花柳章太郎の鶴次郎、水谷八重子の鶴八で多くの観客を集めて人気狂言の一つとなる。それと同時に、成瀬巳喜男監督によって映画化され、長谷川一夫、山田五十鈴のコンビで大成功を博する。

映画化に当たって成瀬は『ボレロ』を見直したようだが、「大して益するところはありませんでした」と「都新聞」の記者に述べている（「映画監督 成瀬巳喜男 レトロスペクティヴ」、コミュニティシネマ支援センター、２００５）。何度か書いたことだが、三十歳になったばかりの日本の映画作家の作品の方が、ハリウッドのヴェテラン監督の撮った作品より遥かに優れているといった事態が日常化した時期に川口松太郎の活躍が重なりあっていたのだ。日本のサブカルチャーは、この時期、すでに世界的な水準に達していたのである。

同じ昭和十年の六月五日付けの「朝日新聞」には、［Ｑ］署名の「新映画評」で「溝口健二監督得意の明治物」として『マリヤのお雪』の評が載っている。これまた、明治座で新派によって上演された川口松太郎の『乗合馬車』の映画化だが、それがモーパッサンの『脂肪の塊』を換骨奪胎して翻案したものであることはよく知られている。浅草生まれで溝口とは幼なじみだったという川口松太郎は、彼のために、普仏戦争を舞台とした十九世紀フランスの短編小説を文字通り換骨奪胎して明治初期の西南戦争を舞台に翻案して見せたのだが、その後は、トルストイの『復活』であろうが、村松梢風の『残菊物語』であろうが、上田秋成の『雨月物語』であろうが、近松門左衛門の『大経師昔暦』であろうが、何かまわず、持ち前のあっけらかんとした屈託のなさで翻案し、溝口健二のフィルモグラフィーを豊かに彩ってみせたのだ。『脂肪の塊』の映画化として、溝口のトーキー初期のこの作品がフランス本国の翻案やハリウッドのそれより遥かに優れていることは先に引いた『映画への不実なる誘い』で詳述したのであえてくり返さないが、その分野で川口松太郎の演じた翻案家としての役割は改めて評価されねばならない。だが、こうした翻案を「文化産業」の一語で批判したアドルノとホルクハイマーの『啓蒙の弁証法――哲学的断章』（徳永恂訳、岩波文庫）がいまなお平然と読みつがれているとき、人はそれを評価するいかなる批評言語を手にしているのだろうか。

『川口松太郎全集』（全十六巻、講談社、１９６７～69）の『鶴八鶴次郎』をおさめた第十四巻に解説を寄せた安藤鶴夫は、「川口松太郎の作品の題は、いつでも、その作品そのもののように、苦渋というようなものの、まったく跡方もない、すらりとうまい題名である。その作品が著名となり、流布していくのは、作品そのものがすぐれていることは、むろんの話だけれども、川口松太郎の場合には、題名のすばらしさが、その作品をさらに著名にし、流布させるのではないかと思うほど、それほど題名がすばらしい」と書いている。ここでいわれている「すばらしさ」をこれまでの言葉でいい換えるなら、彼の題名には、一刻も書かれた場所にとどまろうとはせず、文学とは異なる領域へと不断に流れだしてゆくいかにもとらえがたい魅力がこめられているということになる。

書かれた場所にとどまるまいとする言葉とは、安藤鶴夫が次のようにいっていることとも無縁ではあるまい。「川口松太郎の作品は、いつでも、きげんがいい。／苦渋というものの、まったく、感じられない、流れるような文体で、声を出して読むと、なお、一層、うつくしいリズムのある文章である」。声に出して読まれることでその魅力がきわだつ文体とは、書かれた文字として雑誌に掲載されることはあくまでとりあえずの形態でしかないということだ。川口松太郎の作品は、書かれたもの、すなわち「エクリチュール」ではないのであり、その意味でこれは「近代小説」とは異質の何かだとさえいえるのかも知れない。

安藤鶴夫のいう「きげんのよさ」とは、ことによると歴史終焉後の葛藤のまったき不在から来ているのかも知れない。世に言う「ポストモダン」は、第一回直木賞とともに、七十余年前の川口松太郎のあっけらかんとした「きげんのよさ」とともに始まったというべきときが来ているように思う。実際、そこには、ポピュラー・カルチャーとハイ・カルチャーの区別さえ存在しておらず、『明治一代女』の「殉情」のヒロインお梅は、いまでいう「キャラクター」そのものとして、あたりをせわしなく流通していたのである。「フィギュアー」としての挿絵が珍重されていたことはいうまでもない。

まだ江戸の情緒をたたえた下町生まれで、学歴は小学校卒、丁稚奉公のかたわら十六歳で久保田万太郎に弟子入りし、小山内薫の薫陶を受け、谷崎潤一郎や里見弴を文章上の師と仰いだという川口松太郎に「キャラクター」も「フィギュアー」もないだろうなどといってはなるまい。問題は、「キャラクター」も「フィギュアー」も七十年を超える歴史を持つきわめて古い概念だということなのだ。安藤鶴夫が川口松太郎の文体上の特徴だという「きげんのよさ」とは、書きつつある言葉を「国語」としてはほとんど意識することのない存在の軽さにあるからだ。物語のほとんどは、一目で誰が口にしているかがわかる台詞によって支えられ、地の文もごく短い文章からなる。仲はよいのに喧嘩ばかりしている鶴八と鶴次郎の仲にうんざりしている頭取の竹野と舞台番の佐平と鶴八のやりとりを、『鶴八鶴次郎』の導入部に見てみることにしよう。

「よく、毎日ああやって喧嘩が出来るもんだな」／「呆れますね」／と、拍子柝《ひょうしぎ》を右手にして佐平が、廊下を先に立つと、大道具の張り物が並んだ細いところから、出合い頭に、三味線弾きの鶴賀鶴八が走って来た。／「二代目」／と、竹野が呼ぶと、／「旦那、御免なさい」／血相を変えて、鶴八は楽屋口へ飛び出そうとするのだった。／「待ちな、待ちな、二代目」／と、驚いて、竹野が、鶴八の袂を引っつかむように引き戻しながら、／「冗、冗談云っちゃァいけないよ」／「いいえ、旦那、今日と云う今日は堪忍袋の緒が切れたんです。一刻も辛抱は出来ません、旦那にはすみませんが、次郎の三味線は金輪際《こんりんざい》御免蒙ります」／と、息をはずませて、せいせい云いながら、袂をつかんだ竹野の手首を振り切ろうとする。／「二代目」／と、竹野も憤然《むっ》として言葉の調子を改めながら、／「お客をどうするつもりだ、お客を。満員売切れで、ぎっちりつまったお客さんに、お前がたの芸を聴かせないでお帰しするのか」／「だって旦那」／「だっても糸瓜《へちま》もない、帰るなら帰んなさい」

　ここで頁を埋めている文字の連なりは、まるで書かれていることを恥じるかのように、みずからに集中する読む意識をそのつど軽くかわし、あたかも舞台での役者のやりとりか、スクリーンに行き交う台詞のように、読むことよりもむしろイメージを想像させることに貢献している。そこにあるのは、言語が言語として露呈されることをはばもうとする執筆装置としての技術的な配慮にほかならない。こうした状況の描写が、めまぐるしいほどの改行によって二十五行にもわたって続くところなど、メディアとしての書物さえ必要としてはおらず、ことと次第によっては、携帯電話のちっぽけな画面にも横組みで難なくおさまって見せるだろう。ことによると、七十数年前の第一回直木賞は、無自覚ながら歴史終焉後の日本を遥かに望見し、来るべき「ポストモダン」を顕揚していたのかもしれない。

3 日本の映画作家を海外に向けて顕揚するときの忸怩たる思いについて

二〇〇八年の十月一日水曜日の午後六時三十分、ホテルオークラ東京の平安の間で、国際交流基金賞の授賞式が行われた。二〇〇八年度の受賞者は、「文化芸術交流」部門はイタリアのヴェネチア国際映画祭ディレクターのマルコ・ミュラー氏、「日本語」部門はルーマニアのヒペリオン大学のアンジェラ・ホンドゥル教授、「日本研究」部門はワシントン大学のケネス・B・パイル教授の三人である。会場で配布された小冊子によると、国際交流基金賞は一九七三年に始まったので、その授賞式もこれまで三十回以上は行われているはずだが、それに参列することになったのはこれが初めてである。もっとも、ホンドゥルとパイルの両教授とは何の面識もない。あまり余裕のない日々を過ごしていたにもかかわらず、妻ともどもあえてホテルオークラまで足を運んだのは、もっぱらわれわれがマルコと親しみをこめてファーストネイムで呼んでいるイタリア国籍の旧友の受賞を祝福するためにほかならない。彼のファミリーネイムも、わたくしにとっては、ミュラーよりミュレールというフランス語的な読みの方が遥かに自然に響く。

実際、まだ会ったこともない若いイタリア人からいきなり電話がかかり、「私の名前はマルコ・ミュレール、ペザロ映画祭の者だが、あなたにぜひ会ってお願いしたいことがある。ついては、今晩、私のボスとともにあなたの家を訪ねたいのだが、ご都合は如何だろうか」とフランス語でいっきにまくしたてられた二十五年も前のことを、いまでもはっきりと記憶している。電話ロの彼は、まぎれもなくマルコ・ミュレールと自己紹介したのである。それは雪が降り積もる寒い晩のことだったのだが、ぶるぶるとふるえながら姿をみせたマルコは、当時の上司でペザロ国際映画祭のディレクターだったリノ・ミチケ教授とともにソファーに深々と身を沈め、アルマニャックのグラスを手離すことなく、それがごく自然なりゆきだというかのように、拙宅で一晩を過ごすことになったのである。当時の手帳をくってみると、それは一九八四年二月三日金曜日のことだと明らかになるのだが、この唐突な訪問の目的は、同年六月に行われる第二十回ペザロ映画祭の日本特集の作品選定、ならびにそれを機に刊行される書物におさめるべき論文の選定である。

出会ってすぐに交わしたちょっとした言葉から、この若いイタリア人がこちらの仕事ぶりにかなり通じているらしいことはすぐにわかった。だが、何しろ初対面だったのでいくぶんか防御的な姿勢を崩しきれずにいたわたくしは、信頼のおける山田宏一に同席を求めていたのだが、どちらかといえば正統的な映画史にこだわるミチケ教授に対して、マルコの場合は、ごく当然であるかのように《B》級映画的な指向が顕著だった。山田氏とわたくしは世代的には高名な映画学者のミチケ教授に近かったが、気に入った作品について熱っぽく語る若いマルコの方に親近感をいだいた。ほんの一、二時間ですっかり意気投合したわれわれは、当時の海外の日本映画の特集ではごく稀なことだったが、加藤泰、鈴木清順、工藤栄一を中心としたプログラムの大枠と、出版予定の書物の目次の主要な部分を明け方までに作り上げてしまった。マルコは、いまは亡き川喜多和子の導きによって七〇年代後半の東京で五本立てのオールナイトに足繁く通うことで独特の日本映画観をかたちづくったようで、そうした映画館での暗闇での経験が、あえてマイナーに徹するという意識もないまま加藤泰や鈴木清順を擁護していたわれわれの姿勢とぴたりとかさなりあったのである。日本人として自国の映画の海外紹介に手をかすことには、どこか「愛国心」の発露につながるようであまり乗り気ではなかったのだが、その忸怩たる思いをいっきに断ち切れたのはそうした理由による。

かくして、木下恵介は別格として、松竹ヌーヴェル・ヴァーグを主導した監督たちにとどまらず、東映のやくざ映画や日活のアクション映画、さらにはロマンポルノの代表的な監督たちまでが大挙してペザロに向かうことになったのだが、ボスにいわば「造反」するかたちのマルコ——彼は、「文革」期に南京大学で学位をとったという毛沢東主義者の過去も持っている——の英断によって実現したこの「歴史的な快挙」については、山根貞男の『映画が裸になるとき』(青土社、1988)の巻頭にくわしく触れられているのでそれに譲る。いまここで明らかにしておきたいのは、やや軽率に書きつけてしまった「旧友」の一語の定義につきている。国際交流基金賞の受賞者となったミュラー氏とは、二十五年前に、欧米の誰一人としてまだその名を挙げて本格的に論じることのなかった加藤泰を初めとする一癖もふた癖もある面々をペザロへ拉致してみせた青年マルコにほかならず、それはまぎれもなく「旧友」と呼ぶにふさわしい人物だったのである。

では、「旧友」とはどんな関係をいうのか。ここで長くて美しい友情の物語など始めるつもりはないから安心してほしいのだが、「旧友」の定義はいささかも複雑なものではない。つきあいの長さなどとはいっさい無縁に、国籍、性別、年齢をとわず、いつ、どんなときでも、それがどれほど理不尽なものと映ろうと、相手の要請に応じることにしかるべき意義を見いだしうる仲間だけが「旧友」なのである。あるいは、こんな無理難題をふっかけてもこの相手ならかなえてくれそうだという漠たる信頼を前提としたつきあいが「旧友」をつくるのだといってもよい。その意味で、マルコは、初対面の晩から、文字通りの「旧友」として振る舞っていたといえるかもしれない。

このたび受賞者として公式の来日をはたしたマルコも、たちどころに堂々たる「旧友」ぶりを発揮してみせた。何しろ、成田空港に到着するや否や、翌々日の授賞式でのスピーチに必要だから、これこれの本を即刻貸してもらえないかと、イタリア語を初め、英語やフランス語の十冊を超える日本映画関係の書物の題名を挙げたのである。年に一度の映画祭をかろうじて終え、あわただしくヴェネチアからミュンヘン経由で来日したので、ローマ近郊の自宅やボローニャのオフィスに置いてあるそれらの書物に目を通している余裕がまったくなかったのだという。「旧友」として、書棚から選び抜いたその十数冊をかかえてホテルに向かったのはいうまでもない。

再会をはたしたわれわれの会話は、持参した書物をめぐる日本映画の話題ではなく、もっぱらアメリカ映画についてのものだった。日本の映画作家を海外向けに顕揚することの忸怩たる思いは、「旧友」を前にしても薄れることがないからである。わたくしとしては、二〇〇七年度のヴェネチアに、トッド・ヘインズの『アイム・ノット・ゼア』、ポール・ハギスの『告発のとき』、ウェス・アンダーソンの『ダージリン急行』、ブライアン・デ・パルマの『リダクテッド　真実の価値』、アレックス・コックスの『サーチャーズ2.0』といった優れたアメリカ映画をごっそり集めてみせたマルコの手腕に強く胸をうたれていたので、そのことを口にすると、まんざらでもなさそうな表情を浮かべた彼は、できればウェス・アンダーソンに金獅子賞を取らせたかったような口ぶりだった。現実には、過大評価の典型といってよいアン・リーの『ラスト、コーション』にさらわれてしまったのだが、いつでもアメリカ映画を話題にする仲であるわれわれにとって、『ダージリン急行』のような思いがけない作品に出会い、すぐには見えてこないその隠された知性について語りあうことが「旧友」たることの確信をさらに強めてくれる。必ずしも世界的に有名とはいえないが、わたくしも深い信頼を寄せているある監督をハリウッドに訪ねたとき、オフィスを辞するまでのほんの四十五分ほどの間に、マルコがかかえて行ったイタリアの高級ワインの値段を秘書が調査しつくしていて驚かされたといった挿話で、アメリカの映画作家をヴェネチアに招待することがいかに厄介かを語って見せたのだが、近年のハリウッド映画の事情に通じていないと、三大国際映画祭の一つに数えられるヴェネチアのディレクターなどとてもつとまりはしないのである。

授賞式で配布された小冊子によると、「日本をはじめアジアの優れた映画を見出して積極的に紹介し、日本映画の豊かさを広く海外に知らしめることにより、世界の新たな文化創造に大きく貢献した」ことがマルコ・ミュレールの受賞理由だとされている。たしかに、彼がこれまでしてきたことは、「映画を通じた海外への日本文化の紹介」だと思われても不思議はないものばかりだが、だからといって、彼を「日本贔屓」の映画祭ディレクターと思うのは途方もない勘違いである。ときにそうと誤解されかねないのは、過去と現在の日本に自分や信頼のおける仲間たちの思考と感性とを刺激してやまない作品がまぎれもなく存在していると彼が判断しているからであり、その意味で、彼の「海外への日本文化の紹介」はあくまで結果でしかない。彼の目的は、世界映画の現在を思いがけないやり方で豊かに攪拌して見せることにあり、そうした目的にふさわしいと思えば、ペレストロイカで混乱するロシアへ誰よりも先にかけつけてアレクサンドル・ソクーロフを発見するかと思えば、ジョー・ダンテのように国際的な評価が不当に低かったり、フランク・タシュリンのように合衆国でも忘れられがちなハリウッドの映画作家の特集を何度も仕掛けている。また、すでに述べたように中国語に堪能なので、北京はいうまでもなく、台北にも香港にも信頼のおける人脈を持っている。もちろん、彼は、ペザロ映画祭以降も、ロッテルダムやロカルノで鈴木清順、川島雄三、森一生、加藤泰などの特集上映を成功させているが、それに劣らぬ情熱を注いで、イタリアのマリオ・カメリーニやフランスのサッシャ・ギトリーの完璧に近い回顧特集を行い、世界の注目を集めている。これだけははっきりいっておかねばなるまいが、マルコは、「日本」よりも「映画」の方に遥かに大きな意味を見いだしているのであり、われわれを結びつけているのもその姿勢にほかならない。彼がたんなる日本贔屓でしかなかったら、二人が「旧友」となることなどなかったはずだ。実際、海外で日本贔屓を自称する顔触れの大半は、映画的には碌でもない連中ばかりである。

二〇〇八年度のヴェネチアのコンペティション部門に、北野武の『アキレスと亀』、宮崎駿の

『崖の上のポニョ』、押井守の『スカイ・クロラ』の三本が選出されながら賞を逸したことが、オリンピックの直後であっただけに、日本ではあたかも期待されたメダルを逃したかのように話題になったものだ。しかし、イタリア映画だって四本も選出されていながら賞を逃しているし、ロシアからたった一本選出されたアレクセイ・ゲルマンJr.の『紙の兵隊』が銀獅子賞に輝くといったこともあり、映画祭での受賞はあくまで審査員の恣意的な選択によるものでしかない。ノーベル文学賞をめぐって前々回にも述べたことだが、受賞者の国籍がたまたま自分と同じであることに一喜一憂することは、映画にとっても文学にとっても意義深い振る舞いとはとてもいいがたい。かつて、国際映画祭を国際線の航空機事故にたとえたことがあるが、犠牲者に日本人がまぎれていないかぎり報道の熱意がいっきに低下するように、受賞者に日本人が見あたらない国際映画祭は、マスメディアにおいては存在しないも同然なのである。マルコがひときわくやしがっていたのは、コンペティション部門の日本映画の三本が受賞を逸したことなどではない。むしろ、カンヌの「ある視点」部門に黒沢清の『トウキョウソナタ』をとられたことが無念でならず、ヴェネチアなら間違いなくコンペティションに組み込めたのにと地団駄を踏んでみせた。また、二〇〇八年が生誕百年にあたるマキノ雅弘の『血煙高田馬場』(1937)をわざわざノン・コンペティション部門にまぎれこませておいたのに、そのことに注意を向ける日本のジャーナリストがほとんどいなかったことにも深い失望を隠さなかった。

マキノ雅弘の生誕百年をヴェネチアの地で遥かに祝福するという彼の身振りは、日本贔屓というより、まぎれもなく映画の徒と呼ぶにふさわしいものである。東京国立近代美術館のフィルムセンターで大がかりな回顧上映が行われたという理由からだろうが、東京国際映画祭はマキノを無視した。さまざまなイヴェントによってマキノ雅弘の生誕百年を祝おうとしたのは、東京より遥かに規模の小さい京都映画祭だけだったのである。

そもそも、マルコ・ミュレールは、昨年の五月の段階では、十月八日から十三日まで開催される京都映画祭のために来日し、山根貞男の司会で行われる特別記念シンポジウム「マキノ映画100年について」のキーノート・スピーチを行う予定だったのである。ところが、国際交流基金賞の「文化芸術交流」部門賞を受賞することになったので、その予定が狂ってしまった。ヴェネチア映画祭のディレクターが、任地を離れたまま、日本に二週間ものんびり滞在することは、合衆国の大統領がそうであるように到底許されることではなかったからだ。ヴェネチア映画祭の秘書から京都映画祭宛に、「不慮の出来事」により参加が不可能になったという手紙が送られて来たので、これは致し方ないことだと事務局が断念したと耳にしたとき、わたくしは、すでに「冒頭講演　マルコ・ミュレール（ヴェネツィア国際映画祭ディレクター）」という予告がチラシや小冊子で広く流布されていたのだから、それは京都映画祭の信用にかかわるし、マルコの日本における地位にも悪しき影響を及ぼしかねず、また何にもまして、マキノ雅弘生誕100年に傷をつけることにもなるので、「旧友」としてそれは許しがたいことだと判断した。山根氏からマキノをめぐるシンポジウムへの参加を要請されているだけで、京都映画祭とはいっさい無関係の身だが、これは東京滞在中にマルコの言葉をビデオにおさめ、その冒頭に映画祭の総合プロデューサーである中島貞夫監督への公式の詫びの言葉を述べてもらわねばならぬと思い、山根氏にもそう伝えて賛同をえた。わたくしがマルコのビデオ・スピーチにこだわったのは、国際的な視点なるものを導入することでマキノをめぐるシンポジウムを権威づけるためではいささかもなく、マキノ雅弘を日本性に閉じこめることだけは避けねばならぬと思っていたからだ。

ところが、そんなことをしている余裕はないというのが京都映画祭事務局の反応だと聞いて、わたくしはある種の感動を覚えた。東映京都撮影所の出身者で占められた映画祭の事務局は、マルコ・ミュレールの挨拶を東京で撮影するとなれば、キャメラマンや録音技師、それに照明技師まで派遣せねばなるまいから、それは財政的に不可能だという「活動屋魂」ともいうべきものに打たれたのである。わたくしの考えていたのは、もっと簡便な方法であり、映画美学校の松本正道に助力を要請し、卒業生の中から信用のおける若者を紹介して貰い、ビデオで五分ほどの撮影を行うというだけのものだった。マルコには、疲労困憊していようと、多忙さで食事の時間が不足しようと、「旧友」としてそれだけ甘受してもらうしかない。

かくして、山根貞男とわたくしは、授賞式の翌日の午後、イタリア文化会館でのマルコの二時間の講演「私と日本映画」の終わった直後、若い映画作家の小出豊がアングルと照明と音声環境とを周到に整えておいてくれた文化会館地下の一室に直行し、京都映画祭へのメッセージの撮影に立ち会った。五分と固く注意しておいたにもかかわらず九分三十秒も語り続けたマルコは、東京での義務を終えた解放感からか、朝から何も食べていない空腹感を、たまたま手元にあった豆大福を六個もぺろりと平らげることで晴らした。それからわれわれは、イタリア大使公邸での晩餐会に向かったのだが、そこで起こったことはここでの話題ではない。

十月十一日土曜日の午後一時、京都造形芸術大学の人間館という不気味な名前の建物の三〇二教室で、山根貞男司会によるシンポジウム「マキノ映画100年について」が開催された。参加者は映画作家の青山真治、立命館大学准教授の冨田美香、それにわたくしの三人である。その前日には、祇園会館で、マキノ雅弘の助監督だった鈴木則文、中島貞夫、澤井信一郎の三監督による座談会が山根氏の司会で行われて聴衆を興奮させていたし、それとは別に、ほぼ毎日、出演者である里見浩太朗、丘さとみ、いまは富司を名乗っている元藤純子などのゲストトークが上映前に同じ会場であり、また、マキノ家にゆかりの深い長門裕之や津川雅彦も登壇したりしていた。そうした人々とは異なり、われわれシンポジウムの登壇者は、司会の山根氏をのぞくとマキノ雅弘監督とは個人的な面識がなく、あくまで作品や資料を通してその世界に魅せられていた者たちだった。問題のマルコのビデオ・メッセージに続いて青山監督は、その日の朝に見たばかりの『阿波の踊子』(41)がもたらした興奮を熱っぽく語り、冨田さんは大学のプロジェクトとして収集したマキノ関係の資料を示して物静かに語った。わたくしはといえば、マキノ雅弘はすごいということだけはわかっていても、それをどんな言葉で口にすればよいのか、皆目見当もつかないでうろたえるしかなかった。

シンポジウム以後に刊行された山根貞男の『マキノ雅弘　映画という祭り』(新潮選書、2008)に書かれているように、何しろこの監督は生涯に「二百六十本余り」の作品を撮り、「一般的には時代劇や任俠映画の監督と見られることが多いが、……フィルモグラフィーには、ほかにアクション映画やメロドラマ、喜劇やミュージカル映画など、あらゆる種類の映画が並ぶ」ことになり、その全貌は到底とらえがたい。「可能な限りの比喩を超えて、蓮實重彦は彼をラオール・ウォルシュにたとえ、山田宏一はヘンリー・ハサウェイにたとえているが、……私個人としては、彼をアラン・ドワンと比較したい」とマルコ・ミュレールもそのビデオ・スピーチで述べていたように、マキノの偉大さを語ろうとすると、誰もがごく自然にハリウッドの古典的な大作家を参照せざるをえないのである。マキノを日本性に閉じこめてはならぬというのは、そうした意味からにほかならない。

マキノ雅弘の特質は、たんに途方もない数の作品を撮ったことにとどまらず、山根氏の先述の書物の第七章が「リメイク考」と名付けられているように、おびただしい数のリメイクを撮ったことにあり、そこに日本映画史のある側面が露呈されているのは間違いない。「大河内傳次郎はサイレントでの当り役『丹下左膳』をトーキーでも演じ、嵐寛壽郎の『鞍馬天狗』も市川右太衛門の『旗本退屈男』も、サイレント期に生まれたあと、トーキーでリメイクされた。そして、ここが注目すべき点だが、彼らは戦後にも同じ当り役を演じてゆく」と山根貞男が書いているのがそれにあたる。マルコも、「マキノが矢継ぎ早に発表した会社からの注文や、非合法的な、オリジナルの外国映画を見定めがたいリメイクをもっと知りたく思う」と述べ、「マキノ雅弘は、ジャンルの規範とある特性の顕示とのみごとな均衡の上で仕事をしていた」と続けているが、マルコの目には、「そのみごとな均衡もまた、……日本映画の活力を形づくるもの」と映る。そこでいわれている「ジャンルの規範とある特性の顕示とのみごとな均衡」とは、同じ題材から出発しながら、最終的にはまったく別の作品が新たに誕生することを意味している。先述の書物で山根貞男が書いているように、「反復しても同一のものができないことは当然だが、マキノ雅弘はその当然を映画づくりの『場』として活用し、ズレと変容のあげく、別の作品を生み出し、リメイクということ自体を越えてゆく」のだとするなら、「日本映画の活力を形づくるもの」とマルコの目に映ったものは、ことによると映画そのものの活力であるのかもしれない。マルコがもっと見てみたいという「非合法的な、オリジナルの外国映画を見定めがたいリメイク」とは、例えば、アガサ・クリスティの『オリエント急行の殺人』の舞台をそっくり江戸時代の長屋におきかえ、W・S・ヴァン・ダイク監督の『影なき男』(34)からインスピレーションをえてロマンチック・コメディ風に仕上げた『昨日消えた男』(41)や『待って居た男』(42)などがそれにあたるが、それがどのように可能になったかは、山田宏一の『次郎長三国志――マキノ雅弘の世界』(ワイズ出版、2002)に詳述されているので参照されたい。

こうしたマキノ雅弘のリメイクによる多作ぶりは、ことによると、前回で触れた川口松太郎の換骨奪胎による翻案と似ているかにみえる。川口の場合は、オリジナルが嘘のように消滅する巧みな作業が問われているのだが、マキノ雅弘に起こっているのは、やや大袈裟にいうなら、それはニーチェ＝ドゥルーズ的な意味での「永劫回帰」に近い現象で、同じと思われたものが回帰すると、そのつどまぎれもない差異がそこに生成しているのである。だから、マキノ雅弘の世界に視線を向けると、差異と同一性とが無差別な層をなして揺れている底なしの深淵に引き込まれるような気がして、思わず瞳を閉ざさずにはいられないのである。「マキノ雅弘を語るには、目を閉ざしていなければならない」という言葉でわたくしがスピーチを始めたのはそのためである。「瞳が途方に暮れるのは、そこにいかにもそれらしい遠近法的な構図や展望が成立しがたく、中心も周縁も見いだせぬまま、製作年度や題名はいうにおよばず、主演者の名前さえ個体識別の助けとはなりがたく、もっぱらマキノ的作品と呼ぶしかない不定型な固まりがとりとめもなく揺れて居るばかりだ」。だから、マキノ雅弘は恐ろしいのだが、川口松太郎は一向に恐ろしくない。マキノには、明らかに「類似の罠」ともいうべきものがいたるところに仕掛けられているからだ。

実際、マキノ雅弘の登場人物は、さまざまな異なる作品で、いきなり「似ている」の一語を口にする。大川恵子を前にした『捨てうり勘兵衛』(58)の大友柳太朗やその親友の山形勲の驚きは、藤純子を前にした『俠骨一代』(67)の高倉健や石山健二郎のそれに受けつがれる。「似ている」は、それぞれの許嫁と死んだ母親にそっくりな女性に出会ったとき、男たちが思わずもらす驚きの声にほかならない。同様に、『幽霊暁に死す』(48)の長谷川一夫は死んだ父親そっくりで叔父の斎藤達雄を仰天させるし、『抱擁』(53)の山口淑子は死んだ恋人そっくりの三船敏郎と遭遇して愛し合うし、『日本俠客伝　斬り込み』(67)のリメイク『牡丹と竜』(70)では、高橋英樹の死んだ女房に生き写しの娘が登場し、それを和泉雅子が演じている。

いうまでもなく、人が類似に驚くのは、比較される二つの存在がまぎれもなく異なっていることを前提としている。似ているけれどどこか違う、あるいは違うからこそどこか似ているという人物を、マキノは一人二役として同じ役者に演じさせており、見ている者は、その類似にその場で気づく場合もあれば、あとから納得する場合もあるが、それは、同じものの再帰であるかに見えて、一見同じと見なされる人物——多くの場合、異性である——は、その類似にいかなる責任もとりえない。にもかかわらず、自分なりに何とか相手を受けいれようとする状況が生まれたとき、類似は罠であることをやめ、絵に描いたようなラブシーンが演じられることになるのだが、マキノ雅弘の映画は、その意味で、類似をめぐるメロドラマだといえる。

だが、マキノ雅弘は、なぜこれほどまでに類似にこだわるのか。それは、映画におけるあらゆる作品が、本質的に「類似の罠」として機能しているからだろう。リメイクという名の「類似の罠」もあれば、「類似の罠」そのものが愛の旋律を導きだす場合もある。マキノを前にして思わず瞳を閉ざさずにはいられないのはそのためである。そのとき、差異と同一性とが無差別な層をなして揺れている底なしの深淵に引き込まれるような気がするのは、それがまさしく映画そのもののあり方にほかならぬからだ。マルコ・ミュレールがマキノを見ることでそのような目眩に襲われたことがあるとは思えないが、映画そのものを前にしてそのような体験をしたことがあるのは間違いない。彼がマキノに惹かれるのは、そうしたひそかな予感からであるに違いない。いつかそのことを、彼と「旧友」として、日本の映画作家を海外に向けて顕揚するときの忸怩たる思いなしに語りあってみたい。

誰もが知っていることだが、あらゆる優れた映画作家は、ハワード・ホークスも、ジョン・フォードも、アルフレッド・ヒッチコックも、小津安二郎も、マキノ雅弘ほどではなかったにせよ、いくつものリメイクを、文学におけるパロディやメタフィクション的な身振りに陥ることなく、涼しい顔で撮ってみせた。だが、ここであえて思い出しておかねばならぬのは、ヒッチコックの

『間違えられた男』（56）だと思う。そこでの彼が、誤って犯人とされたヘンリー・フォンダが、真犯人と似ても似つかぬ容貌の持主であったことを明らかにしていたことを思い出しておこう。それこそ映画にふさわしい「類似の罠」が機能する瞬間なのだが、およそフィルムの上で起こっているのは、ことごとくこうした「見てしまったことの牢獄」に閉じこめられる体験なのであり、映画を見ることは、「見てしまったことの牢獄」から「見ること」で解放されるための不断の試みでなければならぬ。エリック・ロメールの新作――ことによると最後の新作であるかも知れない――『我が至上の愛――アストレとセラドン』（07）に描かれているのも、そうしたヒッチコック的な主題にほかならない。ヒッチコックとロメールとマキノとを同時に見るための視線を、いま一度きたえておかねばなるまい。そうでもしない限り、マキノはまたしても日本性に閉じこめられてしまうほかないからである。

4　オバマ大統領の就任演説に漂っている
血なまぐささには
とても無感覚ではいられまい

さる一月二十日火曜日正午すぎ、予定された時刻よりやや遅れて、イリノイ州選出の民主党上院議員だったバラク・フセイン・オバマ氏のアメリカ合衆国の第四十四代大統領への就任式が行われた。昨年の十一月四日火曜日に共和党の大統領候補者ジョン・マッケイン氏を選挙で破ってからい、ほぼ二ヶ月半後のことである。交通機関も通信手段も飛躍的に進歩しているこの二十一世紀に、新たな政治空間の創出のため八十日近い政権の移行期間が本当に必要とされるものなのだろうか。いくらお他人様の国のことだとはいえ、それぞれの党の候補者選びが始まってからほぼ一年後に新大統領が就任するという十九世紀的な政治日程がなお維持されていることに、毎度のことながら驚きを禁じえない。

もっとも、オバマ氏の場合、そのワシントン入りにあたって、エイブラハム・リンカーンの足跡を列車で律儀にたどりなおしたりしているので、合衆国の大統領という職務にはどこか十九世紀的な時間がふさわしいという意識があったのかも知れない。ことによると、彼の口からしばしばもれ、いくぶんか空疎な響きも帯びかねない「変化」《change》という言葉には、建国以来の伝統を想起すべき時が来ているという保守的ともいえる愛国主義がこめられているのだろうか。わたくしの目に、この新大統領は、コジェーヴ経由のヘーゲル的な「歴史の終焉」を無邪気に信じていたとしか思えぬ連中に囲まれていた前大統領にくらべて見れば、遥かに筋金入りの伝統主義者と映る。そこで、たまたまテレビで聞いてしまった就任演説の分析を通して、そのことを明らかにしてみたいと思う。

今回で五十六回目を迎える大統領の就任式が、恒例に従い、ワシントンDCのキャピトル、すなわち連邦議会議事堂前で、途方もない数の聴衆を前にして執り行なわれたことは誰もが知っている。いくぶんか危惧されていた天候も快晴で雲一つなく、すべてはつつがなく進行すると関係者たちもほっと胸をなでおろしていたことだろう。ところが、就任演説に先立つ宣誓式は、オバマ氏と最高裁判所長官ジョン・G・ロバーツJr.氏との呼吸が微妙に嚙みあわず、予想外の混乱に陥ることになった。とはいえ、二人のやりとりをテレビ中継で聞いているかぎり、英語を母国語とはしないわたくしの耳には、長官が「私、バラク・フセイン・オバマは、ここに厳粛に宣言し」といいきる以前に、オバマ氏が「私、バラク……」と復唱してしまったことだけが間違いだったように響いた。つまり、新大統領となるべき人物は、「私、バラク……」といった直後に自分の誤りに気づき、改めて「私、バラク・フセイン・オバマは、……」といいなおすことで、自分の名前を二度もくり返してしまったのだが、この式典での失策はそれにつきていると思われたのである。

ところが、直後の報道により、混乱はどうやらそれにとどまるものではなかったことが明らかになる。相手の性急な復唱ぶりに当惑したのだろうか、ロバーツ長官がそれに続いて口にしたセンテンスにおいて、「職……誠実に……合衆国大統領の職務を……」といった具合に、「大統領」《President》という語によって限定さるべき「職務」《office》という名詞の発音や、「まっとうする」《execute》という動詞を修飾すべき「誠実に」《faithfully》という副詞の位置を曖昧にしてしまった。それをとりつくろおうとしたオバマ氏の復唱においても、副詞の位置は混乱したままだったのである。ということは、宣誓の終わり近くで「保持し、遵守し、擁護」すべきものとされている「合衆国憲法」の条文とは微妙に異なる語句がオバマ、ロバーツ両氏によって口にされたのだから、宣誓は不完全なものにとどまり、オバマ氏が正式に大統領に就任したとは認められなくなる可能性も否定しきれない。そのため、宣誓式は、念のため、後刻、別の場所で、改めて行われたのだという。

衆人環視のもとで行われたこの言語的な混乱は、それ以前から話題になっていたオバマ氏のミドル・ネイムの問題を、ひとまず視界から遠ざけてしまったかにみえる。つまり、人々の関心は宣誓式でオバマ氏が自分を何と呼ぶかに集中していたのであり、みずからを「バラク・フセイン・オバマ」と呼ぶという彼自身の直前の予告にもかかわらず、イスラム的な響きがあまりに濃厚な「フセイン」の発音を避け、それをイニシャルとして、「ジョージ・W・ブッシュ」のごとく、「バラク・H・オバマ」とすべきだという意見さえあちらこちらでささやかれていた。にもかかわらず、宣誓式は、少なくともこの点においては言語的な混乱に陥ることはなかったといえる。前大統領から悪の枢軸の一つと名指されたイラクの元大統領の故サダム・フセイン氏のファミリー・ネイムと同じイスラム系の名前が、連邦議会議事堂前に詰めかけた聴衆の誰にも聞きとげられるかたちできっぱりと口にされたのである。

思わずこんな話を始めてしまったが、個人的には、初のアフリカ系黒人大統領——正式には混血の――となるオバマ氏その人にはこれといった興味もないし、その経済政策が大不況下の合衆国を「変化」させうるか、戦線をイラクからアフガニスタンへと移行させようとする国防戦略が功を奏するか、教育政策や福祉政策が社会的な不公正を是正しうるのか、等々、についてもいっさい関心はない。お他人様の国が行う四年に一度の大がかりな見せ物を、たまたまテレビで見てしまったというだけなのである。その主役であるオバマ氏は演説の名手だといわれているが、一大統領の演説がうまかろうとまずかろうと、そんなことはどうでもよろしいというのがわたくしの正直な気持ちである。実際、政治家の演説など、あまりにも稚拙で、言語への無自覚な侮蔑があからさまに露呈され、はからずもそれを耳にしてしまったことを深く悔いたりすることさえなければ、それで充分ではないか。

例えば、フランス共和国の現大統領ニコラ・サルコジ氏は、内務大臣時代の二〇〇六年二月二十三日木曜日、大統領選に向けてのリヨンでの集会で、公務員の選抜試験にラ・ファイエット夫人の『クレーヴの奥方』が題材とされていたことにひどく憤り、思わずその出題者を愚か者と罵り、公共の奉仕のために『クレーヴの奥方』など読んでおく必要などまったくないと宣言した。それにとどまらず、二〇〇七年四月二十日金曜日、および二〇〇八年四月四日金曜日の合計三度にもわたり、それぞれ異なる場所で、異なる聴衆に向かって、公務員がその業務を円滑に遂行するにあたり、この十七世紀に書かれた作品の知識などまったく不要だといいはなってみせたのである。「文化の国」フランスであるだけに、大統領による自国の古典文学へのあからさまな蔑視が多くの反発を招いたのはいうまでもないが、そこで起こっていたのは、今日のフランス社会において、古典文学——これは、日本の近代小説にあたる概念と考えてよい——をめぐる知識が有効な役割を演じうるか否かという、水村美苗の『日本語が亡びるとき』が捲きおこしたものとほぼ同じ議論にほかならず、人文的な「知」を何の役にも立たない時代遅れの代物だとする視点がフランスにおいてさえ深刻な問題となり始めている事態を直視するには格好の話題だといえる。

フランスでの数少ない古典的な散文のフィクションであるとはいえ、ラ・ファイエット夫人の『クレーヴの奥方』に対する共和国大統領のこの度かさなる攻撃は、フランス社会構造のありえない「変化」を幻想として思い描かずにはいられない大統領のいらだちのあらわれとしてなら興味深くないわけではないし、人文的な教養への敵視の対象としてラ・ファイエット夫人の作品ばかりを挙げてしまう神経症的な反復が、大統領の文学コンプレックス——彼の政敵で前首相のドミニック・ド・ヴィルパン氏は、フランス詩の流れを概観する書物さえ出版している——をきわだたせているようで不気味だと思えぬでもない。

だが、政治家の演説などその程度のものだと思えばとりたてて怒る気にもなれず、何よりもまず、それはお他人様の国が選出した大統領の問題なのだから、遠くからあれこれいう筋合いのものでもなかろう。サルコジ大統領やブッシュ前大統領に対してそうであるように、オバマ新大統領に対しても、個人的な興味がいっさい持てないのはそのためだ。政治的指導者の言葉や振る舞いが社会を変えるような時代に暮らしているとは、とても思えぬからである。にもかかわらず、日本時間一月二十一日未明にわざわざ合衆国新大統領の就任式をテレビで見てしまったのは、『随想』の連載原稿を何とか締め切りに間に合わせたことの安堵感から、いっそ大雪でも降れば面白いのにと口走ったりするおよそ無責任な姿勢によるものでしかない。

　その無責任さを小気味よく鼓舞してくれたのは、かなりラフな服装――寒さに備えるためだろうか――のスティーブン・スピルバーグ氏の姿をそれとなく聴衆の中にとらえてみせたりするCNNのカメラワークである。トム・ハンクス氏の顔も見えたが、こうした場にふさわしいのは、やはり南北戦争以前の奴隷解放の試みを題材とした『アミスタッド』（1997）を撮り、奴隷解放に踏み切ったリンカーン大統領の伝記映画を構想してもいるスピルバーグということになるのだろう。例のナスダックの元会長バーナード・メイドフの巨額詐欺事件でかなりの資産を失ったはずだが、それにめげたりする風も見せないこの映画作家は、来賓としてオバマ氏の就任式に姿を見せることがごく自然に思える人物としてテレビカメラにおさまり、あたりの光景を「スピルバーグの旗」のもとにスペクタクル化しようとしているかにみえる。中国の北京オリンピックで演じるはずだった責任ある役割をあえて辞退したのも、そのためだったのか。

　そんな埒もない感慨にふけっていると、いきなり音楽の演奏があるとの紹介があり、それを作曲しかつ編曲したのはジョン・ウイリアムズ氏だと場内に伝えられる。ああ、ジョン・ウイリアムズまでが、と思わず身を乗り出したのはいうまでもない。いわずもがなのことだが、ジョン・ウイリアムズは、アメリカで開催された夏や冬のオリンピックの開会式での音楽を何度も担当したきわめてポピュラーな作曲家である。だが、そうした「公式の顔」にもまして、彼は、スピルバーグのほとんどの作品にメロディを提供したオスカー受賞歴のある映画音楽家として世界的な名声を誇っている。だから、ほんの一瞬のことではあるが、この連邦議会議事堂のまわりにはりつめている冷気を切り裂くように、いきなり『インディ・ジョーンズ』シリーズの主題がけたたましく響きわたりはせぬかという無責任な期待に胸がふくらむ。だが、実際に耳にすることになった《Air and Simple Gifts》という小品は、わざわざヨーヨー・マにチェロを弾かせるほどのものとはとても思えぬごく凡庸な出来映えにおさまっていた。とはいえ、スピルバーグその人が姿を見せ、まがりなりにもジョン・ウイリアムズの音楽が響いているこの就任式の光景が、まるでスピルバーグのプロダクション「ドリームワークス」のロゴにふさわしい映像と音響であるかのように思えたのはまぎれもない事実である。ことによると、これまたオスカー受賞歴のある撮影監督ヤヌス・カミンスキーがキャメラを担当し、『アミスタッド』のような暗い色調で統一されたプライベートなドキュメンタリーが、スピルバーグによってこっそりこの場で撮られていたりするのかもしれない。いずれにせよ、次々回作にあたるはずのリンカーンの伝記映画が、リンカーン記念館の奥からこの就任式を見まもっているリンカーン像を何らかのかたちでフィルムにおさめるだろうことは間違いなかろう。

ここで、不意にスティーブン・スピルバーグ氏に言及したのは、たんなる思いつきではない。多くの人が「期待をこめて」耳にしたというオバマ氏の就任演説には、あたかも近年のスピルバーグ作品のように、歴史の暗さがいくえにもぬぐいがたくまつわりついていたからだ。何より驚かされ、またいくぶん不快な思いに誘われもしたのは、こうした晴れがましい席には何ともふさわしからぬ「死んだ」《died》という動詞や「血」《blood》という名詞などが、何度も新大統領の口からもれていたことである。故ケネディ大統領の一九六一年の就任演説には、ほぼ同じことを言う場合にもあえて不吉な言葉遣いを避け、「墓碑」《graves》という語がつつましく使われているにすぎないことを思えば、これはいささか異常な事態だといえる。思えば、ケネディ大統領は、大量の「血」が初めてアメリカ合衆国のスクリーンを彩ったサム・ペッキンパー監督の西部劇『ワイルドバンチ』（69）が封切られる遥か以前に他界していたのだ。そんなことで事態が解明できるなどとは間違っても思わぬが、あえて比喩的にいうなら、ケネディは明らかにペッキンパー以前の政治家であり、オバマはまぎれもなくペッキンパー以後の政治家なのである。ペッキンパー以後の意味するところは、いうまでもなく、スピルバーグと同時代人の政治家ということにほかならない。一月二十日の就任演説の語句にまつわりついていた歴史の暗さは、スピルバーグの最良の作品で数限りなく流されていた――どれか一本というのであれば、『プライベート・ライアン』（98）のノルマンディ上陸作戦を彩っていた――「血」のどす黒さに近いもののような気がする。オバマ大統領にはいっさい興味がないといいながら、なお、その就任演説に耳を傾けてしまったのは、もっぱらそうした理由による。

では、問題の就任演説はどのように血なまぐさいのか。それを明らかにすべく、たまたま手元にあった『文藝春秋』二〇〇九年三月特別号の伏見威蕃訳にしたがって引用（ときに文脈の組みかえや、語句の修正を試みつつ）してみるなら、導入部で語られている「私たちの先祖のはらった数々の犠牲を強く念頭におき」の「犠牲」《sacrifices》という一語が、「死んだ」や「血」という動詞や名詞をごく自然に導きだしていることは明らかである。前大統領のブッシュ氏の功績をたたえ、彼に感謝の言葉が捧げられる以前に、いきなり「血」を流すこともいとわなかった先人たちへの思いが、「数々の犠牲」という言葉で口にされているのである。実際、演説者は、「暗雲が湧き起こり、嵐が荒れ狂うさなかに宣誓が行なわれたことも、しばしばありました」という言葉で現状の厳しさを聴衆に納得させてから、「そういったときにアメリカががんばり通すことができたのは、政府高官の技倆や洞察力のおかげではなく、『我ら合衆国の人民』《We the People》が先祖の理想を忠実に守り、建国の文書《もんじょ》に従ってきたからでした」とその段落を結び、その「我ら合衆国の人民」の「数々の犠牲」の上にいまのアメリカがあるのだから、「私たちの世代のアメリカ人も、そうあらねばなりません」と結論しているのである。

いうまでもなく、ほとんどそれと同じことは故ケネディ大統領によっても口にされている。だがそれは、「われわれ」《We》を主語とした未来形の表現として、「あらゆる代償を惜しまず、あらゆる重荷を背負い、あらゆる困難に立ち向かい」として、《price》、《burden》、《hardship》といった抽象的な単語の列挙によって語られており、「数々の犠牲」のように「血」のイメージを喚起する歴史的な事象として語られているわけではない。すでに触れておいた「墓碑」についても、「建国以来、それぞれの世代のアメリカ人は、国家への忠誠を宣誓することが求められていました。軍務への召集に応じた若いアメリカ人の墓碑は、この地球をおおいつくしております」というように、故ケネディ大統領においてはある程度まで抽象化された表現におさまっているが、オバマ大統領の演説においては、「はるか彼方の砂漠や遠い山地を巡察《パトロール》している勇敢な米軍兵士」に思いをいたしつつ、「きょう彼らは私たちに大切なことを語ってくれます。アーリントン国立墓地に眠っている倒れた英雄たちが、時を超えてささやいているように」と、戦死者の語る言葉へと人々の耳を向けさせずにはおかぬ文脈が形成され、「数々の犠牲」という概念がさらに強調されているのである。

この「数々の犠牲」が、あらゆる戦場での戦死者たちを含んでいることはいうまでもない。実際、オバマ氏は、何の躊躇もみせることなくこう堂々といいきって見せる。「私たちのために、そういった人々はコンコード、ゲティスバーグ、ノルマンディー、ケサンの戦場で戦って死んだ(died)のです」。誰もが聞きもらすまいと思うが、この一行は、独立戦争、南北戦争、第二次世界大戦のみならず、ヴェトナム戦争の犠牲者まで列挙している。イラク戦争の犠牲者が挙げられていないのは、それが共和党政権によって始められた「誤った戦争」であり、ヴェトナム戦争は民主党政権下に本格化したが故に、その戦死者を想起すべき「正しい戦争」ということになるのだろうか。わたくしはついそんなことを考えてしまったのだが、いずれにせよ、『文藝春秋』の訳者が「我ら合衆国の人民」という語句をめぐって、それが「合衆国憲法前文冒頭の言葉」であると註記しているように、この就任演説は、憲法の精神にふさわしくあろうとし、その精神を維持し擁護しようとするのであれば、あらゆるアメリカ人は「数々の犠牲」を忘れてはならないし、進んでそれを受け入れるべきだと一貫して述べているのである。

『文藝春秋』の訳では「私たちの想像をはるかに超える危機に直面した建国の父たちは、法の支配と人権を確実なものにするための憲章を起草し、そのたった一つの憲章が何世代にもわたって延べひろげられてきました」とされている文章にも「血」の一語が含まれている。それは《a charter expanded by the blood of generations》という部分なのだが、ちなみに、asahi.comのこの部分の訳は、「これは、何世代もが血を流す犠牲を払って発展してきた」とあり、ほかの多くの新聞においてもほぼ同様の訳が提示されている。伏見訳は、世代を通じて脈々と受けつがれたという「血」の持続性が強調されており、ことによるとその方が正しいのかもしれないが、テレビ中継で演説を聞いていたかぎり、わたくしのような英語の素人は、思わず流れる「血」を想像してしまったものである。

その血なまぐささの印象は、演説の後半部分で大胆に語られている独立戦争の光景の描写、すなわち「雪は血に染まっていました」《The snow was stained with blood》によってさらに強化されたような気がする。実際、オバマ大統領はこういいはなっているのである。「アメリカが生まれた年、厳寒の月に、ある凍った川の岸で、ごく少数の愛国者が消えかけた焚火を囲んで身を寄せ合っていました。首都は放棄されました。敵は進軍していました。雪は血に染まっていました」。「数々の犠牲」が語られているということは、アメリカ合衆国には「数々の敵」が存在したということにほかならない。その「数々の敵」の中に独立戦争時代のイギリス軍を数えることすら辞さないこの演説は、わたくしの耳には、敵に対して「血」を流すことを怖れぬ「数々の犠牲」者の一人たれといっているように響く。それが、この文章の導入部で予感された、伝統主義者オバマ氏の保守的ともいえる愛国主義にほかならない。

この伝統主義者のいかにも血なまぐさい演説は、オバマ氏独特のものというより、多くのものに似ており、独創性からはほど遠い。すでに触れたことだが、それは、画調がいかにも暗く、黒々とした血が流れることの多い『アミスタッド』や『プライベート・ライアン』以降の、過去十年ほどのスティーブン・スピルバーグの作品に似ている。敵弾を受けて戦場に倒れることの不条理をもしばしば描いているスピルバーグがオバマ氏の保守的な愛国主義のイデオロギーをどこまで共有しているかはともかく、この映画作家が南北戦争以降のアメリカ合衆国の戦争の犠牲者たちをひたすら描き続けているという点で、そこになにがしかの共通点が存在することは否定しがたい。だが、それ以上に、この演説は、「血」やそれにまつわる不吉な語彙が横溢しているフランス国歌と多くのものを共有しているのである。

実際、正式には七節まで存在することになっている『ラ・マルセイエーズ』は、その第一節をたどっただけで、多少ともまともな神経の持ち主ならとても口ずさめはしないような陰惨な単語にみちている。それは、「われわれに対して、暴君の／血塗られた軍旗は掲げられた／血塗られた軍旗は掲げられた、……獰猛な兵士ども／彼らはあなた方の腕の中までやってきて／あなた方の息子たちや、あなた方の伴侶たちの首を掻き斬ろうとしている」というものだが、それに対して、リフレインは「武器を取れ、市民たちよ」と始まり、「進軍しようではないか、進軍しようではないか／汚れた血で／われわれの田畑の畝を潤すために」と結ばれている。新大統領の演説に姿を見せる「血」は、これほど凶暴なイメージを喚起するものではない。ただ、横暴きわまりない専制君主とその軍隊を「敵」とみたて、それを殲滅せしめるために武器を取る「市民」たちが「祖国の子供たち」《Enfants de la Patrie》と呼びかけられていることは、オバマ氏によって描写されたアメリカ独立戦争の、あの「凍った川の岸」で「消えかけた焚火を囲んで」いたという「少数の愛国者」《a small band of patriots》といささかも異なるものではない。オバマ氏が伝統主義者で保守的ともいえる愛国主義にあふれた演説をしたとするなら、フランス国歌もまた、大革命から二世紀が経過しているいま、保守的な愛国主義にふさわしい国歌だというほかはない。それとの濃密な類似を指摘しうる新大統領の就任演説は、はたして二十一世紀にふさわしいものといえるのだろうか。

コロンビア大学教授の政治学者ジェラルド・カーティス氏は、外交ジャーナリストの手嶋龍一氏との対談「オバマ演説はケネディを超えた」——題名は編集者によるものだろう——（『文藝春秋』09年3月特別号）で、「二〇〇四年の民主党大会で基調演説を行ったときから、オバマは二十一世紀の政治家だと注目していました」と語っている。彼は、「ヒラリー・クリントンは優れた二十世紀の政治家で、ジョン・マケインは十九世紀の政治家（笑）」といいそえている。これは、共和党候補者の政治手腕を古くさいものと決めつけている点ではきわめてわかりやすいが、就任演説を聞いた者としては、その古くささの比喩を十九世紀に求める姿勢は、政治学者として避けるべきものだと思う。すでに見ておいたように、オバマ氏は、それが十八世紀であれ、十九世紀であれ、二十世紀であれ、「我ら合衆国の人民」が流した「血」を忘れるべきではないとくり返しいっているからである。かりに新大統領が「二十一世紀の政治家」であるとするなら、それは「コンコード、ゲティスバーグ、ノルマンディー、ケサンの戦場で戦って死んだ」人々を、時間的な距離を超えて等しくうやまうべきだという視点を提起したことによってであるはずだ。

だが、この対談を読むかぎり、カーティス氏による「二十一世紀の政治家」の定義はあくまで曖昧である。教授は、「僕は政治家に必要なのは説得力だと考えています」というが、オバマ氏がそれをそなえていたとしても、それは「二十一世紀」とはいっさい無縁の問題である。また、教授は、オバマ氏が大統領選挙で勝利した夜のハーレムの町を挙げての熱い興奮ぶりを描写しているが、9・11事件直後にブッシュ大統領が獲得した九十パーセント近い支持率を記憶している者なら、人々のその種の興奮ほど信頼ならぬものはないはずだといわねばなるまい。政治学者としては、それが当然の反応であるはずだ。他方、手嶋氏は、「日本や欧州でも人々はオバマ就任演説に魅せられたように耳を傾けました」というが、もしそれが外交ジャーナリストとしての発言だとするなら、職業意識の欠如を批判されるべきだろう。ジャーナリストの第一歩は、いくら何でもそんなはずはなかろうと疑ってかかることにあるはずだからである。「オバマ演説はケネディを超えた」の対談者二人の言葉から伝わってくるのは、新大統領の就任を手放しで喜び合う同窓生たちの談笑のようなものでしかない。それにくらべてみれば、わたくしはその主張にまったく同調する気はないが、佐藤優の連載「新・帝国主義の時代」(『中央公論』09年3月号)の第一回「〝国家〟に傾斜する米ロ」におけるオバマとムッソリーニとのきわどい比較対照の方が、まだ知的で歯ごたえがあったというべきだろう。ただ、佐藤氏もまた、カーティス教授のように、オバマ氏の演説は「説得力がある」といっている。本当だろうか。いったい、彼は、何を説得しているというのだろうか。

いうまでもなく、就任演説におけるオバマ氏の言葉とムッソリーニのそれとの最大の違いは、オバマ氏が「説得」すべきものなど何一つ持っていないということだ。にもかかわらず、彼が何かを「説得」しているかに見えるのは、もっぱらマイクにのりやすい声の肌理によるもので、機械との相性のよいその声が、血なまぐさい歴史の物語を、スピルバーグの映画のように、アメリカ合衆国の物語として語っているにすぎない。この「血」と「犠牲」の物語はわれわれの物語であり、あなた方の物語であり、彼らや彼女らの物語だといっているだけなのだ。

カーティス教授は、「問うべきは政府が大きすぎるか小さすぎるかではなく、機能するか否かだ」という一節をとらえ、それを「過剰消費の時代に終止符を打つ」ための「イデオロギー抜きのプラグマティズム」だと述べている。だが、そんなことは、『ロンドン・レヴュー・オブ・ブックス』（2008／10／9）のために書かれたスラヴォイ・ジジェクの「馬鹿だなあ。肝腎なのは政治経済なのに！」（『現代思想』09年1月号、長原豊訳）で皮肉たっぷりに指摘されていることにすぎない。「特殊な状況の下では、市場相互間の作用はつねに政治的意志決定によって制御されている。本当のディレンマは、したがって、『国家介入か、否か』という選択肢にはない。問題は『いかなる国家介入か』という点にある。またこれが、真の政治というものであ」るとジジェク氏は書いている。バラク・フセイン・オバマ氏は、このラカン派の精神分析に詳しいリュブリアナの哲学者の文章を、演説執筆以前に読んでいたのだろうか。まさかとは思うが、かりに読んでいたとするなら、ここでも彼は「説得」するのではなく、ただ「説得」されただけということになる。

5 大晦日の夜に、いきなり「国民服」とつぶやいたりする世代がまだ生きている日本について

昨年の十二月三十一日水曜日、大晦日もかなりおしつまった時刻に、いつもなら机に向かわねばならぬ仕事を早めに切り上げ、風向きによって聞こえたり聞こえなかったりする除夜の鐘に耳を傾けているはずなのに、まだ整頓されてさえいない机の上に何冊もの書物を雑然と拡げたまま、あれこれの資料に目を通しつつパソコンのモニター画面に文字を打ち込んだり消去したり、コピーやペーストをくり返してばかりいた。とはいえ、その晩までにぜひとも書き終えねばならぬ原稿をかかえていたわけではない。年が改まらぬうちにある程度までを仕上げておかねば新しい年の予定が大はばに狂い、いろいろと面倒なことになりかねないというごく個人的な判断から、もっぱら執筆の準備をかさねていただけなのである。具体的には、三省堂から出版予定の『日本映画作品辞典（仮題）』の小津安二郎の作品解説の執筆を編集責任者の山根貞男氏から依頼されており、その期限までに完成原稿を編集部に送付するには、少なくとも戦前の作品については年をまたがずに書き終え、何とか体裁を整えておこうと自分自身に言い聞かせていたというにすぎない。

誰もが知っているように、小津安二郎は六十年の生涯に五十四本の作品を撮っている。そのうち戦前の作品は三十九本を数え、『父ありき』（１９４２）がその三十九本目の作品である。『長屋紳士録』（47）に始まる戦後の作品は十五本しかないし、『晩春』（49）以降のほとんどの作品は封切り時に見ているから、およその人物関係も頭に入っているし、日本の戦後史の流れにそれを位置づけることもさほど難しいものではない。プリントが残っておらず、いまでは見ることのできない作品については、現存する映画史的な資料――そのあらかたは編集部によって用意されている――をあれこれ読みこんで自分なりに筋道をつけるしかないのだが、ときに思いがけない困難に遭遇することはあっても、そうと覚悟を決めれば何とかやりとげることはできる。厄介なのは、その時代を身をもって生きたとはとてもいいがたい戦前の作品である。それらのほとんどはかなりの年齢になってから戦後に見たもので、個々の作品の舞台背景や描かれている社会風俗についてて触れようとするとあれこれ曖昧な点が生じ、こうだといいきる自信が持てない。その上、「辞典」であるだけに執筆上の制約もあり、解説にあてられるべき字数も制限されている。作品の重要度にしたがって五十字、百字、二百字、三百字、四百字、五百字、六百字と異なる範疇があり、およその目安だとは聞かされていても、それが書き方を規定するだけに、いったんは書き上げながらも律儀に文字カウントをくり返すばかりで、すらすらと書き終えることなどできはしない。そうした事情もあって、昨年の大晦日には、予定していた『父ありき』の項目を書き始めることさえできなかった。その直前に撮られた『戸田家の兄妹』(41)の執筆準備に思いのほか時間がかかってしまったからである。

『戸田家の兄妹』が昭和十六年の三月一日土曜日に公開されたとき、わたくしはそろそろ満五歳になろうとしていた幼児にすぎず、小学校にもあがっていない。もちろん、封切り当時にそれを見る機会などなかったし――母が息子のために選んだ作品は、ご多分にもれずジョニー・ワイズミューラー主演のターザンだった――、戦後も上映される機会はあまりなかったので、初めて見たのは一九七〇年代のことで、三十歳もなかばを過ぎ、四十歳に近かったのではないかと思う。舞台となっているのは、小津自身が池田忠雄と共同執筆した脚本に書かれているように、「麴町の屋敷町」の大きな庭のある日本家屋である。それは「当主の顕職にあった時分から、引き続き住み慣れた家だ」とも書かれているから、藤野秀夫が演じている「当主」の戸田進太郎がいまは引退した身であることだけは間違いない。だが、「顕職」という社会的な身分が政界か、官界か、それとも財界かを確かめようとすると、さまざまな書物におさめられた「あらすじ」や「要約」に目を通してもさっぱりわからないのである。小津の作品だから、政界や官界はまずなかろうとは思うが、「あらすじ」としてもっとも文字数が多く、内容的にも信頼のおける『FC フィルムセンター64　小津安二郎監督特集』（東京国立近代美術館フィルムセンター、１９８１）は、それを「財界の顕職」と断定しているが、その根拠が何であるかには触れられていない。そこで改めて脚本にあたり、そうと想像しうる台詞がどこかで口にされているかどうかを確かめてみるしかないのだが、父親の急死後に斎藤達雄が演じている長男の口にする「まあ、お父さんが経済界では一つの存在ではあったんだろうけど」という言葉が読めるので、ようやく「財界の顕職」に間違いないことがわかるのだが、そうこうしているうちに二、三時間はあっというまにたってしまう。

こうして、「顕職」というたった一語のためにさまざまな資料が動員されることになったのだが、その過程で、作品ごとにかなり長い「解説」めいた分析がそえられているデヴィッド・ボードウェル David Bordwell の『小津安二郎　映画の詩学』（杉山昭夫訳、青土社、１９９２）に目を通してみると、「父が急死したあと」で始まるその「あらすじ」は、戸田家の当主の社会的な地位についてはいっさい触れておらず、日本人の読者にとっては「裕福さ」のコノテーションを帯びているはずの「麹町」についての記述も含まれていない。英語圏の読者にとってそれもまあ当然のことだろうとは思いつつそれに続く作品分析のページをくってみると、いきなり「軍服」の一語が目にとまり、疲れきった神経を不穏に騒がせる。『戸田家の兄妹』はまぎれもなく戦時期の作品だが、現存する小津の作品の主役の一人が軍服を着ていることなど、絶対にありえないからである。ちなみにボードウェルの原著 *Ozu and the Poetics of Cinema*, Princeton University Press, 1988 を書架からとりだして問題の一文をさぐりあててみると、そこには《military tunic》という言葉がまぎれもなく書きこまれていたのである。

実際、ボードウェルは、この作品のある人物の振る舞いをめぐって、「放蕩息子が軍服を着て中国から帰国し、本国にいる人々が忘れてしまった伝統の強力な代弁者になるのである」と書いている。ここで「放蕩息子」と呼ばれているのは佐分利信が演じている次男の昌二郎のことなのだが、物語の終幕近く、父親の一周忌のため中国からいったん帰国した彼が、法事の後の料亭で口にする姉や兄への叱責の言葉から、彼を「人々が忘れてしまった伝統の強力な代弁者」と見なしているボードウェルの視点はあながち間違いではなかろう。だが、黙って家を出て、和歌山まで鯛釣りに行くつもりが、天候のせいで大阪に足止めされ、父の死に目にあえなかった昌二郎は、直後に思いきって中国へ旅立ち、天津で自立した生計を営んでいただけなのだから、「放蕩息子」の比喩は必ずしも正確なものとはいいがたい。また、大学卒業後に軍隊に志願したわけでもないのだから、彼が「軍服」など着ているはずもない。まさかと思ってＤＶＤでその場面を確かめてみると、彼が法事の席で着ていたのは、「国民服」と呼ばれる戦時期の一般人がよく着用していた地味なカーキ色の衣服にほかならない。あれこれ資料をあたってみると、昭和十五年十一月二日土曜日に「国民服令」という勅令が公布されており、それ以降、軍人ではない男子が着用することになっていたものである。

「国民服」の定義として、「太平洋戦争中に広く行われた軍服に似た男子の服装。国民が常用すべきものとして制定。帽子・儀礼章をも併せ定めた」と手元にある『広辞苑』（第四版、岩波書店）に書かれているが、『戸田家の兄妹』が公開されたのは昭和十六年の三月一日だから、作品の舞台となっているのは十二月八日以前の東京であり、そのとき「太平洋戦争」はまだ勃発していないのだから、『広辞苑』の定義は必ずしも正確なものとはいえまい。とはいえ、「軍服に似た」とされているほどだから、それを「軍服」と勘違いした現代アメリカの映画研究者がいたとしても、それを目くじらたてて批判するまでもあるまい。ここで問題なのは、むしろ、日本人である訳者が著者の勘違いを訂正することなく、《military tunic》を「軍服」と逐語訳していることにあるというべきだろう。画面の細部を確かめてみるまでもなく、兵士として中国に従軍していた次男の昌二郎が、帰国して銃後の家族に向かって陸軍の制服姿のまま説教をたれるような映画を小津が撮るはずがない。それが、われわれのごく標準的な理解だからである。また、「あらすじ」に記述すべき昌二郎の職業にしても、「軍服」を着ているからには軍人ということになろうから、それもあからさまな間違いだといわねばなるまい。実際、佐分利信が着ている服には、軍隊での階級を示す徽章などついてはおらず、日本人ならそのぐらいのことはわかるはずだから、あれは「軍服」ではない、「国民服」というものだと訳者は著者の誤りを指摘すべきだったはずである。その指摘は、デヴィッド・ボードウェルの意欲作『小津安二郎　映画の詩学』の価値をいささかも軽減するものではないからである。

そんなことをあれこれ考えているうちに除夜の鐘が鳴るはずの時刻はとうの昔に過ぎており、時計の針は平成二十一年一月一日木曜日の午前三時を遥かにまわっている。かくしてわたくしは、小津安二郎の『戸田家の兄妹』に描かれている世界を遠く離れたまま、自分自身に課した『父ありき』の解説を大晦日のうちに書き上げるという予定さえはたせぬまま、「国民服」、「国民服」と芸もなくつぶやきながら、七十何回目かの新年を迎えることになったのである。

昭和十一年生まれのわたくしにとって、「国民服」は「軍服」とは似ても似つかぬ中途半端なよれよれの衣服で、女性のもんぺ姿とともに、戦時期というより、むしろ戦後の混乱期の闇市にふさわしいみじめな衣裳という記憶が残されている。実際、昭和二十一年の四月に疎開先から東京に戻り、再開された小学校に通い始めたとき、先生方の何人かが国民服に地下足袋姿で朝礼時に整列しておられるのを見て、深い衝撃を覚えたものだ。戦時下ではおよそ目にすることのない光景だったからである。実際、太平洋戦争が勃発する直前の昭和十六年に父が召集されてから、母と二人で麻布の祖父母の家に同居していたわたくしのまわりに、国民服を着ていた者など一人としていない。官僚だった母方の祖父は、空襲警報が日常化されてからも、毎朝フロックコートを着て迎えの人力車に乗り込んでいたし、退役軍人だった父方の祖父は、日露戦争で戦果をあげたことを誇りにしていたというだけに――直接耳にした記憶はまったくないが――、最後の任地だった東海の地方都市に住みついたまま、「へたな戦争、始めやがって」とはきすてるように口にしながら、質素な和服姿で――『戸田家の兄妹』の佐分利信のように――釣りにでかけるのを戦時下の日課にしていた。同じ屋根の下に暮らしていた母方の叔父は、戦時下に大学を卒業して銀行に就職し、外出時にはいつでも三揃えの背広姿にソフト帽をかぶっていたし、地方都市の旧制高校の若い講師だった父方の叔父もほぼ同じ服装でわたくしたちに接しており、そのありさまは、戦前の小津安二郎の都会風の喜劇における斎藤達雄や岡田時彦のスーツ姿と寸分の狂いなく一致する。とすると、戦時下の男たちの衣服をめぐるわたくしの記憶は、昭和十七年に『父ありき』を撮りあげてから日本を離れ、軍服姿の兵士たちにキャメラを向けようとする寸前に戦況が悪化し、その撮影を放棄して戦後まで捕虜としてシンガポールにとどまった小津安二郎とほぼ同じ段階にあるといえるのかもしれない。事実、『父ありき』の後半部分の物語はほぼ同時代の東京に設定されていながら、そこに「国民服」をまとった男など一人として描かれてはいないのである。

そう思って改めてパソコンに向かいあおうとすると、いきなり国民服姿の伯父のイメージが記憶によみがえる。本郷の真砂町で自宅の隣に医院を開業していたその伯父は大学でも教鞭をとっていたが、執務中の白衣姿でなければ、いつでもスーツにネクタイを締めていた印象が強い。ところが、その伯父が、よく晴れたある日の午後、いきなりリュックサックを背負ったよれよれの国民服姿で麻布の家の中庭にあらわれ、「焼けちゃった、焼けちゃいました」と笑顔で乾いた声をたてたのである。いつもは威厳のある医師として接していた伯父が、いかにもあっけらかんとした風情でそう呼びかけたときの声が忘れられない。家族の中で伯父の来訪に気づいたのはわたくしが最初だったのだが、すたすたと庭に足を踏み入れるその歩調の軽さがいつもとは違っており、何か途方もないことが起こったという印象をきわだたせていたからだ。

いま数えてみれば八歳であったはずのわたくしに、その伯父が名高い昭和二十年三月十日土曜日の大空襲の犠牲者だという意識などまるでなかったのだが、『東京都戦災誌』（東京都編、明元社、２００５）によると、本郷区の弓町一、二丁目、菊坂町、真砂町といった一帯がすっかり消失したのは、警報が午前0時15分に発令され、2時37分に解除されたその日の空襲をおいてほかには考えられない。同書の被害概要によると、本郷区の焼失戸数は８６４０、焼失建物坪数は１４４０４０、死者は２００人で本所区の２５０８５人にくらべれば遥かに少ないが、それでもこの伯父が燃えつきた医院の前で火の粉を振りはらいながら、やがて呆然と焼け落ちた自宅から遠ざかったのだと現実味を帯びた想像をめぐらせることはできなかった。わたくしはその日の午後に不意に目にした伯父の場違いな国民服姿と、憑きが落ちたかのような高笑いだけを記憶しているのである。

伯母や従姉妹たちはすでに疎開しており、家財道具もあらかた地方に送っていたはずだから、自宅と医院とが焼け落ちるのを目にしたのは伯父一人のはずだが、空襲で都電――わたくしたちはそれを市電と呼ぶ習慣を捨てきれてはおらず、祖母は頑固に戦後も市電といいつづけていた

——もほとんど機能しておらず、いまのＪＲにあたる省線の駅からも離れている真砂町から六本木まで、リュックサックを背負った伯父は、いったいどんな径路をたどって歩いてきたのだろう。その夜の空襲が浅草区や本所区や深川区に与えた甚大な被害からすれば、おそらくは黙示録的な光景の中を、国民服やもんぺ姿の難を逃れた男女があたりを茫然と埋めつくしていたはずだが、当時のわたくしにはそうした生死にまつわる想像力がまったくといってよいほど欠けていた。わたくしはただ、三河台から四谷塩町行きに乗って青山一丁目まで行き、そこで須田町行きに乗り換えて神保町まで行き、そこでさらに巣鴨車庫前か下板橋行きに乗り換えて春日町で降りるという、六本木の祖父母の家から真砂町の伯父の家までの径路を律儀に逆にたどっている伯父の姿を思い浮かべていただけである。いつもなら都電の路線を乗り継いでようやくたどり着くほどの距離を、大人なら徒歩で踏破できるのだという新鮮な発見にむしろ興奮していたといってもよい。いまにして思えば、三月九日から十日にかけての晩を家族とともに防空壕ですごしたわたくしは、空襲警報の解除とともにおもてにでると夜空が真っ赤に染まっていたのを目にしたはずである。だが、そんなことにはいい加減慣れっこになっていたので、早乙女勝元の『東京大空襲　昭和20年3月10日の記録』（岩波新書、１９７１）などで語られている「無差別絨毯爆撃」に間接的に立ち会っているという意識などこれっぽっちもなかったのである。

わたくしは昭和十九年の秋から、母方の祖父の出身地である長野県上伊那郡小野村というところに疎開しており、二十年の四月から村の国民学校に入学しているから、その年の三月十日になぜ東京にいたのか、その理由はよくわからない。ただ、ごく最近、ＴＢＳアナウンサーの久保田智子さんとの対談(「無数の細部からなる映画の魅力」、『UP』第37巻第10号、東京大学出版会、2008)でも証言しているように、空襲警報が解除された直後の晴れあがった空から、一機の日本軍機が、操縦機能を失ったまま、まるで不意の悪意からわたくしをめがけているかのように錐揉み状に舞い降りてきて、目と鼻の先で風に煽られたかのように方向を変え、そのまま近くに墜落したさまをこの目で見ている。それはほんの数秒のことだったはずだが、そのときわたくしをとらえていたのは、恐怖とはいささか異なる何とも処理しがたい時間感覚の揺れだった。凝固しているのに引きのばされて行くかのような時間の歪みへの焦りというか、目の前に起こっているとりかえしのつかない事態への無力な諦念のようなものだった。見てはならぬと禁じられていたものをふと目にしてしまったかのような罪悪感にいたたまれず、いま見たばかりのことを母にも祖母にも告げぬまま、自分自身のうちにひそかに隠匿せずにはいられなかったのである。その墜落事故のことは、なぜか家庭でも近所でもまったく話題にならなかったので、あれは幻覚だったのかとさえ思ったほどだ。

だが、『東京都戦災誌』をことこまかにあたってみると、その無時間的な体験が、昭和二十年一月二十七日土曜日の午後のことであろうとほぼ見当がつく。同書には、「14時関東地区空襲警報発令」、「15時10分関東地区空襲警報解除」とあり、その年の一月から三月にかけて何かの理由で疎開先から東京に戻っていたわたくしは、午後三時十分をややまわった頃に、不意討ちのような墜落の瞬間に立ち会ったものらしい。その日の「麻布」地区の被害は「半壊1」、「麻布区飯倉片町29、友軍機墜落火災発生」と記述されているが、飯倉片町といえば、当時住んでいた麻布区六本木町一から一キロと離れていない近距離である。だが、そのわずかな距離が、戦時下に東京に住んでもいたわたくしの空襲体験を何とも抽象的なものにしてしまっているように思う。B29がどれほど東京の空を席捲しようと、爆撃による身の危険など感じたためしのない無邪気なわたくしにとって、三月十日はあくまで伯父の見なれぬ国民服姿によって象徴されているからである。

古井由吉の『白暗淵』（講談社、２００７）におさめられた「地に伏す女」の話者は、「後に第一次と呼ばれた中東の湾岸戦争が続いていた」時期に「手足に麻痺の兆し」を覚えて入院治療を受けることになるのだが、病室で「所在なさのあまり眠りを摂ろう」としても廊下づたいに響いてくる談話室のテレビの音に悩まされ、聞くともなしに聞いてしまう湾岸戦争のニュース報道に対してこう反応せずにはいられない。「報道の声は深刻らしくしながら浮き立って、戦闘という言葉には、激しいという形容が決まってつき、ほかに言葉の能もないようで、あれは戦争というものにほんとうのところ想像を欠いた、爆弾の炸裂に爆風を思わぬ世代の声だ、と自分の年を知らされた」。この「自分の年」はほぼ作者のものでもあろうが、それはあくまで話者の反応であり、古井由吉自身の感慨と断定することはできない。ただ、書物と同じ題名の「白暗淵」には、地方の城下町に落とされた大型爆弾の爆風で宙に舞いあげられて気絶し、知らぬ間に母親を失った少年がいかに戦後を生きたかが描かれているし、防空壕に避難していても「空気を擦って落ちる弾の切迫」が人々をどれほど脅えさせたかについても語られている。実際、『野川』（講談社、２００４）以降の古井の文学は、そのつど「自分の年を知らされ」ることになるような戦時下の体験をあれこれ生々しく語ることで、読者をいまという時間からごく曖昧に遠ざける。

そうした何冊かの近著の記述から、作者の古井由吉が昭和二十年三月十日のみならず、五月二十四、二十五日の空襲をも身をもってくぐりぬけたらしいと見当をつけることはできる。それをフィクションとして書くことで、名前を持っていたりいなかったりする話者や作中人物が、そのつど「自分の年を知らされ」るような立場に置かれることはいうまでもない。実際、『白暗淵』の作者は、しかるべき説明なしには現代ではとうてい通用しがたい建物の「強制疎開」といった言葉を文中にまぎれこませているのだが、著者はそんな語彙を自然に操れる最後の小説家だといいうるだろう。古井由吉とほぼ同年のわたくしもまた、ことによると、「爆弾の炸裂に爆風を」思わずにはいられない日本人の最後の世代の一人ということになるのかも知れない。それはまた、「国民服」というものをこの目で見たことがあり、その言葉をごく自然に口にした最後の世代の一人ということにもなるだろう。

実際、「国民服」という言葉は、古井由吉によっても『野川』に書きつけられている。話者の「私」と死んだ友人の「井斐」との交渉を題材としたゆるやかな長編とも読めるこの作品の「石の地蔵さん」には、ある地方都市の「駅舎の正面の石段の上で国民服を着た丸眼鏡の中年男が大きな日章旗を振り回して、ノーエ節の音頭を取っていた」ことを、「数えで八歳、国民学校の二年生になり、五月の末に東京の郊外で焼け出され、六月の中旬から父親の実家のあるこの町へ逃げて来ていた」という「私」が目にした出征兵士の奇妙な見送りの光景が語られている。「国民服に戦闘帽をかぶっていたか、脚にゲートルを巻いていたか、軍靴を履いていたか、いや、帽子はかぶらず、胡麻塩の坊主頭に、日の丸鉢巻を締めていたように思われる」と書かれているのだが、ことによると、二〇〇四年に刊行された書物のこの記述には、夏目漱石の文庫版のように詳細な註が必要とされるのかも知れない。ということは、戦後生まれであるだろうボードウェルの『小津安二郎　映画の詩学』の訳者が、「軍服」の一語を「国民服」と訂正しなくても何ら不思議でない時代にわれわれが暮らしていることを意味している。わざわざそう指摘することで、わたくしは「自分の年を知らされた」というだけのことなのかも知れない。

　ところが、三が日をかけて埒もなくそんな感慨にふけっていたわたくしは、御用始めにあたる日の夜、いきなり考えを改める。というのも、『戸田家の兄妹』で佐分利信が着ていた衣服を「国民服」と語彙的に特定しえない者たちが二十一世紀の観客の大半だったにしても、彼ら（あるいは彼女ら）が、この映画とはおよそ異なる領域で、これに似た衣服を身にまとった歴史的な人物を何人か思い浮かべても不思議ではないはずだと思いあたったからである。実際、レーニン、スターリン、毛沢東、ホーチミン、金日成といった社会主義圏の政治的な指導者たちは、いずれも「国民服」とそっくりの服装で写真に映っている。周恩来もそうだったし、鄧小平もそうだった。とするなら、そうしたイメージの源流ともいうべきところに、誰もが孫文の肖像写真を探りあてて当然のはずである。よく知られた肖像写真でカメラを見つめている孫文は、詰め襟の服を着ている場合もあれば、折り襟の服を着ている場合もあるが、いずれにせよ、中国でも台湾でも近代革命の父と見なされている彼は、西欧風の背広とはおよそ異なる服装で人々の前に姿を見せていたのである。現在の中国でも台湾においても、彼が着ていた服は、「中山服」——孫文は、中華圏では孫中山と呼ばれるのが普通である——として男性の正式の礼装と見なされている。とするなら、『戸田家の兄妹』の佐分利信が父の法事で着ていた服は、中国からの一時帰国であるだけに、「軍服」でも「国民服」でもなく、礼装としての「中山服」だったとしてもおかしくはない。その場合、料亭で兄や姉を叱責するときの彼の服装は、軍国主義的な「日本性」というより、革命的な「中国性」というコノテーションを帯びることになるのだが、はたして小津安二郎はそこまで考えていただろうか。

ところで、革命的な「中国性」という衣服的な記号のコノテーションは、一九六八年周辺のフランスの知識人層にも受けつがれていたことは指摘しておくべきかもしれない。この時期のミシェル・フーコーやジル・ドゥルーズが好んで身につけていた上着は、どこか孫文の折り襟の「中山服」を思わせるものだったからである。だが、何しろ毛沢東の「造反有理」を誰もが口にしていた時代のことだったので、それは「中山服」というより、紅衛兵たちの「人民服」を模倣しているかのように受けとめられていたものだ。フーコーの「未来はドゥルーズ的な世紀となろう」というスローガンもあってか、一九七〇年代に入ってドゥルーズが知的なスターに祭り上げられたとき、『差異と反復』の哲学者が着ている服装を「人民服」的な労働着ととらえ、あえてそれをまとって授業や講演にあらわれることのスノビスムを、「マリリン・モンローのプリーツ・ブラウス」と同じではないかと若いジャーナリストが攻撃したことがある。それに対して、ドゥルーズは、「ちがうよ、あれは農夫の上着なんだから」(『記号と事件 1972—1990年の対話』、宮林寛訳、河出書房新社、1992)と軽くいなした。とするなら、「国民服」、「中山服」、「農夫の上着」という衣服的なセリーが、形態的な類似を介して、日本、中国、フランスという地域性を超えて形成されることになる。

事実、フランスではごく稀な農民コメディーの傑作ともいうべきジャック・ベッケル監督の『赤い手のグッピー』(43)を見てみると、農夫グッピー役のフェルナン・ルドーを初め、この作品で土地の人間を演じる役者たちのほとんどが、一九七〇年代のジル・ドゥルーズとそっくりの服装で画面を横切っているのである。しかも、それらの「農夫の上着」はロケーションされた田園地帯で調達されたものだというのだから、やはり、ドゥルーズは正しかったといわざるをえない。だが、『シネマ1 運動イメージ』(財津理/齋藤範訳、法政大学出版局、2008)と『シネマ2 時間イメージ』(宇野邦一ほか訳、法政大学出版局、2006)の二冊をジャック・ベッケルにひとことも言及することなく書き上げてしまったドゥルーズに対して、わたくしは激しく――断言しておくが、世界の誰よりも激しく――腹を立てている人間なのだ。しかし、それはまた別の話である。

6 「栄光の絶頂」という修辞が誇張ではない批評家が存在していた時代について

一九七一年十一月十六日火曜日の午前九時頃ではなかったかと思うが、東洋人にしてはやや大柄な二つの人影が、パリのサン・ラザール駅の長距離線プラットホームからル・アーヴル行きの急行列車に乗り込む。ルーアンの市立図書館に所蔵されているギュスターヴ・フローベールの『ボヴァリー夫人』の原稿に目を通すためである。一九三五年から速度にほとんど変化がないといわれているこの路線を律儀にたどる車両に揺られ、二つの人影はほぼ一時間後に目的地に着くことになるだろう。年配と見てとれる方の男は『ボヴァリイ夫人』を日本語に翻訳し終えたばかりであり、その訳業は、壮年と呼ぶべきかも知れないもう一人の男による『三つの物語』と『十一月』の翻訳とともに、講談社版の『世界文学全集』の「フロオベエル」篇に収められている。刊行されたばかりのその真新しい一冊が、どちらかの鞄にまぎれこんでいるはずだ。フローベールの生まれた土地の図書館に寄贈するためである。

およそそのように書き始めれば、一つの懐古的なテクストがなだらかに成立するはずだとつねづね思っていたが、そのなだらかさの予感が、書くことよりもいくぶんか怠惰な語りへの傾斜を助長しかねないので、この日のルーアン行きについて書くことは自粛するしかないと久しく思い続けていた。実際、こんにちにいたるまで、それについて詳しく触れたことは一度もない。それに、サン・ラザール駅の二つの人影だけはかろうじて漠たる輪郭におさまってくれるものの、その前後に起こっていたはずのことを記述しようとすると、何かが記憶と齟齬をきたして言葉を書きつがせようとはしない。

急行列車に乗り込んだ二人は、ルーアンのリーヴ・ドロワット、すなわちセーヌ川の右岸に位置する駅までの切符を手にしていたはずである。ところが、それを買い求めたときのそぶりがまるで見えてこないし、車中の二人が座席で向き合っていたのか、それとも並んでいたのかさえ思い出すことができない。いまから四十年近くも前のことだから、あらゆる細部が茫洋としてとらえがたいのは致し方ないが、二つの人影がルーアンで演じた身振りや言動は断片的ながらあれこれ想起することができ、そのいくつかはむしろ生々しいイメージにおさまっている。ところが、二人がどのようにパリを離れてパリに戻ったのか、そこのところがさっぱり見えてこない。二つの人影は、二つの都市をへだてる百キロほどの距離を物理的に移動することなく、サン・ラザール駅とノルマンディの古都とを背景に、イメージとして揺れているだけのように見える。七一年十一月十六日に起こったはずのルーアン詣でが懐古的なテクストとしても成立しがたいのは、そのためかも知れない。

書かれることはまずあるまいそのテクストを横切る二つの人影にいつまでも匿名性をまとわせておく理由もなかろうから、ここらでそれを中村光夫と蓮實重彥と名指しておいてもよかろうと思う。一九一一年生まれだからちょうど還暦を迎えられたばかりの中村氏――わたくしにとっては、中村先生という呼び方のほうが遥かに自然なのだが――は、この年の夏ごろに『ボヴァリイ夫人』の翻訳をほぼ脱稿しておられる。「1971年10月28日第1刷発行」と奥付に記されている『世界文学全集』の「フロオベエル」篇の「訳者後記」には、「ちょうど、期日をきめて、外国へ行かねばならぬときにぶつかり、解説を書く余裕がない」という理由で、「最近『ボヴァリイ夫人』について書いた二つの文章を抜萃して」解説に代えると書かれているが、六十歳になられたのを機に、明治大学の七一年度の秋冬学期を休講され、しばらくヨーロッパに滞在される予定を立てておられたのだろう。「訳者後記」としてそえられたテクストは、いまはもう存在することのない月刊誌『展望』の七一年七月号に発表され、『中村光夫全集』（筑摩書房、以下『全集』と略記する）の第二巻に収められた「『ボヴァリイ夫人』の翻訳」と、『群像』の七一年の十月号に発表され、『全集』の第九巻「文学論（三）」に収められた「母胎からの離脱」の二編である。単行本には未収録のその二編は、題材からして二葉亭四迷論の一部とフローベール、モーパッサン関係のテクストを集めた『全集』の第二巻に収録されるべきもののはずだが、その巻は七二年一月に刊行が予定されているので七二年十月刊行の第九巻に収めるしかなかったようで、「母胎からの離脱」の執筆時期は八月の中旬から下旬にかけてのことと思われる。つまり、それは、全十六巻からなる『全集』が刊行され始めた時点で、著者のもっとも新しいテクストの一つだったのである。

「『ボヴァリイ夫人』の翻訳」には、この長編小説をめぐって、これといった目新しい指摘が書き込まれているわけではない。ただ、「学生時代から、三十年あまり親しんできた『ボヴァリイ夫人』を、今さら訳してみようと思いたったのは、もうそろそろこれを卒業したいという要求からかも知れません」という言葉からも想像されるとおり、二十二歳の頃に「ギイ・ド・モウパッサン」や「ギュスタフ・フロオベル」を書きつぐことで文壇にデビューしたこの批評家が還暦を迎えられたとき、フローベールの処女長編をフランス語で読み直すのはおそらくこれが最後だと思っておられたことはまず間違いない。『ボヴァリイ夫人』の翻訳は、ある意味では、批評家としての仕事をしかるべく整理するための身振りだったはずだからである。だが、その翻訳の刊行が「個人全集」の刊行開始ともかさなりあっており、それと同時に著者自身の外遊まで予定されてもいたのだから、世間的には「栄光の絶頂」での旅立ちと見られても不自然ではない。あえて「外遊」の一語を使ったのは、ドルの変動相場制もまだ導入されてはいないこの時期の海外旅行は、いまでは想像しえない多くの困難をともなうもので、選ばれた人だけに許された贅沢とさえ見なされていたからである。

その贅沢さの印象は、敗戦からまだ十年もたっていない時期にヨーロッパ、アフリカに向けて旅立たれた中村光夫氏に注がれる視線に特殊な色合いをまとわせることになる。実際、寺田透は、『現代日本文學大系』78（筑摩書房、１９７１）におさめられた「中村光夫論」（執筆は一九五四年十一月）を、「中村光夫は栄光の絶頂から、『日本の近代小説』を置き土産に、海外に去った」と大袈裟とも映りかねない一行で始めている。それがいささかも大袈裟ではなかったことを理解するには、戦後の日本文壇に、「栄光の絶頂」という修辞がいささかも誇張ではない批評家として中村光夫が君臨していたという歴史的な現実をイメージしうる想像力が必要とされよう。一人の批評家が社会的な「輝き」を放っていた時代などその後の日本にはまったく存在せず、江藤淳でさえその域に達することはなかったからである。一九六八年夏のハワイ大学への短期の滞在をのぞき、三八年から三九年にかけてのフランス政府給費留学生としてのフランス滞在、五四年から五五年にかけてのユネスコ招待研究員としてのヨーロッパ、アフリカ旅行、ならびにロックフェラー財団の招聘による合衆国滞在――それは中村夫人の急病によってごく短いものに終ったのだが――、それにここで問題となっている七一年を加えた三度にわたる中村氏の海外滞在は、戦前生まれの知識人にとっては異例の贅沢にほかならなかった。世間的には、この批評家がそのつど「栄光の絶頂から、……海外に去った」かのように思われてもいたし、またそれは中村氏の批評が欧米の視点から日本文学を断罪しているかのような誤解を招きもしたのだが、個人の問題としては、それまでの仕事に何らかの決着をつけ、あわせてしかるべき変貌を模索せずにはいられない困難な時期でもあったはずである。

だが、一九七一年十一月十六日火曜日の朝、パリのサン・ラザール駅の長距離線のプラットホームからル・アーヴル行きの急行列車に乗り込もうとしていた人影には、社会的な「栄光」はいうまでもなく、個人的に何かを「整理」しつつあるような気配さえいささかも漂っていない。中村氏は、いつものように、あたりのできごとに動じる気配を見せず、その恰幅のよさにもかかわらず周りの空気になだらかにまぎれ込み、パリでは異人であるはずのおのれの存在をことさら差異としてきわだたせるようなそぶりを見せることもなく、自分が外国にいるという自覚が自意識の空転を惹起することのないごく穏当な人影におさまっていた。いきなり穏当さを欠いた言動に走りがちな戦前派の日本人をパリでいやというほど目にしていただけに、異国の街頭でのその落ち着いたたたずまいは、中村氏ならではのものだったというべきかも知れない。

「『ボヴァリイ夫人』の翻訳」とともに「訳者後記」におさめられた「母胎からの離脱」で、中村氏は『ボヴァリー夫人』のいわゆる「ポミエ＝ルルー版」、すなわちコレージュ・ド・フランスの教授のジャン・ポミエとルーアン市立図書館の司書のガブリエル・ルルーとがルーアン図書館に残された自筆原稿をもとに序文と註を担当した『「ボヴァリー夫人」新釈版、未刊行草稿を附記』（1949）について語っておられる。それは、パリ大学教授のマリ＝ジャンヌ・デュリーの『フローベールと未刊行草案』（1950）とともに、第二次大戦後のフローベールの草稿研究における先駆的な業績の一つである。その書物が「訳者後記」で話題になっていることに多少の関わりを持つ個人として、そのことに短く触れておく。

『ボヴァリイ夫人』の翻訳がほぼ終わりかけたころ、「難解の箇所」を検討しあうという口実のもと、訳者二人が春夏秋冬に一度ぐらいの間隔で会ってお話しする機会が出版社によって設けられた。それは贅沢にも決まって紀尾井町の福田家でのことだったが、その折りにぜひ目を通していただきたいとお願いしたのが、この「ポミエ＝ルルー版」だったのである。ほかにも当時としては最先端の研究書――ジャン・ブリュノーの初期作品研究、クローディーヌ・ゴト＝メルシュの『ボヴァリー夫人』の生成研究、等々――を挙げておいたところ、これも丸善で注文されて律儀に読んではおられたが、それらにはこれっぽっちの興味も示されなかった。おそらく、言語による作品を言語で批判的に語るという姿勢のあやうさへの著者たちの自覚のまったき不在をめざとく察知されたからだと思う。それらの書物には、研究者にとっては貴重な指摘が含まれていても、書かれた言葉として読者の感性を刺激するにたる細部はごく貧しいものだったので、中村氏によるこの種の生真面目な研究書の無視にはある爽快さを覚えたものだ。ところが、ある日、「ポミエ＝ルルー版」の分厚い一冊を鞄からとりだした中村氏は、福田家の座敷の紫檀の机の上にどさりと置き、これは面白かったと一言もらされ、百戦錬磨の知将がとうとう自分にふさわしい敵と対峙する好機に恵まれたかのように、思いきり満足げに微笑まれた。うん、これは面白かった、とぶっきら棒につぶやかれただけなのに、批評家としてしばしば味わわれただろう読後の充足感を遥かに超えたえもいわれぬ悦楽のようなものを、全身であらわしておられたのだ。それを目にしたときの鈍い興奮を、いまもよく覚えている。あれほど無防備に高揚感を表明された中村氏の赤らんだ笑顔を、めったに目にしたことがなかったからである。

数少ないそんな機会の一つとして、一九七一年十一月十六日のルーアンで昼食をとるために入った古びたレストランでことのほか念入りに料理を注文し、運ばれてきた魚介類のオルドゥーブルを口にされたときの上機嫌な笑顔に接したときのことを思い出す。うん、これはうまいというその一言は、いかなる饒舌もおよぶまい雄弁な簡潔さで、充たされた味覚の震えを露わにしていたからだ。ああ、この方はまぎれもなく官能の人だ。ときに不機嫌で無愛想な批評家と見なされていた中村光夫がストイシズムとはおよそ無縁の快楽の人であることを目の当たりにして、わたくしはひたすら愉快な思いで二時間の食事を堪能したのである。二度目は、ある文壇的なパーティ——ほとんど足を踏み入れたことのない場だが、何らかの事情からわたくしも例外的に参列していた——の席で、遠くに吉田健一氏の姿をちらりと認められた中村氏が、取り囲んでいた何人もの人影を不意に置き去りにして、この年来の友人の方へと足早に近寄って行かれたときのほとんどあられもない歓びの表情を目にしたときである。芥川賞の銓衡では誰よりも厳しい言葉を口にする批評家として知られる中村氏にも、ふと感性の抑制を放棄して目の前の事態をまるごと受けいれ、そのことで自分の弱みが他者の目に触れても一向に気にすることのない瞬間があるのだと知り、胸の昂ぶりをおさえきれずにいたことをいまも忘れずにいる。

では、『ボヴァリー夫人』の「ポミエ＝ルルー版」の何が、それほどまでにこの快楽の人を高揚させたのか。この書物によって、フローベールの処女長編がいわゆる写実主義小説にふさわしい言葉で書かれているのではないという確信に導かれたからにほかならない。「母胎からの離脱」にも書かれているように、この書物は「ルーアンの図書館に保存されている草稿をもとにして、下書きのままの『ボヴァリイ夫人』あるいは『原ボヴァリイ夫人』とも言うべき、まったく別の小説を『再現』して見ようとする試み」である。勿論、「下書きはいく通りもある筈」だから、「そのうちどれを『新釈版』のテクストにするかは、編集者の恣意によるほか」はないことに中村氏は意識的である。その上で、「おびただしい草稿を一々読む」という専門の研究者でなければできないことを、「誰にでも近づき易い、簡単で興味ふかいものにした」点で「科学的よりむしろ芸術的な」研究の「傑作のひとつ」であると判断する中村氏は、『ボヴァリー夫人』と「ポミエ＝ルルー版」の書き出しを比較し、「草稿には多すぎるほど見られた写実的描写が決定稿ではほとんど姿を消している」事実に注目し、「写実的、具体的描写という点では、草稿の方がすぐれてい」ると書きそえてから、「決定稿ではそうした具体的な細部はほとんど削られ、人物の行動が最小限の必要にこたえて記録されているだけなので、いわば表現はずっと抽象的になり、描写の具体性は犠牲にされてい」ると結論づけておられる。

ここには、『ボヴァリー夫人』を書くことでフローベールが「ロマン主義」から「写実主義」への移行を実現したという、中村氏自身も依拠していたはずの発展の図式を否定せざるをえない覚悟のようなものが語られている。そのことは、言葉がその表象機能とは異なる言語そのものとしてテクストに露呈され始めているという、ある意味ではフーコー的ともいえる「言葉と物」の関係が初めて意識されたことを意味している。また、「表現はずっと抽象的になり、描写の具体性は犠牲にされ」るとき言語に起るのは、ロラン・バルトなら「白いエクリチュール」と呼ぶであろうものにほかならない。「ポミエ＝ルルー版」を読む中村光夫は、かりに微細な写実的描写がなされていようと、言表行為の主体たる作者が現前している限り、言葉は「母胎からの離脱」を成就しえないという結論を身をもって生きているのである。「作者が作品の表面から退場し、その代わりに、文章の力で作中人物を生かし、彼らのなかに自分も生きる」という視点はかねてからの理論でもあるが、『ボヴァリー夫人』の決定稿が、「写実的、具体的描写」の否定の上に成立しているということでの論点は、文学的な言説の反＝表象的な側面をきわだたせているものだといえる。

しばしば見落とされがちなのは、この批評家にとっての文学があくまで言語の問題だということだ。『二葉亭四迷伝』の「文学抛棄」の章で「文章は小説にあらず」という二葉亭の「信念」を擁護し、尾崎紅葉や幸田露伴の作品が「文章」の魅力でしかなく、それは「小説」とはおよそ異なるものだと論じていた中村氏は、「ポミエ＝ルルー版」に接することで、坪内逍遥の『小説神髄』の「現実写生を旨《むね》とする写実主義」の限界をまざまざと感知されたはずである。『言葉の藝術』の「偏見の必要」の章で、「散文が芸術になるためには、まずその散文性の否定が、行はれなければならない」と述べているこの批評家は、そこでは「バルザックの云ふ『荘厳な虚偽』を支へるための『細部の真実』」にそのプロセスを求めていたが、「ポミエ＝ルルー版」によって、「描写の具体性」が「犠牲にされ」より「抽象的」な「表現」となることによる「散文性の否定」が可能であることを改めて実感されたはずである。六十歳に達した中村氏が、いわば「卒業」するために『ボヴァリー夫人』を日本語へと移しかえながら、ミシェル・フーコーなら「言語の露呈」と呼ぶものから「作者の死」の問題にまで触れてしまっていることに、われわれは感動以上の深い動揺を隠すことができない。中村光夫は、日本の文学にあって、「作者の死」にも通じかねない「散文」による「散文性の否定」という視点から小説を論じたただ一人の批評家だからである。「作者の死」がポストモダン的でいまや流行遅れの古い設問だというなら、その古い設問とは無縁の領域に文学が棲息しうる条件などいまだどこにも素描さえされていないとひとまず答えておくしかない。

年譜によれば、中村氏は一九七一年九月十五日水曜日にソ連に向けて出発されたことになっている。その直前、ポミエ＝ルルーによる『ボヴァリー夫人』の「新釈版」がこの批評家をことのほか刺激したと確信しえたわたくしは、フランスに行かれるなら『ボヴァリー夫人』の自筆原稿に目を通されてはどうかと提案した。いまなら、マイクロフィルムやインターネットで日本を離れずにたやすく読めるが、当時は、ルーアンの市立図書館で現物にあたるしかなかったからである。うん、いいね、と中村氏はいきなり遠くに視線を送るようにしていわれたのだが、それは福田家の広い座敷にまだ冷房がよく効いた残暑の厳しい時期のことだったと記憶している。わたくしは、家族とともに、一年ほどの滞在予定で十月十九日火曜日にパリに到着しているが、中村氏はそのときスペインに滞在しておられ、十一月に入ってからパリに戻られたはずである。そこから推理するなら、十八日に予定されていた中村氏の帰国までの二週間ほどの間にわれわれはあれこれ相談したことになるのだが、いつ、どんなところで、どのようにして出会い、十一月十六日火曜日のルーアン行きを決断したのかほとんど覚えていない。わたくしの記憶には、当日の朝、東洋人にしては大柄な二つの人影が、パリのサン・ラザール駅の長距離線のプラットホームから、ル・アーヴル行きの急行列車に乗り込む姿が漠然と揺れているばかりだ。

書かれるあてもない懐古的なテクストの冒頭に据えられるはずのそんなイメージが記憶によみがえったのは、つい最近、思わぬところで中村光夫の名前に触れる機会があったからだ。それは大杉重男の「中村光夫のねじれ」(『WB』vol.16早稲田文学会/早稲田文学編集室)という短い文章なのだが、それを読んで思わず深い嘆息をもらした。戦前の日本社会に向けるべき現代の批評家の想像力の貧しさに暗澹たる思いをいだくしかなかったからである。端的に言うなら、旧制第一高等学校を卒業して東京帝国大学法学部に入学し、その後に文学部仏文科に再入学し、フランス政府給費留学試験にも優れた成績で合格した木庭三兄弟の長兄という存在への想像力がほとんど機能していないことに驚いたといってもよい。そのとき中村光夫となろうとしている木庭一郎は、現在の東大生などとは比較にならぬほどの選び抜かれた秀才なのである。ところが大杉氏は、玉井崇夫の「中村光夫のフランス語――『戦争まで』私感」(『中村光夫研究』、七月堂、1995)の記述に従い、「黙読一辺倒の、かなり歪な」中村光夫のフランス語では、『戦争まで』に書かれているようにヴァレリーの講義を理解し、現地のフランス娘や欧州の女子留学生たちとの『直接話法』的な交流があったとは考えられない」はずだとどうやら本気で信じている。しかも、玉井氏の結論を避ける慎重な言いまわしを無視するかのように、多くの脚色を含んでいるはずの『戦争まで』を「小説」ではなく「旅行記」として発表した理由を、「それは洋行以前小林秀雄に池谷信三郎賞の選評で『頭がよい』とキャラクターを決められてしまった中村が、そのイメージを裏切れずに優等生を演じ続けた結果ではないかと玉井は示唆している」とまで述べているのである。玉井氏の論を読み、「同じ外国語の黙読的独習者(中村にはもちろん遥かに及ばない、いい加減なものだが)として中村に大いに親近感を覚え」たという大杉氏の反応はひとまず無視する。ただ、玉井氏の文章に引かれた選評を読んでみると――ちなみに、池谷信三郎賞を中村光夫と分け合ったのは保田與重郎である――そこでの小林秀雄は、「最も世間普通の意味での頭の善さが批評家には先づ絶対に必要だ」と一般論を述べているまでである。それを読んだ中村光夫が「優等生を演じ続けた」結果が『戦争まで』だとはとても思えぬし、「頭の善さ」だけでは批評家はつとまるまいと大いに発奮したこともありえようが、この種の心理的な解釈は文学にあっては不毛きわまりないものだ。

ヨーロッパ大戦の勃発前夜の東京帝大文学部仏文科には、ほぼ同時にフランスに渡った一九一一年生まれの前田陽一、小林正、鈴木力衛というフランス語を巧みに操る人材がそろっており、講義には出席せず自宅で本ばかり読んでいた中村氏のフランス語が、彼らより流暢さにおいて劣っていただろうことは想像に難くない。だが、前田氏の滞仏中のパスカルの草稿研究がソルボンヌの教授たちを驚嘆させたように、この世代の秀才たちはほんのわずかなきっかけで開花する途方もない潜在的な資質に恵まれており、フランス語の会話能力が多少劣っていたぐらいで体面を失ったりすることのない強靭さを誰もがそなえていたのである。日本を発つにあたって中村氏を悩ませていたのも、「フランス行など」にも語られているように、鷗外、漱石、二葉亭などが身につけていた「漢学の教養の深さ」が自分には欠けているという意識にほかならず、フランス語の会話能力の不充分さなどではなかった。確かに、フランスでの対話が円滑に機能しないことへの戸惑いは『戦争まで』にも語られているが、「中村光夫のフランス語——『戦争まで』私感」の玉井氏が見落としているのは、パリではまぎれもなく異人であるおのれの存在を差異としてきわだたせるようなそぶりを見せることのない聡明な身の処し方で、対人関係において中村氏が発揮する特異な社交性ではないかと思う。

実際、ルーアンの市立図書館への紹介状を書いてくれた初対面のジャック・シュフェル氏とサンジェルマン・デ・プレのカフェで一時間の余も肩をたたきあいながら談笑しておられた姿や、ルーアンのレストランでたまたま出会った妻の遠縁のフランス人——女性秘書に手をつけていはしまいかと取りざたされていた男だけに、その日の同伴者が女性でなかったことにわたくしはほっと胸をなでおろした──への思いもかけぬ的確な自己紹介ぶりなどを目にしたわたくしは、いたずらに饒舌ではないが、ごく普通のフランス語による対話を自然に楽しんでおられた中村光夫のイメージを記憶から遠ざけることができない。それは、「黙読一辺倒の、かなり歪な」英語しか操れず、発音など大学生のわたくしより遥かに野蛮だった大学教授の父が、海外の大学から講義の依頼が寄せられると臆する風も見せずにこれを受け、アメリカやヨーロッパの大学に長期滞在していたことの記憶などともどこかでかさなりあう。戦前の旧制高校はいつでも世界と対等に言葉を交わしうる個体を生産していたのであり、その選良主義をいま復活せよとはいうまいが、そうした人材が戦前の日本社会ではまぎれもない知的階層をかたちづくっていたことへの想像力が働かないと、近代日本の文学や思想の理解さえおぼつかないものとなる。「最も世間普通の意味での頭の善さが批評家には先づ絶対に必要だ」という小林の言葉もそうした文脈で理解せねばならず、いまその原則をみだりに適用したら、批評家など存在しなくなってしまうだろう。

そんな感慨にふけりつつ『中村光夫全集』のページをめくっていると、第九巻の終わり近くで「『ボヴァリイ夫人』の草稿」というテクストにめぐりあう。七二年三月号の『展望』に発表されたものだが、そこでの中村氏は七一年十一月十六日のルーアン市立図書館の訪問について語っておられる。「『ボヴァリイ夫人』の原稿は『著者自筆の決定稿』を写字生がまづ写し、著者がさらにそれに眼を通し、削除や書きこみをして改正を加へるといふ順序で出来上つたので、両者の間にはかなり相違があります」として、「『自筆本』では各章の区切りがまつたくなく、一行のあきもなく続いてゐて、現在行はれてゐる章の区分は、写しの方ではじめて行はれ」たものだという、当時としてはきわめて斬新な指摘を含むテクストである。ほんの四時間ほど閲覧室にこもっていただけでありながら、中村氏の着眼点はさすがに確かなものだったといまにして思う。だが、それと同時に深い困惑にも陥らざるをえなかったのは、このテクストの導入部を読んだだけで、われわれがルーアン駅までの往復切符など手にしていなかったことがたちどころに明らかになるからだ。実際、中村氏がパリで親しくしておられた「N・H・Kの鈴鹿氏」という方の令息が、車でわれわれをルーアンまで送迎してくださったと書かれているのだから、二つの人影が、パリのサン・ラザール駅の長距離線プラットホームからル・アーヴル行きの急行列車に乗り込むことなどまったくなかったのである。ところが、その令息の容貌も、車中から目にしただろうあたりの風景も、まったく記憶によみがえってはこず、サン・ラザール駅頭の二つの人影ばかりが脳裏に揺れていたのは、現実に起こったことより、ことによったら起こりえたかもしれぬことの方が、書く意識を遥かに強く刺激するからだろうか。それとも、そんなイメージが何十年も心のかたすみにとどまっていたのは、あらかじめ思い描いていたイメージが記憶として捏造されていたからだろうか。かろうじていえるのは、中村光夫の『戦争まで』がそうであるように、このテクストもまた「小説」ではないということにつきている。

7 退屈な国際会議を終えてから、ジャズをめぐって成立した奇妙な友情について

二〇〇〇年六月二十五日日曜日の午後三時近くのことだったと思うが、ヴァンクーヴァーのさる大学での三日におよぶ会議を終えた外国からの参加者たち——わたくし自身もその中に含まれている——は、女性の学長主催の午餐会の念入りな献立に満足しきってダウンタウンのホテルまでの送迎バスに乗り込み、誰もがいくぶんかリラックスした表情で別れを惜しみあっていた。それは、「環太平洋大学協会」というどこかしら世紀末的な響きを帯びた国際的な組織の第四回年次総会の最終日なのだが、思いのほか生真面目なものだったその討論の詳細がここでの話題となりはしまいからどうか安心されたい。その日の晩にあわただしくカナダを離れ、ロンドン経由でチューリッヒに向かい、そこでも合衆国やスイスの同僚たちと厄介な討論をせねばならなかったので、どうせ機中では安眠もできまいから、バスに乗り込んだ同行者たちからは離れた奥の座席に深々と身を埋めて神経を鎮めようとしたのだが、そんな思いを無視する気どりのなさでかたわらに立った一人のアメリカ人が、ご一緒してもよかろうかというなり、こちらの応答も待たずに隣の席に大柄なからだをどさりと滑り込ませてしまった。ところが、ホテルに着くまでの三十分ほどの間にその男は思いもかけぬことを口走り、そこにまぎれこんでいた一つの固有名詞がわれわれを年甲斐もなく興奮させたので、これから、その名が呼び覚ました記憶の網の目の無方向な揺れ方について語ってみようと思う。

かりにスティーヴンとしておこうカリフォルニアのさる私立大学の学長であるその男は、わたくしとほぼ同じ年格好で、問題の「環太平洋大学協会」の創設者でもあるが、いくつも空席があるのにわざわざわたくしの隣に腰をおろした彼の意図を推察しえぬままとりとめもない会話を交わしていると、いきなり一つの名前がわたくしたちを時ならぬ興奮状態へと陥れることになったのである。それは、カナダの自然とは縁もゆかりもないジーン・クルーパというれっきとしたアメリカ人の名前だった。いわずもがなのことをあえて書き記しておくなら、その演奏が個人的な好みにあうか否かにはかかわりなく、小編成のモダン・ジャズが世界を席捲する以前のスィング・ジャズ・バンドの響きに親しんでいた者なら、とても避けて通るわけにはいかないドラム奏者である。だがそれにしても、カナダ連邦ブリティッシュ・コロンビア州の最大の都市ヴァンクーヴァーに位置する大学から市内のホテルへと向かう送迎バスに揺られながら、紳士と呼ばれても一向におかしくないかなり年配のアメリカ人と日本人とが、同行者たちからは遠く離れた座席で、いきなりこの名高いジャズ・ドラム奏者について語り始めたりしたのは、はたして偶然なのだろうか。じつは、どうしてそんなことになったのかいまもって不思議でならないのだが、とりあえずはそこへといたる経緯をざっと跡づけておくことにする。

　年次総会の前日に余裕をもってヴァンクーヴァー入りするという予定がもろもろの事情で不可能となり、たっぷり一日の仕事を終えてから夜分に東京を離れ、機中で一泊してから到着直後に会議に臨まねばならなかったわたくしは、会期の三日間を通じて昼夜の別なく疲労困憊していた。空港での出迎えにわざわざフランス文学科の若い女性の准教授をさし向けてくれた学長マーサのこまやかな心遣いは胸にこたえたが——こちらの専攻領域がフランス文学であることを彼女は記憶にとどめていてくれたのだから——、ホテルへと向かう車の中でのフランス語の会話も、目的地を聞かされぬまま見知らぬ土地を引きずりまわされているかのような心もとなさをきわだたせるばかりだった。

思えば、この三日間、わたくしたちはひたすらバスに揺られて大学とホテルの間を往復していた。カナダの最西端に位置するヴァンクーヴァーでもとりわけ太平洋に近い海沿いの土地に拡がりだしているこの大学のキャンパスは、充分すぎるほどの緑にも恵まれ、まあ風光明媚といっても誇張はなかろう豊かな自然に囲まれているのだが、わたくしのように都会育ちで都会でしか暮らしたことのない者は、こうした刺激を欠いた環境に身を置くとたちまち精神の緊張がゆるんで眠気を催してしまう。送迎バスが大学の構内に入っていくぶんか学究的な気配が漂い始めてからも、その広い敷地を徒歩で散策することもかなわず、会議場のある建物から学長の見晴らしのよいオフィスへ、さらには晩餐のために人類学博物館や水族館までといった次第に、ひたすら分刻みのバス移動をしいられていた。ゆるやかに迂回しながら海辺へと下ってゆく林の中の道を抜けると、まるでセシル・B・デミル監督の『北西騎馬警官隊』（１９４０）からラオール・ウォルシュ監督の『サスカチワンの狼火』（54）から抜け出してきたかのような騎馬の警官たちが、真っ赤な制服姿でバスに乗ったわれわれに敬礼を送っていたりする。だが、それがこの機会に特別に動員されたものか、それともそのあたりをいつも警邏しているのかを確かめようとする気力はとうの昔にうせている。

この大学のキャンパスは、もともと原住民の居住地だった土地に建てられたもののようで、ところどころにトーテムポールが立ちならび、人類学博物館の展示品もそのほとんどが原住民の文化に関するものだったが、いったい、なぜ博物館だの水族館だので土地の名士たちと夕食をともにせねばならぬのかを解明しようともせず、運ばれてくる料理を機械的に嚥下することしかできなかった。いってみれば、このキャンパスをバスに揺られて移動することは、わたくしにとって思考の全的な拋棄を意味していたのだが、会議が終わってスティーヴンとたまたま隣り合わせに座った瞬間、懶惰にまどろんでいたわたくしの思考はいきなり覚醒したのである。

スティーヴンが学長をつとめているカリフォルニアの大学は、わたくしにとっては、何よりもまず、ジョージ・ルーカスを卒業生として送り出したことで記憶されている。そこで、『スター・ウォーズ』の監督の名前をそっと口にしてみると、しばらく前から理事をつとめているジョージとは来週に会う予定になっている――あるいは、先週会ったところだ、であったかも知れない――と相手は満足げに顔をほころばせる。それから、優れた州立の大学が散在しているカリフォルニアで私立大学を経営することの意義をあれこれ語って見せた彼は、不意に語調を変え、自分は高等教育の経営責任者になるつもりなどまったくなかったと口にしたのである。何がそんなことを彼に告白させたのかはいまもってよくわからないが、大学教授になる野心さえなかったとこちらの瞳を覗き込むようにして、若いときの夢は音楽家として各地を演奏して歩くことだったといいそえたのである。事実、ある時期まで、自分は音楽の演奏で金を稼いでいたのだといくぶん自慢げに続けるので、どんな楽器が得意だったのかと訊ねると、ジャズのドラムだと微笑みながら応える。結局、才能がないと気づいて大学にもどったのだけれど。

ドラムと聞き、彼の年齢からして、全盛期はすぎていても、かろうじて五〇年代のジーン・クルーパには間に合っているはずだと見当をつけてその名前を口にしてみると、思わず姿勢を正して向きなおり、ああ、彼はグレイトだとスティーヴンは声を高める。彼の素晴らしい演奏はレコードやラジオでいやというほど聞いていた、といいながらいきなり真顔になって、あなたの口からジーン・クルーパの名前がもれるとは思わなかったとなぜかため息まじりにいう。そこで、まだハイスクールに通っていた五〇年代の初めに、東京の劇場での彼のドラム演奏をライヴで聞いたことがある、それは小編成のトリオだったが、アルトがベニー・カーター、ピアノはまだ若いオスカー・ピーターソンだったと口にすると、ああ、そんな贅沢な演奏を生で聞く機会などついぞなかったディープ・サウス育ちの私より、東京育ちのあなたの方が遥かにジャズにふさわしそうだといって神妙な顔つきになる。いやそんなことはない、わたくしは何の楽器もまともに演奏できない人間だが、第二次世界大戦後に初めて来日したアメリカのジャズ演奏家がたまたまジーン・クルーパだったので、わたくしに強い印象を残したのだといって相手の驚きをやわらげようとしたのだが、他には誰のドラムを聞いたことがあるのかとせきこむように訊くので、大学院時代には東京でアート・ブレイキーを、パリ大学でPh.D.の論文を準備中にはケニー・クラークを何度か聞いたことがあるとつい正直に答えてしまう。ああ、トウキョウとパリかと彼はつぶやき、これは自分にはとても真似のできない本物の体験だといいそえる語調に何やら諦念のようなものがこめられていたので、左岸の小さなクラブでチェット・ベイカーも聞いたし、オスローの遊技場のボールルームではカウント・ベイシー・オーケストラの演奏でダンスを踊ったなどとはとてもいいだせなくなってしまった。それでも、わたくしに対するスティーヴンの態度がそれまでとはまったく違ったものになっていたのであり、こうして、二人は、カナダの地で、ジーン・クルーパの旗のもとに思いがけぬ友情で結ばれたのである。これは、国籍を超えて、ある年齢の者だけに許された世代的な特権なのかも知れない。

バスがホテルに近づいたとき、スティーヴンは、あなたとジーン・クルーパの話が出来たのは望外の幸せだった、いつかまた、一緒にジャズの話をしたいものだといいながら、こちらの手をしっかりと握った。わたくしもまた、事と次第によっては三流のドラマーとして生涯を送っていたかも知れないこの男に、これまでにない親近感を覚えた。別れ際に、今日の思い出のために東京からプレゼントを贈ってあげよう、たぶん、あなたは見ていないと思うが、ハワード・ホークス監督にBall of Fire（『教授と美女』、41）という優れた作品があり、そこでは全盛期のジーン・クルーパがドラム・ブギをビッグ・バンドで演奏している。大学経営に疲れたらその部分をヴィデオで見て、どうか英気を養って欲しいといって彼の手を握りかえした。

帰国後、二度目のドラム・ブギをどうか見損なわないようにと一筆したためて『教授と美女』のダビング版をスティーヴン宛に送ったのはいうまでもない。二度目というのは、ドラムではなく、マッチを手にしたジーン・クルーパが、ゲーリー・クーパーの驚きをよそにテーブルの上で演じて見せる妙技である。かくして、アメリカのドラム奏者が出演しているアメリカ映画を、ジョージ・ルーカスを卒業させた映画学科で名高いアメリカの大学の学長宛に、日本人が東京からわざわざ郵送するという倒錯的な事態が推移することになったのだが、ここでいいたいのは、それがいささかも倒錯的ではなく、ごく正常な事態なのだという一点につきている。

ジーン・クルーパが来日した一九五三年の秋は、大学受験をひかえた高校生にとっては何とも人騒がせな季節だった。本来なら、それはジャック・ティボーのヴァイオリン・コンサートで始まるはずだったのだが、本人の乗った飛行機がフランス領のアルプス山中で墜落して中止となり、すでに購入していた切符のキャンセルというものを生まれて初めて体験することとなったのである。夏休みは予備校に通っていたのだが、お盆休みにかけて、マキノ雅弘監督の『丹下左膳』(53)、溝口健二監督の『祇園囃子』(53)、成瀬巳喜男監督の『あにいもうと』(53)、マキノ雅弘監督の『続丹下左膳』(53)、等々、見逃してはならぬ作品ばかりが公開され、大映系の封切館にほぼ毎週通わねばならず、とても受験勉強どころではない。また、九月に入ってからは、山村聡監督の『蟹工船』(53)や佐分利信監督の『広場の孤独』(53)といった独立系の作品も公開され、十月にはジョージ・スティーヴンス監督の『シェーン』(53)、フレッド・ジンネマン監督の『地上より永遠に』(53)、ウィリアム・ワイラー監督の『黄昏』(51)などの重要な作品——とはいえ、スティーヴンスの西部劇はその活劇性の欠如によって、ジンネマンの作品はあまりにもあざとい演出によって、わたくしをうんざりさせたのだが——の公開が予定されており、そのすべてをロードショウで見てまわることのできない高校生としては、二番館、三番館での二本立て興行をどう活用すればこれらを見逃さずにすむかで頭を悩ませていた。しかも、ほぼ同時期に、ジャン・

マルチノンがN響に招かれ、アイザック・スターンのヴァイオリンでメンデルスゾーンやベートーヴェンの協奏曲を振ったりしていたので——わたくしは、フランクの交響的変奏曲の晩を選んでいた——、夜は日比谷公会堂にもかけつけねばならず、いささか不謹慎ながら、ジャック・ティボーのコンサートが中止になったことにほっと胸をなでおろしていたのである。こうしたいまでいう「外タレ」の演奏会通いは、前年末のアルフレッド・コルトーのミスタッチをものともしない気前のよい演奏ぶりに鼓舞された高校生たちにとっての軽薄な流行でしかなかったのだが、彼ら——その中には、当然わたくしも含まれる——は、十一月三日の小津安二郎監督の『東京物語』(53)とマキノ雅弘監督の『次郎長三国志・殴込み甲州路』(53)の封切初日や、十月十八日から二十四日にかけての戦後初めてのフランス映画祭の、ルネ・クレール監督の『夜ごとの美女』(52)に主演したジェラール・フィリップの舞台挨拶にもかけつけねばならなかった。

こうした人騒がせな季節のさなかのジーン・クルーパの来日は、あくまでノーマン・グランツにつらなるジャズ・プレイヤーたちを総動員したJ.A.T.P.(Jazz at the Philharmonic)オールスターズの一員としてである。ジャズについては素人といってよいわたくしでさえ、ノーマン・グランツ——彼がユダヤ系ウクライナ移民の子供だと知り、ジャズもまた、映画のように、東欧系のユダヤ人の手で商品化されたのだと合点がいったのは、それより遥か後のことに過ぎない——が、戦時中に、契約下のプレイヤーたちを組織してライヴのジャムセッションを各地で主催し、それをレコード化するというアイディアを実現させたしたたかな男の名前であることぐらいは知っていたし、J.A.T.P.の最盛期はすでに過ぎているといった噂もあれこれ耳にしていたが、三〇年代のベニー・グッドマン・オーケストラで名高いこの白人ドラマーの名前は、軽薄な流行に走りがちな高校生にとっては申し分のないものだった。

Ｊ．Ａ．Ｔ．Ｐ．の東京公演は十一月三日から八日までの六日間にわたって行われ、舞台は有楽町の日劇である。中には、日劇ミュージックホールと勘違いしている向きもあるが、普段は日劇ダンシングチームのレヴューと東宝系の封切り作品の上映とで客を呼んでいた日劇の舞台いっぱいにオールスターズが登場したのであり、恒例のレヴュー「秋の踊り」は一時的に中断されていたのだと思う。かつて三枚のＬＰとして販売されていたそのときの演奏は、いまでも《Norman Granz' J.A.T.P. in TOKYO――LIVE AT THE NICHIGEKI THEATRE 1953》として二枚のＣＤにおさめられ、ネット上では無料のダウンロードも可能である。ただ、市販のアメリカ製のＣＤには「一九五三年十一月十八日、東京にて録音」《Recorded in Tokyo; November 18, 1953》とあり、ライナーノーツにも、このＣＤにおさめられているのは「一九五三年十一月十八日水曜日の夕刻に東京で演奏された音楽」《the music played that evening of November 18, 1953 in Tokyo》とされているが、この「十八日」という日付がどうも信頼できない。日本側のいかなる資料にも、十一月十八日にＪ．Ａ．Ｔ．Ｐ．が日劇で演奏したという記録は残されてはおらず、十一月の九日と十日の大阪の梅田劇場での公演の後、オールスターズは日本を離れたとされているからである。また、わたくしの記憶――なにしろ半世紀以上も昔のことなのであまり確かなものではないが――では、Ｊ．Ａ．Ｔ．Ｐ．の演奏はいわゆるマチネー、つまり昼の部のみで、だから高校生のわたくしも、授業のない祝日にあたる初日の三日に――ある筋から提供された途方もない高価な切符を握りしめて、制服姿で――日劇にかけつけることができたのである。

この点をめぐってネットに飛び交う情報をあれこれあたってみると、「海外オーケストラ来日公演記録抄」というサイトの「J.A.T.P.来日（1953）」によれば、CDの演奏は、「日劇公演の11／4、7、8の公演をTBSが収録しそれを編集したもの」とされているが、これもどこまで信頼しうるものかはわからない。いずれにせよ、前年、ジーン・クルーパが米軍向けに来日したときのドラムが「すごい」という評判を聞きつけていたので、流行には弱い高校生たちは、J.A.T.P.というより――エラ・フィッツジェラルドもいたのに――あくまでジーン・クルーパを聞きに行ったのだ。ところどころに空席の目立つ場内には若者の姿はまばらで、軍服姿のアメリカ人にまじって開演を待つ年配の男女の落ちついたたたずまいが、このドラム奏者の日本における戦前からの人気を想像させるに充分だった。わたくしは、彼らの反応にあわせて、《Stompin' at the Savoy》のドラム・ソロに拍手と歓声を送る呼吸をはかっていたのである。

とはいえ、いわゆるジャズ狂ではないわたくしを合衆国の軽音楽に出会わせたのは、ドラムよりもむしろピアノだった。ハワード・ホークス監督の『脱出』（44）、ウィリアム・ワイラー監督の『我等の生涯の最良の年』（46）、ジャック・ターナー監督の『インディアン渓谷』（46）、マイケル・カーティス監督の『情熱の狂想曲』（50）など、ジャンルを異にする作品に姿を見せていたホーギー・カーマイケルがときおり奏でてみせるピアノとその渋い弾き語りが、何とも魅力的だったからだ。実際、『情熱の狂想曲』のようにルイ・アームストロングと競演している場合でも、サッチモの演奏よりカーマイケルの落ち着きはらったパフォーマンスに惹かれた。第二次大戦後にアメリカ映画を見始めたわたくしは、この地味な男が「スターダスト」の作曲家とは知るよしもなく、もっぱら味わいのある脇役の一人だと思っていた。誰もがアメリカ的と想像しがちなおしつけがましい明るさとは異なり、めったに喜怒哀楽を他人には見せない彼の寡黙な容貌に惹きつけられていたのである。知的というのとは違うが、何かを諦めてしまっているようでいて冷笑的なところはかけらもなく、サーヴィス精神とは感じさせない繊細な心遣いがそのつど外界に的確に対応するというその特異な役柄がいかにも好ましく思われたからだ。その彼が、作曲家であり、ピアニストであり、声も響かせるというのだから、アメリカの軽音楽は思いのほか懐が深い。わたくしをジャズに近づかせたのはその確信にほかならないが、戦前からアメリカの軽音楽に親しんでいた日本人のほとんどは、そんな確信とは無縁にジャズ特有の「音」と「フレージング」を受けいれていたのだろう。われわれ戦後世代は、少なくともジャズと映画に関する限り、上の世代の日本人の感性から多くを学びうる立場にいたわけで、その後、若者主導で日本に定着したもろもろの音楽的な流行とジャズとが決定的に違っているのは、敗戦後の日本社会がそれを「発見」したのではなく、戦前の日本にごく自然に定着していたものの再確認としてそれが機能していたという点においてである。

小林秀雄の『モオツァルト』の第二章は《Allegro assai》という指定のあるモーツァルトの楽譜の一部で始まり、それにすぐさま次の数行が続いている。「僕の乱脈な放浪時代の或る冬の夜、大阪の道頓堀をうろついていた時、突然、このト短調シンフォニイの有名なテエマが頭の中で鳴ったのである」。名高い文章なのであえてその後を引用するまでもあるまいが、『モオツァルト』のこの段落を読み直すたびに、「このト短調シンフォニイの有名なテエマ」のかわりに、例えば「ラプソディ・イン・ブルー」などと書かれていなかったことが惜しまれてならない。もちろん、「ラプソディ・イン・ブルー」という曲名はあくまで比喩でしかなく、かりにその時期の小林がガーシュィンに興味を示したとしても、それを耳にする条件が整っていなかっただろうことはいうまでもない。

ただ、『モオツァルト』が書かれたのは敗戦直後の昭和二十一年のことだから、そこで「もう二十年も昔の事」とされている「僕の乱脈な放浪時代」が昭和初期であろうと見当をつければ、そのときガーシュィンの曲は、現在のオーケストラ形式としてではないにせよ、すでにニューヨークで一九二四年に初演され評判となっている。オーケストラ形式の「ラプソディ・イン・ブルー」の日本初演は公式には一九五五年の近衛秀麿指揮によるものとされているが、瀬川昌久と大谷能生の共著『日本ジャズの誕生』（青土社、２００９）によれば、初演から十年もたっていない一九三三年に、前年アメリカから帰国した紙恭輔がコロナ・オーケストラを指揮して、シンフォニック・ジャズ形式で日比谷公会堂で初演している。それは、トーキー撮影のために作られた東宝の前身であるＰＣＬオーケストラで翌年再演されているが、昭和十年発売の中野忠晴とコロムビア・ナカノ・リズム・ボーイズによるＪ・シュヴァルツ作曲の「あなたの為に」の「イントロに『ラプソディ・イン・ブルー』のクラリネットが引用されて」いると大谷氏も指摘しているように、小林秀雄が文芸評論家としての影響を持ち始めた時期に、ガーシュィンは東京でしばしば演奏されていたし、レコードで断片的ながら耳にすることもできたはずである。

ここで、「惜しまれてならない」のは、「政治的には無智な一国民として事変に処した」という『近代文学』の座談会で名高い一句を口にした小林秀雄が、戦後はいうまでもなく、戦時下の日本にもなお溢れていた「アメリカ的」なものにまったく「無智」を決め込んだまま、やがては占領国となる当面の対戦国の文化にこれっぽっちの興味も示していないことだ。『モオツァルト』の著者が個人的に「アメリカ的」なものに興味がないのは一向にかまわないが、合衆国との戦争が始まってから一年もしないうちに行われた『近代の超克』（創元社、１９４３）の座談会で、映画評論家の津村秀夫のレポート「何を破るべきか」における「映画はいふまでもなく近代の終焉と共に始まつた芸術形式である」という問題提起や、「現代文化評論家はもう少しアメリカニズムの影響を重視せねばならぬ」という警告にもかかわらず、「アメリカニズムとモダニズム」の章での小林がほとんど発言しておらず、そのことがこの討論の限界をきわだたせているとしか思えぬことが問題なのである。実際、小林は、津村の「機械文明は絶対に避けることは出来ない」という言葉に対して、「機械文明といふのは超克の対象になり得ない」という河上徹太郎の言葉に賛意を呈し、あたかもアメリカの文化はことごとく機械文明の一語に収斂しうるかのように、「魂は機械が嫌ひだから」と口にしているだけなのである。この「無智」を決め込んだ小林の思考が、その後の多くの論者——江藤淳から宇野常寛にいたるまで——がアメリカを比喩的な枠組みとして語る場合の抽象性を操作しているかに思えるところが、「惜しまれてならない」のだ。

奇妙なことに、『近代の超克』における「アメリカ的」なものへの日本の知識人の反応は、『啓蒙の弁証法』（岩波文庫）におけるアドルノとホルクハイマーのそれとほとんど変わりがない。実際、津村秀夫は、同時代の文化について、「『婦系図』などといふ安手な映画を見て泉鏡花を理解したやうな気持ちになつて陶然としたり」する「青年男女層の大群」をどう批判するかにあるというのだが、それは、「文化産業――大衆欺瞞としての啓蒙」の章でフランクフルト学派の二人の秀才が述べていることとまったく変わりがない。アドルノとホルクハイマーがそうであるように、いわゆるポピュラー・カルチャーにおける音楽の「音」や映画の「画」に対する感性を、津村秀夫は徹底して欠いているのである。例えば、「ブルース調がレコード界を風靡したが、『湖畔の宿』といふやうなブルース調の虫唾の走る流行歌が未だに盛大に歓迎されてゐる現象を諸君は知つてゐますか」という津村秀夫は、事態の重要さにある程度まで気づいてはいる。だが、ブルースがアメリカ起源であることは確かだとしても、この服部良一作曲の「虫唾の走る流行歌」は「音」として「アメリカ的」ではなく、特攻隊を慰問する高峰三枝子によって歌われ、多くの涙を誘ったきわめて「日本的」なものなのだ。先述の『日本ジャズの誕生』で瀬川氏が指摘しているように、「服部さんは、サウンド面ではいろいろ取り入れるけど、フレージングは日本的」なのであり、その違いを「音」として聞き分ける感性が、津村秀夫はいうまでもなく、討論参加者の誰にもそなわっていなかったのである。

瀬川昌久によると、戦時下において真の意味で「アメリカ的」な「音」を出していたのは、「（ベニー・）グッドマンと同じ編成」で、「4サックス」、「3トランペット、2トロンボーン」のコロムビア・オーケストラだが、そこで重要なのは、天才的というほかはない仁木他喜雄の編曲の手腕だという。実際、「崑崙山を越えて日本軍が中国に進出するという一種の愛国歌」であるが故に戦時下でも演奏が許されていた古賀政男作曲の「崑崙越えて」など、仁木他喜雄の編曲によって、ジャズをそろえたレコード屋の店主が「アレンジがすごい。ベニー・グッドマンですよ」と口走るほどの「アメリカ的」なサウンドだったようだ。「フレージングは日本的」といわれた服部良一でさえ、いざというときは「アメリカ的」なサウンドを聞かせていたようで、これは『日本ジャズの誕生』の「あとがき」で瀬川氏が記していることだが、昭和十三年九月の帝劇で『踊るブルース』というショウを上演したとき、「有名な軍歌の『進め皇軍』と『天に代わりて』の二曲をメドレーでジャズに編曲したも」のを「ミリタリズム」として服部良一の指揮でコロムビア・ジャズ・バンドが演奏したのだが、その音譜を再現してみると、「『天に代わりて』の間奏に、何と『君が代』のフレーズがベースのフォービートで出てきたり、すばらしいスイング・ジャズのサウンドになってい」たというのである。

ここで問題なのは、『踊るブルース』というショウの題名そのものではなく、軍歌までを「アメリカ的」な「サウンド」として響かせてしまう技術を戦時下の日本のジャズマンたちが身につけており、それを戦時下の日本人がはっきりと聞き分けていたという事実にほかならない。にもかかわらず日本は戦争に突入してしまったのだから、その種の「アメリカ的」なものへの感性の共有はむなしい抵抗に過ぎないという批判はあろうかと思う。だが、具体的な「音」としてあった「アメリカ的」なものへの「無智」は、その後の比喩的な枠組みとしての「アメリカ」の抽象性にもつながり、今日にいたるも思考をまどろませる危険をはらんでいる。『日本ジャズの誕生』を読んでいてはっとさせられたのは、仁木他喜雄の編曲でコロムビア・ジャズ・バンドが演奏している「お祖父さんの古時計」（１９４０）とジーン・クルーパ楽団による《Grandfather's Clock》（１９３８）とをレコードで聞き比べている共著者二人の反応だ。「そっくり、完全コピー（笑）。いや、本家より上手いかも」と若い大谷氏は驚嘆する。「日本に音が来てたんだ」と応じる瀬川氏は、「ドラムも上手いし。ジーン・クルーパに劣らない」と断言している。そのジーン・クルーパが日本の聴衆の前にＪ．Ａ．Ｔ．Ｐ．とともに姿を見せるのには、戦争をはさんだ十三年もの歳月が必要とされたのである。

それから正確に四十七年後のある秋の日の午後、ＡＡＵというレターヘッドの入った一通の手紙がわたくしのもとに届く。二〇〇〇年九月二十六日火曜日に投函されたその手紙の内容は、二〇〇一年四月にワシントンＤＣで開催されるアメリカ大学連合 Association of American Universities の創立百周年を記念する国際会議で記念のスピーチをしてほしいというものだった。その招聘状の署名の一つはスティーヴンのものであり、いま一つも旧知のディックという東海岸の名高い工科大学の学長のものだった。大変光栄な招待ではあるが、来年の四月はわたくしは大学といっさい無縁の人間になっているという理由で、この種の会合で日本を代表するにふさわしい名前を二つほどあげて断りの返事を出したところ、ＡＡＵの事務局を担当する女性から、この会議の開催責任者であるスティーヴンとディックはあなた自身の講演を聞きたがっているのであり、代理の者のそれではないという返事が来た。かくしてわたくしは、二〇〇一年四月二十一日土曜日午前十一時二十五分、合衆国の首都を目指すフライトで東京を離れることになる。

翌二十二日日曜日の朝、会議の直前、大柄なスティーヴンの姿がいくつもの人影をかきわけるようにして近づいてきた。彼は、手を握るのももどかしげに、ヴィデオを送ってくれてありがとうと礼をいうと、二度目のドラム・ブギも見逃さなかったと微笑み、ジーン・クルーパはやっぱりグレイトだと、やや場違いなドラムをたたく仕草を照れたようにしてみせたのである。

8　散文生成の「昨日性」に向かいあうことなく、小説など論じられるはずもない

一八五二年四月二十四日土曜日の夕刻、ギュスターヴ・フローベールは、ルーアン近郊のクロワッセの書斎で、パリに住む女流詩人のルイーズ・コレ宛に一通の長い手紙をしたためる。ここで論じてみたいのは、そこに書きつけられているほんの一行、すなわち「散文は生まれたばかりのもの」というさりげなく読み飛ばすこともできそうな言表についてなのだが、それをあからさまに禁じるとまではいわぬにしろ、そうすることのはしたなさをふと思いとどまらせる何かがこの長さにはこめられているように思えるので、とりあえずは、その物質的な長さを客観的に記述しておくことから始めたい。

実際、「ああ！　快適な気分です、気持ちのよい覚醒めでした、愛するルイーズ。で、今日は仕事も終り、まだ時間も早いので、ご希望通り出来るだけ長く君とお喋りすることにしましょう」と書き始められているその手紙は、小さな活字がぎっしりとページを埋めつくしていることで知られる「プレイヤード」叢書のフローベールの『書簡集』の第二巻 *Flaubert, Correspondance* II, 1851-1858, Bibliothèque de la Pléiade, nrf, Gallimard, 1980 のフランス語でも八ページほどを占めているし、日本語版の『フローベール全集９』（筑摩書房）の「書簡Ⅱ」でも、二段組で八ページを超えるほどの長さにおさまっている。「哀しげで元気のないきみの手紙にもっと早く返事を出さなかったのは、全身全霊仕事にかかりきっていたからです」というギュスターヴは、「きみに会ってからきっかり二十五頁書きました（六週間に二十五頁ですよ）」と書きそえ、『ボヴァリー夫人』の推敲が遅々として進まぬことをなかば得意げに嘆いてみせる。

小説の原稿を二十五頁書くには六週間もの時間が必要とされながら、私信としては異様に長いこの手紙を書き終えるには夕刻から深夜までの数時間で充分だったという現実は、異性への個人的な書簡と散文のフィクションという二つの異なる言説への彼自身の執着の違いをあからさまに露呈させている。翌日までかかったというこの手紙――それは、「さようなら、もう十二時を過ぎました」と書き終えられている――が、「哀しげで元気のないきみの手紙」への遅ればせの返事にふさわしいものかといえば、それは大いに疑わしい。ルイーズの『備忘録』*Mementos*――「プレイヤード」叢書の『書簡集』におさめられている――のほぼ同じ時期に書かれた文面から推察するなら、ルイーズに「哀しげで元気のない」手紙を書かせたのが、「しばらく前からの病気と金銭的な不如意」であることはほぼ明らかだからである。しかも、「ギュスターヴは、そのことに口をつぐんだままだ」、と女流詩人はなかば諦めぎみに書き記している。

ここでいわれている「病気」に関しては、前後にそれを思わせる記述がほとんど見当たらないので、詳しいことは何もいえない。他方、「金銭的な不如意」についていえば、この時期のルイーズが、夫のイポリットからも情人の哲学者ヴィクトール・クーザンからも認知を拒まれた娘のアンリエットをかかえた一人暮らしの身であり、財政的にかなり逼迫していただろうと想像させる記述はいたるところに読みとることができる。定冠詞をつけて大文字で「哲学者」le Philosophe と呼ばれるヘーゲルの友人でもあったクーザンについては、めずらしく穏当な言葉遣いに終始しているジャック・デリダの『フローベールの観念』《*Une idée de Flaubert*》でも触れられ、不義の娘の存在にまで言及されているが、『備忘録』の言葉からすると、まぎれもなく夫イポリットの娘であるアンリエットの父親とは似ても似つかぬ気むずかしい性格が、子育てに慣れない四十歳を超えた母親を悩ましていたこともあれこれ書きつけられている。何かにつけて涙を見せがちな女流詩人のそんな窮状を見かねてか、ギュスターヴは、あるとき、五〇〇フランを融通しようかといいだしたらしい。若い愛人の援助をその場で固辞したルイーズは、自尊心のある女ならそうせざるをえないという微妙な状況への想像力を欠いたギュスターヴを恨めしく思わずにはいられない。以後、彼は、五〇〇フランのことをいっさい口にすることはなかった、と『備忘録』に綴られている。そのとき自分がもっとも必要としていることを、黙ってやってくれるのが愛する男にふさわしい振る舞いではなかろうかと愚痴めいた言葉を綴ってしまうルイーズは、さらにこうも書きそえる。「デュ・カンのいうことは、やはり正しいのだろうか。才能という点に関して、彼は間違っている。けれども、心にしかるべき欠損があるという点に関しては、彼は正しい……のかも知れない」。

この痛ましい述懐は、『備忘録』の五一年十月四日に記述されたマクシム・デュ・カンの言葉に正確に対応している。ルイーズ邸を訪れたマクシムは、ギュスターヴについてこういったというのである。「彼はこの男にいい加減うんざりしており、この男の心と知性とは空っぽだと思っている。文学的な未来もなければ、家庭も持てまいという。彼のいっていることは、おそらく正しい」。五一年といえば、ギュスターヴが『ボヴァリー夫人』を書き始めたばかりであり、それに先立つ一年半、ともにエジプトから中近東を旅して回ったデュ・カンにしてみれば、ギュスターヴのわがままぶりにいい加減うんざりしていたし、ほんの思いつきのように取りあげられた田園地帯での姦通という風俗的な題材を彼がまともに描きおおせるとも思ってはいない。にもかかわらず、「才能という点に関して、彼は間違っている」と五二年の四月にルイーズが断言できたのは、その間、デュ・カンが発表に前向きではなかった『聖アントワーヌの誘惑』の原稿を読むことができたからだ。五二年二月四日に、ルイーズは興奮をおさえきれぬ口調でこう書き記している。「彼の『聖アントワーヌ』は私に深い賛美の念と瑞々しい驚きとをもたらしてくれた。これは才能の持ち主である」。

ここで言及されている『聖アントワーヌの誘惑』は、ギュスターヴが一八四九年に脱稿したいわゆる「初稿」である。周知のように、彼は、この作品を五六年と七二年、合計三回も書いており、「幻想の図書館」(工藤庸子訳、『ミシェル・フーコー思考集成Ⅱ』、筑摩書房)のフーコーも指摘しているように、「聖アントワーヌは、じつに二十五年から三十年のあいだ——『感情教育』の主人公と同じくらい長いあいだ——フローベールにつきまとった」いわば生涯の主題である。アントワーヌとフランス語で名指すといかにも西欧的な人物を想像しがちだが、三世紀から四世紀にかけて生きた人物なので一応はローマ風にアントニウスとしておくこの砂漠の隠者は、アレクサンドリア地方の生まれのエジプトの修道僧である。ありとあらゆる誘惑に耐えて見せるこの聖者の生涯は、ジェローム・ボッシュからサルバドール・ダリにいたるまで多くの絵画作品に描かれているが、フローベールは、小ブリューゲル作といわれる『聖アントワーヌの誘惑』をジェノヴァの美術館で目にした四五年以来、それを戯曲風の作品に仕上げる夢を捨てきれずにいたのである。その「初稿」の刊行を断念し——第二稿の一部が、五六年暮れから五七年の春にかけて『アルティスト』誌に掲載され、詩人ボードレールの注目を惹くことになる——、彼は『ボヴァリー夫人』の執筆に専念することになったのだが、ここで指摘しておきたいのは、マクシム・デュ・カンがまったく評価しなかった『聖アントワーヌの誘惑』の「初稿」に、ルイーズが深く心を動かされたという事実につきている。

あの人には「心」はない、だが「才能」がある。それがルイーズの思い描くギュスターヴである。それからほんの数年後に『ボヴァリー夫人』の作者として名声を博することになるとはいえ、ルイーズに長い手紙をしたためた五二年の彼は、地方に住む無名の文学青年にすぎない。ところが、十一歳も年上のルイーズは、その美貌ゆえにパリの文壇でもてはやされ、名高い詩人や小説家や哲学者たちと深い——ときにはきわどすぎる——交友関係を持っている文字通りの才媛である。その女流詩人がどうして無名の文学青年に恋してしまったのかをめぐっては、他人の憶測では窺い知れない男女関係の機微にまつわることでもあり、深入りはせずにおく。「ああ、ギュスターヴがもっとうまく私を愛してくれたなら、私は彼に心のすべてを開いて見せもするだろうに」とあられもなく『備忘録』に書きつけているように、彼女の愛は真摯なものというほかはない。そのルイーズをさんざん待たせたあげく、「ああ！　快適な気分です、気持ちのよい覚醒めでした、愛するルイーズ」と書き始めるギュスターヴは、とうてい繊細な心の持ち主だとはいえまい。

もちろん、男は充分すぎるほど知りつくしているルイーズのことだから、自分がこの「才能の持ち主」にとっていかなる存在であるかはよく承知している。実際、彼女は、五二年十二月二十四日の『備忘録』にこう記している。「ギュスターヴは、徹底したエゴイストとして、もっぱら彼自身のために、彼の官能を満足させ、私にその作品を読み聞かせるために、私を愛している。私の悦びと私の満足はといえば、そんなことは彼にとっては何の意味もない」。そう書き綴るルイーズ・コレにとって、五二年四月二十四日の日付を持つギュスターヴの手紙は、「ご希望通り出来るだけ長く君とお喋りすることにしましょう」という語句を含んでいながらも、「彼自身のために、……私を愛している」にすぎない「徹底したエゴイスト」の書いた無意味な長さと受けとめられてもおかしくはない。

すでに述べたように、ここで論じてみたいのは、この長い手紙にまぎれこんでいる一行、すなわち「散文は生まれたばかりのもの」が開示する小説美学のパースペクティヴ——あるいは必然的なその自己瓦解——にほかならない。原文では《La prose est née d'hier》となっているから、直訳するなら、「散文は昨日生まれたもの」となろうが、その認識は、「人間」をめぐって口にされた『言葉と物』のミシェル・フーコーの考古学的な問題意識、すなわち、「人間は、われわれの思考の考古学によってその日付けの新しさが容易に示されるような発明にすぎぬ」（『言葉と物』、渡辺・佐々木訳、新潮社）ともどこかで響応しあっている。ここでは、そのことを指摘しながらいわゆる「近代小説」の存在論的な条件——あるいはその不在——を論じてみたい。いま『ボヴァリー夫人』の作者になろうとしているギュスターヴ・フローベールにとっての「散文」もまた、「人間」をめぐるフーコー的な思考にとってのごく最近の「発明」にすぎないからだ。いわゆる「近代小説」を論じる者のほとんどは、こうした「散文」生成の「昨日性」ともいうべきものに無自覚なので、そのことを改めて論じてみようと思っていたのである。にもかかわらず、それを深めることをせず、他人の憶測ではとうてい窺い知れぬ男女間の愛憎にまで足を踏み入れてしまったのは、小説美学に不可欠な「散文」の「昨日性」の指摘にあたって、一人の作家の書き残したあまたのテクストの中で、特定の個人に向けられた私信の位置と、それを公共財として読むことを許された不特定多数の視点というものの関係が、わたくしにはいまなお充分に把握しかねるからである。

例えば、アヴィニョンのカルヴェ美術館に所蔵されているルイーズ・コレの『備忘録』の自筆原稿の場合、それが特定の個人に向けて綴られたものではないという意味で、そこに披瀝されている事態の深刻さにもかかわらず、公刊されたそのテクストを二十一世紀に生きるわたくしが読むことにこれといった疚しさはつきまとわない。それは、現在のところは個人の所蔵品としてあるフローベールの「ヘーゲルの『美学講義』のノート」《Notes de Flaubert sur *L'Esthétique* de Hegel》の自筆原稿が、収集者の厚意でたまたま公刊された場合、コレの『備忘録』とは言説のありかたにおいて著しく異なるものであろうと、それを読まずにおく理由が存在しないのと変わりがない。ところが、不特定多数の目に触れることを想定して綴られたわけではない個人的な書簡においては、明らかに事情が異なる。今日の文学研究——とは、だが、何か？——においては、研究対象である作家の書簡を読むことは当然視されており、それを怠ることはむしろ恥ずべきこととみなされている。

だが、その「恥ずかしさ」は、それとは異なる水準に位置する「はしたなさ」に目をつむることでしか解消されない。それは、五二年四月二十四日付けのギュスターヴの長い手紙の本来ならたった一人の正統的な読み手であるべきルイーズの反応を、文学研究の名において無視することの「はしたなさ」にほかならない。すでに見たように、この手紙は、それを読む女流詩人の反応をまったく無視するかのようにいたずらに長い「徹底したエゴイスト」の言葉からなっている。そして、それが「徹底したエゴイスト」の言葉からなっていることをあたかも祝福するかのように、そこにまぎれこんでいる文学的な言説を契機として論述を展開しようとしている研究者――批評家でもエッセイストでもよかろう――は、「才能という点に関して、彼は間違っている。けれども、心にしかるべき欠損があるという点に関しては、彼は正しい……のかも知れない」というルイーズの真摯な疑問の前半部分――あの男には「才能」がある――を肯定し、後半部分――あの男には「心」がない――をごく曖昧に無視する。ギュスターヴには「才能」があるのだからその作品について語ることには意義があるが、名声はあっても「才能」はないルイーズの「心」についてはひとまず語らずにおくという、必ずしも明確に意識化されているわけではない研究者の反応は、到底「はしたなさ」をまぬがれていないといわざるをえない。それが「はしたない」のは、その無自覚な「エゴイスム」がギュスターヴの「エゴイスム」の「徹底性」を欠いていながら、ほとんどの研究者はおのれの中途半端なエゴイスムを恥じようともしないからである。

E・L・フェレールの『ギュスターヴ・フローベールの美学』E.L.Ferrère, *L'Esthétique de Gustave Flaubert*, Conard, 1913 からティエリー・ポワイエの『書簡によるフローベールの美学のために』Thierry Poyet, *Pour une esthétique de Flaubert: d'après sa correspondance*, Eurédit, 2000 にいたるまで、残された手紙に書きこまれた文学をめぐる言説を拾い上げ、それをあれこれ分類しながら、それを通してフローベールの小説観を論じようとする者はあとを絶たない。とりわけ、後者の『ボヴァリー夫人――手紙による小説』Thierry Poyet, *Madame Bovary, Le roman des lettres*, L'Harmattan, 2007 などが典型的だが、彼らにとっては、フローベールの書簡が、多くの場合、読み手の心情を無視した一般論に流れがちだということをむしろ好機ととらえ、その上で、「近代小説」一般とは無縁の領域に、「才能」ある個人の実践的な小説観としてまとめあげる作業に終始している。

そうした書物の弱点は指摘するまでもあるまい。まず、書簡で述べられていることが必ずしも作品を定義するとはかぎらず、ときにはそれらが矛盾しあってさえいるという事態がそこではあっさり無視される。また、「近代小説」が如何にして可能か――あるいは不可能か――という問題系に触れることなく、フローベールが『ボヴァリー夫人』をどう書いたかという個人的な小説作法が、「美学」の名において論じられているにすぎない。「文学」という問いは、そこでは一度たりとも提起されず、自分の向き合っているものが「散文」のフィクションであることなど、些事として思考から追いやられるしかない。

近年のフローベールの研究で、研究対象である作家の「才能」への無邪気な確信とは無縁に「文学」の問題に触れているのは、論集『散文の危機』*Crise de prose*, sous la direction de Jean-Nicolas Illouz et Jacques Neefs, PUV, 2002 の編者でもあるジャック・ネフしかいない。

批評的な感性にも恵まれたこの研究者は、その序文に「散文は生まれたばかりのもの」の一行を引用しながら「散文」生成の「昨日性」の問題に触れてもおり、その論文『ボードレールとフローベール――近代芸術としての説話論的散文』《*Flaubert, Baudelaire: la prose narrative comme art moderne*》の中で、「『優れた散文の文章』は、その限定の補語として自分以外の何ものをも指示することがない」という言葉で、「散文」が揺るがせる表象体系の危機へと読む者の注意を惹きつけている。それはは『言葉と物』のミシェル・フーコーのいう「言語《ランガージュ》が客体としての厚みをもつ」にいたったことの帰結としての「文学の出現」にも対応しているだろうし、あるいは、ジャック・ランシエールが『ものいわぬ言葉』Jacques Rancière, *La parole muette*, Hachette, 1998で『ボヴァリー夫人』を例として語っている「表象体系をモデルとした古い詩学」の敗退に対応しているともいえるが、「散文」の「昨日性」に言及しているという点で、ジャック・ネフの指摘はもっともフローベールにふさわしいものだといえる。

ここで、ルイーズ・コレという固有名詞には、ギュスターヴ・フローベールのそれとともに、思考の舞台からいったん退場してもらう。一八五二年四月二十四日土曜日という日付にも、視界からは遠ざかってもらうしかあるまい。ギュスターヴやルイーズに似た固有名詞は、今後も姿は見せるだろうが、それはあくまで他との識別の符牒にすぎず、彼らの自己同一性とは無縁の仮の名前としてあたりをせかせかと走り回るだけである。わたくしたちは、ギュスターヴも、ルイーズも、そんな個体など見たことも聞いたこともないかのように振る舞わねばなるまいが、それは読むことに必須の戦略としての断念、あるいは断念としての戦略にほかならない。そもそも、「文学」とは、人が見たことも聞いたこともないかのように振る舞うことで視界に浮上するかりそめの名前が跳梁する空間のはずであり、そこでは、「昨日」というとらえどころのない時間さえ、とらえどころのなさとして確かな符牒におさまっている。

実際、「散文は昨日生まれたもの」と口にすることは、「一八五二年四月二十四日土曜日」に生きていた者の特権ではなく、それは、その言葉が書きつけられる瞬間からも、それが読まれる瞬間からも等しく「昨日」でなければならないような漠とした拡がりである。そして、そのような「昨日」が、「われわれにとってまだ同時代的であるもの」という命題にこめられた思考と親しく触れあっていると見えたとしても、その文章を読むことのできる書物の題名や著者の名前をあれこれ詮索するには及ばない。それがミシェル・フーコーの文章だと知っていようと、あたかも知らずにいるかのように振る舞っておかねばなるまい。そのような身振りを肯定しないかぎり、「文学」が姿を見せることはまずないからである。

そうした視点から、「散文は生まれたばかりのもの」という一行を読み直してみる。その言表行為の主体が、「韻文は生まれたばかりのもの」とは言表しまいことはたちどころに見当がつく。それは、その周辺に書かれていることからも明らかなのだが、その言説をになう者がたまたま『ボヴァリー夫人』執筆中のギュスターヴであり、ルイーズ宛の手紙にそう読めるのだということは、知っていても知らなくても一向にかまわない。それは、誰もが好んで引用しがちな「何についても書かれていない小説」《le livre sur rien》にかかわる記述である。そして、直訳するなら「無についての本」となろうその概念は、いうまでもなくフィクションなのだが、そのことを意識しつつ読んでみることにしよう。

「ぼくにとって美しく思えるもの、ぼくの書きたいもの、それは何についで書かれたのでもない小説、外部に繫がるものが何もなく、地球が支えられなくても宙に浮かんでいるように、自分の文体の力によってのみ成り立っている小説、出来ることなら、ほとんど主題を持たないか少なくとも主題がほとんど目につかない小説です。そのとき、作品は、意味という重量を離れ、ひたすら「気化」する傾向をたどるので、「形式は巧緻なものとなり、軽々としてきます。あらゆる典礼的形式、あらゆる規範、あらゆる限界を超えて行き、叙事詩を離れて小説に、詩を離れて散文に向かい、正統性というものを認めなくなり、それを生み出す各人の意志そのままに自由になっていくのです」。

ヘーゲルの『美学講義』をじっくりと読みこんだことが見てとれるこの文章も、ギュスターヴのルイーズ宛の一八五二年一月十六日金曜日の書簡から抜粋したものだが、その固有名詞にも日付にもこだわりのないふりを装っておこう。ここで読みとるべきは、「あらゆる典礼的形式、あらゆる規範、あらゆる限界」が超えられ、「正統性というもの」が認められなくなったとき、「小説」が「典礼的形式」からも、「規範」からも、「限界」からも自由な「散文」、すなわち「非正統的なもの」として生成されたのであり、したがって、いわゆる「近代小説」は、何ものによっても正統化されることなく、みずからがみずからをそのつど支える――もし、そういう言い方のほうが通りがよいなら、「ポストモダン」的な――およそ理に適わぬ試みたらざるをえないという認識である。それが理に適わぬのは、ポストモダン的でない「近代《モダン》」など、フィクション以前のたんなる事実誤認にほかならぬからだ。「近代小説」と呼ばれる散文のフィクションを論じる者がしばしば見落としがちな、終わろうとする意識とともにかろうじて存在しているかに振る舞う「近代小説」の本質的な不実さにほかならない。「散文」は、何かを書くようなふりを装いながら、実際には何も書こうとせず、何かを語るふりを装いながら、何も語ろうとせず、何かを描写するふりを装いながら、何も描写してはいないのである。

「散文は生まれたばかりのもの」という認識をいだく作家の想い描くフィクションがいま見たようなものだとするなら、そのフィクションは、どのような言葉の配置におさまることになるのか。

「ぼくは或る一つの文体を頭に想い描いています、素晴らしい文体、十年後にしろ十世紀後にしろ、誰かがいつかはきっと作り出すはずの文体、韻文のようにリズムを持ち、科学用語のように精確で、波打ちが、チェロの音色が、飛び散る火花が感じられる文体、頭のなかに小刀のように切れ入ってくる文体、そして、軽快な追い風に乗った小舟で滑走するように、思考が滑らかな表面を滑っていくように思われる文体を。散文は生まれたばかりのもの、これこそ思いを潜めねばならぬことです。韻文はとりわけ古い文学の形式です。韻律の組み合わせはすべて為されてしまいました。が、散文の方はそれどころではありません」

「それどころではありません」というのは、「散文は昨日生まれたもの」だから、それにふさわしい詩学的、修辞学的な規範など存在しようもないからである。ここでいわれていることのほとんどは、あくまで「散文」の「昨日性」というフィクションを始動せしめるための契機にほかならず、

「頭に想い描いて」いるという「文体」をフローベールが『ボヴァリー夫人』によって実現したなどと勘違いしてはなるまい。ここで想定されている「素晴らしい文体」は特定の固有名詞に所属するものではなく、すでに書かれていたり、これから書かれるかも知れない言葉と響応することで、その意味ではなく、その運動の方向ともいうべきものをかろうじて示唆する「散文」なのである。それは、「芸術」の未来が「出来る限り気化していく」はずだという確信をも反映しているが、意味の重みでたわむことのない言葉というフィクションは、当然のことながら、「昨日生まれたもの」としての「散文」にふさわしい読み方とも交錯することになる。それは、例えば、自分の名前も自分の顔をも隠して口にされたある匿名の哲学者の次のような言葉とも響応しあっているはずだ。「私は、一篇の作品、一冊の書物、一行の文章、一つの観念といったものに対して、それを判断するのではなく、それを存在させようとする批評といったものを想い描かずにはいられません。そうした批評は、火を点してまわり、草花が生長するのに瞳を注ぎ、風の音に耳を傾け、あわを手につかんで空中にとび散らせてくれるものです。判断をいくつも下すのではなく、存在することのしるしを無数に沸き立たせてくれるような批評。それは、無数の存在する無数のしるしに声をかけて、その眠りから呼びさましてくれるような批評なのです」。もちろん、これが『ミシェル・フーコー思考集成Ⅷ』におさめられた「覆面の哲学者」からの引用——あえてわたくし自身の訳に置きかえさせてもらったが——だと知っている必要はない。

「昨日生まれたもの」としての「散文」をめぐる思考は、「これまでの詩の歴史全体のなかで、まさしく異常な、他に類例を見ない光景に立ちあっている」というある詩人の思考とも交錯しあう。「つまり、詩人はそれぞれに自分だけの片隅で、まさしく自分だけのフルートで、自分の好きな曲を演奏しようとしており、詩というものが始まって以来はじめて、詩人たちは聖歌隊席で譜面台をまえにして歌うことをやめてしまった。これまでは、自分の歌に伴奏するには、公の典礼のための韻律を奏でる大パイプオルガンが必要でしたね。ところがです！　この大パイプオルガンを弾きすぎたあまり、人々はそれに飽きてしまったのです」。

わたくし自身の最近の著作『ゴダール　マネ　フーコー――思考と感性とをめぐる断片的な考察』（ＮＴＴ出版、２００８）で引用したこともあり、またそれを知らなくとも、これが詩人ステファーヌ・マラルメのあるインタビューに答えた言葉であることぐらいは誰にも察しがつくだろうが、問題はそのことではない。「典礼的形式」からも、「規範」からも自由なものとして、すなわち「非正統的なもの」として生成された「散文」に起こったのと同じ事態が「詩」にも起きていたのだが、ここで見落としえないのは、「散文の危機」という意識が「詩の危機」のそれにまぎれもなく先立っており、しかも、そのいずれもが「昨日」の出来事だということだ。

二十世紀末の「大きな物語」の崩壊などという世迷いごとに騙されてはならない。そんなものは――規範でも、典礼でもよい――の機能不全など、一八五二年四月二十四日土曜日にとってのものとは限らない「昨日」以来、いたるところで起こっていた日常茶飯事にすぎず、「文学」だけがそれを証言することができる。わたくしが、いま、そう自信をもって断言することにしかるべく貢献しているはずのルイーズ・コレに、「文学」とは無縁のある複雑な思いを、謝辞ならぬ謝辞としてひそかに捧げる。

9 アメリカ合衆国と日本との距離は拡がるばかり、なのだろうか

二〇〇九年七月一日水曜日、マイケル・マン監督の新作『パブリック・エネミーズ』Public Enemies（２００９）がアメリカ合衆国全土で公開された。『マイアミ・バイス』（06）の出来映えに必ずしも納得できなかった者にとっては、『コラテラル』（04）いらい五年ぶりに、この監督の巧みな演出を堪能する機会が訪れたのだといえる。題名はごく自然にウィリアム・A・ウェルマン監督、ジェームズ・キャグニー主演の名高い『民衆の敵』The Public Enemy（31）を想起させるが、同じ大恐慌時代のギャングを題材とした映画ではあっても、同時代を描いたウェルマンの作品と異なり、マンの新作は、一九三四年に射殺されたジョン・ディリンジャーをジョニー・デップが演じ、FBIの捜査官役のクリスチャン・ベイルがそれに対抗するという時代劇――何しろ、八十年近くも昔の物語なのだから――となっている。

いまでこそ「ニューディール政策」の時代などと呼ばれもしているが、フランクリン・D・ルーズベルトは一九三三年に大統領に選出されたばかりであり、何よりもまず、一九二四年からFBI長官の地位についていたジョン・エドガー・フーヴァーの時代とも呼ばれるべき時期にその物語は設定されている。人々を味方に巻き込む才能に恵まれたディリンジャーの短い生涯を描いた映画は、マックス・ノセック監督、ローレンス・ティアニー主演の『犯罪王ディリンジャー』Dillinger（45）やジョン・ミリアス監督、ウォーレン・オーツ主演の『デリンジャー』Dillinger

ル（73）など、かなり面白い作品が撮られており、間接的なかたちでその死を喚起しているマルコ・フェレーリ監督の『ディリンジャーは死んだ』（69）も忘れがたい作品である。率先してキャメラの被写体となりもした映像メディア時代のこの義賊は、W・S・ヴァン・ダイク監督、クラーク・ゲイブル主演の『男の世界』（34）を満員の客と堪能した直後、映画館の出口で待ちかまえたFBIに射殺されたという優れて映画的なキャラクターでもあっただけに、手持ちのHDデジタル・ヴィデオ・キャメラを駆使したはずのマイケル・マンの作品は、過去の再現とは異なる何かを見せてくれるはずだと期待させるに充分である。

とはいえ、まだ見てはいない『パブリック・エネミーズ』を口実として、必ずしも正当に評価されてはいない映画作家マイケル・マンの重要さを論じることがこの文章の目的ではない。ここでは、この期待作がいまだに日本で封切られずにいることがごく自然な事態と受けいれられている不自然な文化的——ことによったら政治的であるかもしれぬ——環境について語ってみたいのである。そこで、その不自然さをきわだたせるために、この新作の公開状況を世界的にざっと跡づけておくことにする。それは、まず、ディリンジャー自身の活躍の舞台——すなわち、その絶命の地——であり、マイケル・マン自身の生まれ育った都会でもあるイリノイ州シカゴで六月十八日木曜日にプレミア上映され、ロサンジェルス映画祭でも六月二十三日火曜日に特別上映されてから合衆国全土で公開されたのだが、何しろマシンガン全開の血なまぐさい暴力場面を含む《R》指定——十七歳未満は両親、あるいはそれに類する人物の付き添いが必要——の作品なので、昨年の同時期に《PG－13》指定——両親が注意をうながすだけでよい——で封切られたクリストファー・ノーラン監督の『ダークナイト』（08）のような爆発的な大当たりはもとより期待されていない。ただ、オスカーを狙うにしては、お子様向きの作品が出そろう七月という公開時期はいかにも異例だという驚きが、公開前からあれこれささやかれていた。

もっとも、われわれとしては、この作品がアカデミー賞レースに加わろうが加わるまいがそんなことはどうでもよろしい。くたびれはてた年度末の儀式などとはいっさい無縁に、ただ一刻も早く見たい——アカデミー賞を受賞したダニー・ボイル監督の『スラムドッグ$ミリオネア』（08）を一刻も早く見たいと思った者がこの平成日本にいただろうか——だけなのだが、七月一日に「ニューヨーク・タイムズ」紙に掲載されたこの「荘重にして美しい美術品」をめぐる長い批評を読むにつけ、その思いはつのるばかりである。印刷媒体としての新聞などに未来はないといった議論はさかんだし、世界的な「高級紙」と呼ばれるものの経営基盤もいたるところで弱体化しているとはいえ、封切り当日に掲載される批評が作品に輝きをそえる機能はなお失われてはいないのだが、「荘重にして美しい美術品」と呼ばれる『パブリック・エネミーズ』が日本のスクリーンに登場するのは、われわれがNY Times.comの《Today's Headlines》でその記事を読んでから五ヶ月もさきの十二月中旬のことにすぎない。この半年近い封切りの時差はいかなる理由によるものか。また、それは何を意味しているのか。

外国映画の封切りが、製作された本国の公開時期と大きくずれていることなど当然だと思ったりしてはならない。『パブリック・エネミーズ』は世界の四十ヶ国ほどでこの夏休み中に、遅くも八月中旬までには公開されており、ほとんど日本だけがその流れからとり残されているからである。当然のこととはいえ、英国、カナダでは合衆国と同時の七月一日の封切りだし、その一週間後の七月八日水曜日のフランス公開にあたっては、「ル・モンド」紙が、この「秀逸な作品」をめぐる賛辞とマイケル・マン監督のインタビュー記事で文化面の一ページをそっくり埋めつくしている。七月下旬からはシネマテーク・フランセーズでのマイケル・マン監督作品のレトロスペクティヴ（回顧特集上映）さえ予定されているというが、これは「文化の国」（！）フランスならではの厚遇だろうと高を括ってはならない。フランス公開と同じ日に、この作品はアジアではインドネシア、北アフリカではモロッコで公開され、比較的に遅いスペインでさえ八月十四日には封切られるし、香港、シンガポール、台湾、韓国といったアジアの近隣諸国でも、この連載が活字になる頃にはすでに公開済みなのである。

十二月十二日封切り予定の日本と十二月十八日封切り予定のイタリアだけが、どうやらジョニー・デップの人気に賭けた「年末番組」という古色蒼然たる興行形態を死守しているようなのだが、「ル・モンド」紙のインタビューで、マイケル・マン自身が「はからずもハリウッド的な映画作家と見なされているが、私がアメリカの商業映画に本当の意味で興味を示したことは一度もない」と述べているように、『パブリック・エネミーズ』がブロックバスター化する可能性は皆無といってよい。にもかかわらず、日本ではそれを狙った封切り日が設定されているのだから、世界から遅れをとらぬために、われわれはジャカルタかソウルか台北、あるいはシンガポールか香港へマイケル・マンの新作を見に行かねばならぬのであり、誰もがそんな不便さを甘受せざるをえない日本とアメリカ合衆国との距離は、まぎれもなく物理的に遠くなっている。

このアメリカ映画の日本公開をめぐるこの決定的な時差は、何もマイケル・マン監督の新作に限られているわけではない。マイケル・ベイ監督の『トランスフォーマー：リベンジ』（09）の日米ほぼ同時公開はごく例外的であり、クリント・イーストウッド監督の『チェンジリング』（08）や『グラン・トリノ』（08）の公開も、日本はせいぜい世界で四十番目か五十番目といったところなのだ。これは、イーストウッドよりやや知名度の落ちるデイビッド・フィンチャー監督の『ベンジャミン・バトン』（08）や、ほぼ無名といってよいが映画作家としては注目に値するジェームズ・グレイ監督の『アンダーカヴァー』（07）やダーレン・アロノフスキー監督『レスラー』（08）の場合とほとんど変わるところがない。アカデミー作品賞を受賞した『スラムドッグ$ミリオネア』の場合ですら、その公開は、トルコよりも、レバノンよりも、パキスタンよりも、エジプトよりも、中国よりも、フィリピンよりも遅く、相変わらず世界で四十何番目かなのである。この、世界で四十番目か五十番目という凡庸な数字をごく自然に受けいれていることが不自然とすら思われなくなっている現状は、いささか危機的ではなかろうか。

例えば、二〇〇二年の第十五回東京国際映画祭は、オープニング作品としてスティーブン・スピルバーグ監督の『マイノリティ・リポート』（02）を上映して世界から嘲笑された。それが世界で四十六番目の上映にすぎず、海外からの参加者の大半はすでに見ていたので、そのプレミア上映は、国際映画祭とは名ばかりの、もっぱら国内向けのものでしかなかったからだ。とりわけ、フィリピン、台湾、香港、韓国、タイなどでは夏前に公開されていたのだから、この時期にスピルバーグの新作をわざわざ東京まで見に来るアジア人などどこにもいなかったのである。マイケル・マンの新作のアメリカ公開と日本公開との時差はそれをそっくり反復しているが、それはいったいいつから常態化されたのだろう。少なくとも、前世紀末の一九九七年頃までは、ジェームズ・キャメロン監督の『タイタニック』(97)のように、東京国際映画祭のオープニングが世界プレミアでもあったという事態はごく自然に起こっていた。ことによると、今世紀に入って、人々が口々に「グローバリゼーション」などととなえ始めてから、映画を介してのアメリカ合衆国と日本との距離が一気に拡がり始めたのだろうか。あるいは、9・11のツインタワーの崩壊を目にした者の多くがまるでハリウッド映画のようだなどと口にした頃から、合衆国に向けられる日本の視線や思考が途方もなく抽象化し始めたのかもしれない。

ここで、マイケル・マン監督の新作の公開の大幅な遅れを一つの比喩として、日米関係を一般的に論じるつもりはまったくない。ただ、現在の日本とアメリカ合衆国との埋めがたい距離がそこにも拡がりだしているといった印象は否定しがたく、その距離が、日本の知米派が次期駐日大使として期待していたジョセフ・S・ナイ教授に代わって、「小泉改革」とも波長が合いそうなシリコンヴァレー系のジョン・V・ルース氏——外交に関しては素人同然の——をオバマ大統領が任命してしまったこととも まったく無縁ではないように思えてしまう。何かが、いたるところで、アメリカ合衆国と日本との距離を遠ざけているような気がしてならないのである。

折から、『文藝春秋』誌は、その二〇〇九年八月号で、『さらば「アメリカの時代」』という「総力特集」を組んでいるが、その題名だけ見れば、史的唯物論を基盤とした「世界システム論」

を展開するイマニュエル・ウォーラステイン教授の『ポスト・アメリカ――世界システムにおける地政学と地政文化』（丸山勝訳、藤原書店、1991）や、『アフター・リベラリズム――近代世界システムを支えたイデオロギーの終焉』（松岡利道訳、藤原書店、1997、原著は1995）などの議論を、日本のジャーナリズムがいきなり二周遅れで追いかけ始めたかのような印象を与え、いかにも不気味である。

例えば、「クライスラーに続いてGMが破綻し、国家管理下に入った」と書き始める『「世界同時不況」は何年続くか』の榊原英資氏は、「金融システムの崩壊に続く自動車産業の破綻」は「アメリカ経済の苦境が……循環的なものでなく構造的なものであることを示唆」しており、「それは二〇世紀型アメリカ資本主義の終焉である」と書いているが、その「二〇世紀型アメリカ資本主義」なるものはきわめて曖昧な概念であり、抽象的な言辞でしかないように思う。実際、一九二九年の大恐慌後の合衆国は、一時的であるにせよ、資本主義に背を向けた社会主義的な政策によって経済を立て直そうとしたのだし、税制的に優遇された映画産業が多くのアメリカ共産党員をひそかに、あるいはかなり大っぴらに抱えこむことで活況を呈したことも良く知られているのだが、それが「二〇世紀型アメリカ資本主義」なのかそうでないのかは明らかにしえないからである。すでに触れる機会のあった『民衆の敵』の成功によって量産されることになった三〇年代前半のハリウッドの「犯罪映画」も、アメリカ共産党の方針にしたがって脚本化されたものが少なくないといわれており、その事実を多少とも知っていれば、「二〇世紀型アメリカ資本主義」などといった言葉をのんびり口にはしえないはずである。

その点をめぐっては、「アメリカ人ならＧＭの車をボイコットしろ！」という「超タカ派」のラジオ番組の司会者ラッシュ・リンボーに触れた町山智浩氏のルポルタージュ『「ＧＭ破綻」ぬけがらデトロイトをゆく』の方が、遥かに合衆国の現実をつかんでいるように見える。「アメリカ人ならＧＭの車をボイコットしろ！」というリンボーのアジテーションは、ＧＭの一時的な国有化は文字通り「社会主義」政策にほかならぬことを批判的に指摘しているからである。「二〇世紀型アメリカ資本主義」と一般に信じられているものは、ことと次第によっていつでも「社会主義」的な政策を実施する自由を権利として行使しうる合衆国政府によってかろうじて維持されてきたものにすぎない。しかも、その自由は、ブッシュ政権に先立ち、規制緩和の旗を振っていたはずの「小泉政権」が、日本の銀行をめぐってこともなげに行使していたものにほかならない。とするなら、『さらば「アメリカの時代」』とは「さらば『小泉の時代』」を含意しているのだろうか。いずれにせよ、人々が「終焉」について語り始めるとき、その言葉を口にする者がとらわれがちな思考の曖昧な抽象性には充分すぎるほど自覚的でなければならない。わたくしがここで述べたいのは、ウォーラステインの「世界システム論」的な予言とも、最近の金融危機以後にあちらこちらでささやかれ始めた「アメリカの時代」の終焉をめぐる議論ともいっさい無縁のアメリカ映画の問題であり、外部としてのアメリカ映画へと向ける日本の視線や思考の蒙りつつあるときならぬ抽象化にほかならない。

もっとも、『パブリック・エネミーズ』のような重要な作品が、アメリカ公開からどれほどの時差で日本公開されるのが適正なのかと問われれば、それに対する正しい答えは存在しないといわざるをえない。ジャン＝リュック・ゴダールの『アワーミュージック』(04)、アレクサンドル・ソクーロフ監督の『チェチェンへ―アレクサンドラの旅』(07)、ペドロ・コスタ監督の『コロッサル・ユース』(06)のように、アメリカ合衆国はいうにおよばず、ヨーロッパのほとんどの国でさえ、映画祭などの特殊なケースをのぞいて上映される機会の稀な作品が日本では一般公開されているのだから、アメリカ映画の公開が多少遅れたところでさしたる問題はないという視点も大いにあろうかと思う。確かに、現在の東京は、ニューヨーク以上に豊かで多様な作品の見られる映画都市だといえるかも知れないからである。

にもかかわらず、マイケル・マンの新作が象徴しているアメリカ映画の日本公開の時差の不自然なまでの隔たりが、何やら危険な兆候のように思えてならないのは、ときに国境を超えたり超えなかったりする個々のフランス映画、ロシア映画、ポルトガル映画といったものとアメリカ映画とは、その存在様態が決定的に異なるものだからである。ゴダールやソクーロフやコスタの作品は、フランス映画、ロシア映画、ポルトガル映画から独立して存在しうるが、マイケル・マンの作品は、あくまでアメリカ映画としてしか存在しえぬものだからである。それは、いまでこそ貴重な映画作家と見なされているアルフレッド・ヒッチコックやハワード・ホークスの作品が、アメリカ映画の一つでしかなかったという半世紀前の状況にいまなお大きな変化が起こっていないことを意味する。そして、それこそ、いかなる国にも真似できないアメリカ映画の偉大さにほかならない。

アメリカ映画の偉大さは、たえず解明しがたい謎としてわれわれを惹きつけるその理不尽さにある。一九六六年のジャン＝リュック・ゴダールは、その理不尽さを、こうした言葉で書き綴っていた。「『堕ちた天使』（オットー・プレミンジャー監督、1945）を見直す。アメリカ映画というものの神秘と魅惑。私はどうして、マクナマラ〔当時のアメリカの国防長官〕を憎み、しかも『あの高地を取れ』（リチャード・ブルックス監督、1953）を讃めたたえるなどということができるのか？　どうして、ゴールドウォーター〔アメリカの政治家で共和党の大統領候補〕を支持するジョン・ウェインを憎み、しかも、『捜索者』（ジョン・フォード監督、1956）の最後から二つ目の巻でいきなりナタリー・ウッドを腕に抱きかかえるときのジョン・ウェインを心から愛するなどということができるのか」（『ゴダール　全評論・全発言　I』奥村昭夫訳、筑摩書房。蓮實による補足を含む）。

誰もが知っているように、ヴェトナム戦争時代のゴダールがアメリカに惹きつけられる理由など何一つないはずである。にもかかわらず、アメリカ映画は彼の心を深く揺り動かさずにはおかぬのだが、そのことを彼は何度も別の言葉で語っており、例えば一九九五年に、「私はかつてアメリカ映画が好きだったし、われわれはヌーヴェル・ヴァーグの時代にアメリカ映画を、じつに多くのものに逆らいながら大いに強力に擁護したものです」（『ゴダール　全評論・全発言　III』奥村昭夫訳、筑摩書房）と述べている。ここで重要なのは、「多くのものに逆らいながら」という一行である。つまり、理性的に判断すればそれを好きになる理由などどこにもないはずなのに、あえてそれを擁護せざるをえない状況に知らぬ間に陥っている、というのがその一行の意味なのである。ただ、ゴダールに誤りがあるとするなら、それは、その理不尽さを「ヌーヴェル・ヴァーグ」の時代の彼らが初めて体験したといいたげなところである。

実際、ゴダールは、自分たちが、一九三〇年代から四〇年代にかけての小津安二郎を知らぬ間に模倣していることに気付いていない。『勝手にしやがれ』(59)よりも三十年近く前の若き日の小津が、『その夜の妻』(30)や『非常線の女』(33)のような犯罪映画によってアメリカ映画にオマージュを捧げていたことを知らずにいたからである。また、昭和十八年に陸軍報道部映画班員としてシンガポールに赴いた小津が、対インド工作機関の協力でインド独立運動をめぐる映画の構想を持っていながら、戦況の悪化でそれが不可能と知ると、軍部に隠れて、接収されていた敵国にほかならぬアメリカ映画の試写を楽しみながら日々を過ごしていたこともゴダールは知らない。こうして、未来の『東京物語』(53)の作者は、戦時中は日本で上映が禁じられていたエルンスト・ルビッチ、ジョン・フォード、ウィリアム・ワイラー、オーソン・ウェルズなどの作品の「神秘と魅力」に身を委ねることになるのだが、それこそアメリカ映画の理不尽な擁護にほかなるまい。

『パブリック・エネミーズ』の封切りの遅れがどこかしら不吉なのは、日本では見ることのできないアメリカ映画をアジアの近隣諸国の人々がすでに見ているという状況が、歴史的にいってまったく初めての事態ではないからだ。それは、第二次世界大戦中に推移していたことのあからさまな再現を思わせずにはおかない。対米開戦によって余儀なくされた三年半という時差と現在の五ヶ月半という時差は、数字こそ大きく異なれ、構造的にはどこかしら似ているところがあるからである。

実際、戦時下の日本人は、日本では見ることのできないオーソン・ウェルズの『市民ケーン』(41)をマニラやシンガポールへ見に行ったのであり、小津安二郎もまさしくそうした一人にほかならない。阿部豊監督の『あの旗を撃て―コレヒドールの最後』(44)の撮影でマニラに赴き、『市民ケーン』のグレッグ・トーランドのパンフォーカスとワンシーン・ワンショットに驚嘆したキャメラマンの宮島義勇もそうした一人である。「鬼畜米英」の時代であろうと、オーソン・ウェルズというハリウッドの未知の新人が途方もなく重要な作品を撮り、とりわけグレッグ・トーランドの撮影が想像を絶して素晴らしいという情報を、日本の映画人のほとんどはごく当然のように共有しあっていたのであり、彼らは、好戦的なプロパガンダ映画を東南アジアで撮る機会に恵まれると、まっさきにアメリカ映画の先端的な作品を見に行き、その画面に触れて深く心を動かされるといった理不尽な体験をごく自然に演じていたのである。

第二次大戦直後に、小津がオーソン・ウェルズをチャップリンよりすごいと絶賛したのは、『市民ケーン』が日本に公開されるより十年以上も前のことである。その小津がシンガポールでアメリカ映画を見ていたとき、軍部の目を盗んでその上映をアレンジしたのは、キャメラマンの厚田雄春である。茂原英雄の撮影助手として初期から小津組の一員だった厚田は、もっぱらアメリカ映画を見て個々の作品の異なる画調の違いを学んでいたという。

「初めはドイツのキャメラマンでしたね。カール・フロイント。これはムルナウも撮ってるし、フリッツ・ラングの『メトロポリス』も彼でしょう。それからアメリカになって、チャールス・

ロッシャー、ウィリアム・ダニエルズ、ジョージ・バーンズ、ヴィクター・ミルナー、リー・ガームス。そうして一所懸命キャメラマンの名前を憶えて、こんどくるのはあのキャメラマンだからぜひ見ておこうとか。ヴィクター・ミルナーなら軟調の画面だ。ジョージ・バーンズなら硬い画《え》だ。そういったものを見ながら勉強したものです」(厚田雄春/蓮實重彥、『小津安二郎物語』、筑摩書房)

ここに挙げられているのは、いずれも一九三〇年代のハリウッドを代表するキャメラマンであり、第二次大戦後も活躍することになる彼らの名前をあたかも旧知の友人であるかのように親しげに列挙してみせる小津のキャメラマンに接したあるアメリカの優れた映画評論家は、『東京物語』の作者とそのスタッフが現代のアメリカ人には到底真似の出来ないほど、戦前のアメリカ映画を真剣に受けとめていたことに深く感動したともらしたほどである。実際、こうしたキャメラマンたちの画調の微妙な差異を見きわめながら自己確立をとげた厚田雄春によって丹精こめて撮影された小津安二郎の『晩春』や『麦秋』は、人々が安易に口にするような「日本」性には到底おさまりがつかぬ作品なのである。映画を語るにあたって、日本的といった語彙を何の躊躇もなく口にする人々は、アメリカ的といった語彙を何の躊躇もなく口にする人々と同様、現在の事態に触れることのないひたすら抽象的な思考を露呈するしかあるまい。

いうまでもなかろうが、小津安二郎の作品が優れているのは、人々が「日本的」と一般的に思っているものを根底からくつがえす力がそこに充塡されているからだし、オーソン・ウェルズの作品が優れているのも、人々が「アメリカ的」と一般的に思っているものを根底からくつがえす力がそこに充塡されているからにほかならない。日本映画の多くが「日本的」ではないように、アメリカ映画の多くも「アメリカ的」であるとはかぎらないのである。だが、この常識が維持されなくなったとき、外部に向かい視線と思考の止めどもない抽象化が始まる。

『文藝春秋』八月号の『さらば「アメリカの時代」』という特集で傾聴すべき言葉は、「このことは、くりかえし書いているのだが、まず、〈敗戦によってアメリカ文化がどっと日本に入り、若者がアメリカニズムに染まった〉といった記述（または、テレビのナレーション）は真実ではない」という小林信彦氏の文章につきている。先々号のジャズをめぐる文章でも触れたことだが、「アメリカ的」なものは戦前の日本にも充満していたのであり、そんなことは、近代日本の歴史を振り返ってみれば当然のはずである。その「アメリカ的」なものの充満が途切れたのは、戦時下の三年数ヶ月というほんの短い——「小泉政権」よりも遥かに短い——期間でしかない。にもかかわらず、「敗戦によってアメリカ文化がどっと日本に入り、若者がアメリカニズムに染まった」といった誤った認識が広く受けいれられてしまったのは、アメリカを肯定的にとらえるにせよ否定的にとらえるにせよ、そう考えておいた方が便利だからである。便利というのは、抽象的な概念操作が行いやすいといった程度のものだが、それがアメリカのイメージのいかにも誇大な拡張につながり、そこに「戦後」という時間が無批判にかさねあわされるとき、事態は止めどもなく抽象化する。ここでは詳述をひかえるが、「戦後」という時間が否応なく引きずっている「戦前」との持続を改めて思考しないかぎり、現在に注ぐべき視線は歪曲するしかないだろう。

「戦後」という概念とやや安易に戯れている宇野常寛氏は、本誌（『新潮』）の連載『母性のディストピア』の第九回と第十回（09年7、8月号）とを費やして、クリストファー・ノーラン監督の評価さるべき『ダークナイト』（08）の「日本上陸を阻んだもの」を、ほとんどカルチャラル・スタディーズの戯画のような真摯さで嘆いてみせる。だが、「汎コミュニケーション化する社会の臨界点に肉薄する想像力を見せた作品に他ならない」――ここで駆使されている語彙の便利な抽象性にはひとまず触れずにおく――というこの『ダークナイト』の日本における公開の日付が相対的に驚くほど遅く、世界の国々の中で六十何番目にすぎなかったという即物的な現実に、宇野氏はいま少し敏感でなければなるまい。彼は、オーソン・ウェルズの『市民ケーン』をシンガポールやマニラで見て興奮した戦時下の小津安二郎や宮島義勇のように、日本からは遠く離れた場所で抽象的な言葉をつむいでいるとしか思えぬ自分にどこまでも無自覚なのである。何か――宇野氏のいう「母権的な承認こそがすべてを決定する世界への確信を描いた『崖の上のポニョ』であれ何であれ――がその「日本上陸を阻」む以前に、『ダークナイト』そのものが、いまは戦時下だと錯覚したかのように、みずからの「日本上陸」をためらってしまったのだ。その悲喜劇をくり返さぬためにも、マイケル・マン監督の新作『パブリック・エネミーズ』の公開の異常な遅れと、誰もが真剣に向かいあわねばなるまい。

10
つつしみをわきまえたあつかましさ、
あるいは言葉はいかにして
言葉によって表象されるか

さる七月十五日水曜日、財団法人日本文学振興会は、第百四十一回平成二十一年度上半期の芥川龍之介賞受賞作品を発表した。築地の料亭「新喜楽」での選考委員会の「二時間に及ぶ討議」の結果、『新潮』六月号に掲載された磯﨑憲一郎氏の『終の住処』が受賞作に決まったのだという。正賞として時計が、副賞として百万円が贈られることになっているが、それを手にするはずの作者の名前が本名なのか筆名であるのかは明らかにされていない。あれこれの資料によれば、受賞者は一九六五年二月二十八日日曜日の生まれで当年とって四十四歳、三井物産株式会社人事総務部人材開発室次長という肩書きを持つ人だという。とはいえ、年齢、国籍、性別、職業に関わりなく小説など誰にでも書けるものだから――今回の芥川賞候補作の『まずいスープ』（『新潮』09年3月号）と『あの子の考えることは変』（『群像』09年6月号）の作者である戌井昭人氏と本谷有希子氏がともに劇作家だからといって、劇作家という職種がとりわけ小説執筆に適しているわけではない――受賞者の現職に格別の興味を覚えはしない。また、芥川賞という年中行事そのものにもこれといった感慨はなく、一部の選考委員の適性にいささかの疑念を覚えぬでもないが、税金で賄われる公的な機関でもないのだから、声高にそのことを言いつのるつもりもない。では、『終の住処』（新潮社）が問題となる理由は何か。そこに書きつらねられている言葉のつつしみをわきまえたあつかましさともいうべき感触に惹かれたからというのが理由といえばいえようが、その魅力を語るのは容易なことでない。

新聞の報道によると、磯崎氏の受賞は「圧倒的な支持で決まった」と選考委員の山田詠美氏が記者会見で述べたことになっているが、『文藝春秋』誌の九月特別号の「芥川賞選評」を読んでみると、かなりの数の選考委員が否定的な言辞をもらしていることが見てとれる。例えば、石原慎太郎氏は、「結婚という人間の人生のある意味での虚構の空しさとアンニュイを描いているのだろうが的が定まらぬ印象を否めない」と切り捨てている。事の当否はともかく、それに類する反応を表明しているのは石原氏にとどまらない。「何十年もの歳月を短編に押し込み、その殆どを説明や記述で書いた。アジアの小説に良く見られる傾向だ。日本の短編はもっと進化しているはず」といういくぶん見当違いと思えぬでもない批判的な言葉は、髙樹のぶ子氏のものである。また、宮本輝氏は、「作者の目論見が曖昧で、文学的意図を十全に伝えているとは思えなかった」とごく簡潔に作品の不備を指摘している。さらに、村上龍氏は、「現代を知的に象徴しているかのように見えるが、作者の意図や計算が透けて見えて、わたしはいくつかの死語となった言葉を連想しただけだった」としたうえで、「ペダンチック、ハイブロウといった、今となってはジョークとしか思えない死語である」とその選評を厳しく締め括っている。どちらかといえば肯定的な姿勢と映る川上弘美氏の場合ですら、「『終の住処』と『まずいスープ』を、最終的に推しました」と書いているのだから、その評価は相対的なものでしかない。

九人の選考委員のうちのほぼ半数がこうした反応を書き記しているとすると、山田詠美氏のいう「圧倒的な支持」とはいったい何を意味しているのか。「大人の企みの交錯するこの作品以外に私の推すべきものはなかった」という山田氏が、選考委員会でどうやら「圧倒的な支持」を表明したのだろうとは想像しえても、「貴重な才能の出現を祝福したい」という小川洋子氏の反応がかろうじてそれに和しているだけで、支持はあくまで限定的なものにとどまっている。おそらく、「自分には知らされていないものを探り、手の届かぬものに向けて懸命に手を伸ばしながら時間の層を登っていく主人公の姿が、黒い影を曳いて目に残る」という黒井千次氏の律儀な分析はかなり高い評価につながるものと思えるし、「小説には文法がある。敢えてそれを変えてみると、うまくいけばおもしろい結果が得られる」と書き、受賞作を「その好例である」としている池澤夏樹氏が受賞作を評価していることもほぼ間違いなかろうが、選考委員の支持が「圧倒的」だったとはとても思えない。にもかかわらず、記者たちを前にした山田氏が「圧倒的な支持」と述べているのは何故なのか。彼女は、記者会見の慣例に素直に従ったまでなのだろうか。それとも、あえて慣例にさからい、自説をやや性急に開陳してしまったのだろうか。

ここでひとこと言いそえておくなら、わたくしは、選考委員会を代表して記者会見に臨んだ山田詠美氏のやや誇張された言葉遣いに、文句をつけようとしているのではない。受賞作に否定的な選評を綴った選考委員たちに、あれこれ難癖をつけようとしているのでもない。磯﨑憲一郎氏の『終の住処』は、いかなる文学賞の選考委員会においてであれ、間違っても「圧倒的な支持」など受けるはずのない作品だと確信しているといいたいだけなのである。いうまでもなく、その個人的な確信はこの作品の評価につながるものだが、ことのついでにどうでもよい感慨をあえて記しておくなら、かりに、この作品が、日本で、某氏の新作二冊のような「圧倒的な支持」を受けたりすれば、二〇〇七年度のピュリッツァー賞を受賞したコーマック・マッカーシーの『ザ・ロード』（黒原敏行訳、早川書房）が百七十万部も売れてしまったあたりからアメリカ合衆国がおかしくなったように、われわれの社会にも何やら良くないことが蔓延しそうだと思えてならないのである。

おそらく、『文藝春秋』誌の「受賞者インタビュー」で「自分でも不思議なほど達成感や高揚感がない」と述べている磯﨑氏自身にしたところで、選考委員たちからの「圧倒的な支持」などあるはずもなかろうと信じていたはずだ。にもかかわらず、氏は、いかにもあっけらかんとした風情で、その「受賞のことば」を、「選考会の前日、関東地方の梅雨が突如明けた。そのことをニュースで知った私は、即座に確信した。『明日は晴れるのか。ならば、俺が受賞するな』」という言葉で始め、さらに、「不遜とも取られかねない、自らに怒りすら覚えるこの根拠のない楽観性はいったい何なのか？」と他人事のように書きそえている。その言葉が、そう書きつつある主体の思考をどこまで正確に再現しているのか、わたくしの知るところではない。だが、かりに、そこに開示されている文脈――つつしみをわきまえたあつかましさ――を受けいれるとするなら、というのも、およそ共犯的な身振りなくして読むことなど始まりようもないからだが、梅雨明けの翌日の『終の住処』の受賞は、選考委員の「圧倒的な支持」という相対的な合意とは無縁の、作者自身の絶対的に「根拠のない楽観性」によって導きだされたものにほかならぬことはあまりに明白であり、当事者がそう「確信」することにはいかなる「不遜」さもこびりついていない。

とはいえ、ここで、「明日は晴れるのか。ならば、俺が受賞するな」という一行に改めて注目せざるをえない。内容ではなく、その形式に瞳を向けずにはおられないからである。その場合の形式とは、二つの文章が括弧に括られているという活字印刷術にかかわる事態を意味している。誰もが受けいれている日本語の書記的な慣例からすれば、文ないしは言を括弧に括ることには、脳裏をかすめた内的な思考か、口頭で発された言葉をテクストの地の文から識別するためと見なされている。この場合は、「明日は晴れるのか。ならば、俺が受賞するな」とつぶやかれたのではなく、そう「即座に確信した」とされているから、そこでは思考の瞬時性が書記記号の線状性に置き換えられていることになり、その置換の過程で書くことのフィクション性がせり上がってこざるをえない。

ここでのフィクション性とは、「確信」を表象すべき無数の書き方の中から、「明日は晴れるのか。ならば、俺が受賞するな」の一行がたまたま選択されたにすぎないのに、いったんそれが文字で表記されると、あたかもその選択が決定的なものであったかのように見なされ、書き手もそれに賭けているかに見えるという事態を意味している。つまり、磯﨑氏があえて括弧に括った二つの文章は、そう書かれねばならぬ正当な根拠を欠いているのに、あたかもそう書くことに絶対的な根拠があるかのような気配を漂わせているので、そうなることに充分意識的でありながら、何ごともなかったようにそう書いて括弧に括って見せる主体は、つつしみをわきまえつつもあつかましい存在だといわざるをえない。

ここで、人は三つの疑問に直面する。まず、磯﨑憲一郎氏は、なぜ、その「受賞のことば」に、みずからの「確信」を括弧に括ることであえてあつかましくフィクション性を導入したのかという疑問である。続いて、氏は、なぜ、『終の住処』のテクストから、括弧に括られた直接話法の文や言を極端なまでに排除することで、フィクションとしての結構をつつしみをわきまえたあつかましさで整えたのかという疑問である。その二つの疑問のはざまで「根拠のない楽観性」はどう揺れ動くのかというのが最後の疑問となろうが、こんな人を喰った試練へと読む者を誘う作品が「圧倒的な支持」など受けるはずもなかろう。

『文學界』九月号に掲載された芥川賞受賞記念対談「小説から与えられた使命」の冒頭で、保坂和志氏は、「朝日新聞の受賞の記事にある小説の内容紹介」が「作品を想像させない」ものであると憤りながら、「この小説の内容を紹介しているどの記事も全く外れていて、小説自体を連想させない」と言いそえている。「要約を書くなってことなんだよね。つまり、書けないいんだというところから始めろ」と口にする保坂氏は、「モーツァルトの交響曲について書くときに筋で書くかというと、そうじゃなくて、印象で書いたりするでしょう。そういう意味で、この対談はキーワードが音楽になる」とやや強引に自分の立場を明らかにする。「なるほど」と応じる磯﨑氏が「朝日の要約はほんとに……」と言いかけたところで「ひどかった」と保坂氏が口をはさみ、「ひどかったというか、参ったな」とげんなりした口調でつぶやく磯﨑氏は、「僕の小説は、要約が基本的に馴染まないんですよ。具体性の積み重ねだけなんで」と説明している。「デビュー以来どの小説も、要約されると、気が狂った人が書いているとしか思えないようなもので、ほんとに要約には馴染まないんだなというのは自分でもわかった」というのである。

「小説を流れで書いている」という磯崎氏は、「たとえば前日三枚書いて、また今日も書き出すときには、その流れがどういう流れで来ているかというのをもう一回、辿ろうとする。流れをいかに逃さないかということを考えて」と言いそえている。それを、改めて音楽的な比喩で受けとめる保坂氏は、「この小説では今まで自分が書いたものとのセッションになる」と口にして受賞者の同意を引き出している。以後、磯崎氏は書く人としての立場から、保坂氏は読む側の立場から、音楽でいう「転調」にあたる決定的な細部に反応しそびれたら読んだことにはならないのだから、小説は「要約には馴染まない」という方向に議論を進めてゆく。

文学的な言説が社会的な伝達を目指したマスメディアの言説に置き換えられたときの齟齬感は誰にも記憶があろうから、それを踏まえて対談の内容をたどってみると、そこで述べられていることはおおむね正当なものだといえるかと思う。だが、「要約には馴染まない」という点をめぐっての二人の立場は微妙に異なっており、保坂氏の立論が、芸術作品――モーツァルトからカフカまで――のどこに敏感に反応すべきかという一般論に終始しているのに対して、磯崎氏の場合は、もっぱら「要約が基本的に馴染まない」という自分の作品の特性について語っている。『群像』の「創作合評」欄で「完全に要約不可能」と判断された「絵画」(『世紀の発見』に収録、河出書房新社)が話題になったとき、あらすじではなく「内容をまとめたものの紹介だった」ことに安堵したと述べてから、「要するに具体的なことしか書いてないんだということでは、『絵画』も『終の住処』も同じ」だといいながら、自作は「要約には馴染まない」のだと改めて強調する。

だが、それは、新聞が前提とする不特定多数の読者のみならず、ある程度まで文学に親しんでいる意識的な読者にとっても、決して充分な釈明とはいえない。磯崎氏は、その理由を、「具体性の積み重ね」しかそこにはないからだといい、「具体的なことしか書いてない」からだともいっているが、読む者が事態を充分に把握しえないのは、「具体性」だの「具体的なこと」だのといわれているものが、具体的にどのような言説におさまっているかが明らかにされていないからである。では、それをどんな概念に置き換えれば、より説得的な言葉として響くことになるのか。

「彼も、妻も、結婚したときには三十歳を過ぎていた」という一行で始まる『終の住処』は、二人が「もはや死が遠くはないことを知った」時点から語り始められるのだが、「彼」もその「妻」も固有名詞を与えられぬまま、「私」という一人称単数をあえて遠ざけるかたちの三人称的な叙法におさまっている。三人称的な叙法に「私」という一人称単数の代名詞が挿入されるのは、「彼」なり「妻」なり――あるいは、他の誰でもかまわない人物――が口にする台詞が括弧に括られ、直接話法で再現される場合に限られているが、すでに指摘しておいたように、『終の住処』にはそれが極端に少ない。では、「彼」なり「妻」なりの内面の思考が語られる場合はどうかといえば、その心が窺い知れない「妻」の場合は問題になるまいが、「彼」の場合は一貫して「俺」を主語とした文章で語られている。しかも、それは括弧に括られることなく、夜中に泣き騒ぐ赤ん坊の世話を三度までやってのけた後は何が起ころうと眠ったままの妻のかたわらで、「仕方がない、次は俺の番ということだな、ゆっくりと時間をかけて彼は布団から起き上がった」（傍点著者。以下同）が典型的であるように、「次は俺の番ということだな」と思っている「彼」の人称を無視した「内的独白」のような言説におさまっている。浮気相手の「サングラスの女」から

「約束の時間に来ないことは分かっていたから」といわれたときの「彼」の反応もまた、「俺が遅れてくることを予め知っていながら、彼女は約束の時間きっかりにこの店に到着して、先回りしてこの席で待っていたわけだ」と書かれているように、括弧に括られることのない「内的独白」のかたちをとっている。また、なかなか自分と会おうとしない傲慢なアメリカの会社社長とたまたまバーで出会ったときにも、「――俺はこの男と、この敵とこそ戦わなければならない、勝ち目があるかどうかなど分からないが、（中略）戦わないことには俺は将来どころか過去すらも失ってしまう、この状況から危うく俺は逃げ出すところだった、しかしぎりぎりのところで目が覚めた、間に合ったのだ」と「内的独白」の形式で書かれている。この作品の叙法は、微妙なところで人称を無視した「俺」へと移行し、内面に推移する思考を語りつくしたところで再び三人称的な叙法へと戻っているのだが、このとらえがたい人称の移行こそ、磯﨑氏が「小説を流れで書いている」というときの「流れ」にほかならず、読む者はその転調に敏感でなければならない。

　では、この三人称的な叙法に一人称の「私」は登場しないのか。すでに述べたように、「私」という一人称単数がテクストに導入されるのは、人物の口にする台詞が括弧に括られた直接話法で表される場合に限られているが、それを極端に自粛しているとはいえ、「小説を流れで書いている」磯﨑氏がそれを完全に排除しているわけではない。実際、それは「妻と口を利かなかった十一年のあいだに」つきあった「八人の女」の一人である「高校の生物の教師」が、その家に泊まろうとする「彼の眠気を剝ぎ取るようにして」語ったというエメラルドグリーンのイグアナをめぐる物語の語り手としての「私」にほかならない。それは、改行されることはないが、律儀に括弧に括られて、「小学校の四年生か、五年生に上がったぐらいだったと思う、イグアナを飼っていたことがあるのだ」で始まり、書物で合計三ページにもおよぶ長いものである。あえて律儀にといったのは、ここではごく例外的に直接話法の言葉が使われていながら、括弧に括られた部分は、一人の女性が語る過去の思い出の再現にはおよそふさわしからぬ文語的な文体で書かれており、「私」という代名詞をのぞけば、作品の冒頭部分で、「夏の朝」に「古い沼」のほとりで、「背の高い痩せた男」を目にしたり、「低空に留まったまま動かず」にいるヘリコプターを見上げたりした「彼」自身の体験を語る文体と寸分の違いもないのである。

では、それは、なぜ女性の生物教師の言葉として律儀に括弧に括られているのか。それこそ礒﨑的なつつしみをわきまえたあつかましい文脈の設定だといってしまえばそれまでだが、それはこういうことである。つまり、物語を直接話法で語っているのが女性であるが故にその主語を「私」としたのではなく、テクストに「私」の一語を導入すべき「流れ」の必然から語り手を女性にしたまでで、ことによると、「イグアナを飼っていたことがある」のは「彼」自身でもよかったのかも知れない。

『終の住処』には、「私たち」という一人称複数の代名詞もごく稀に姿を見せる。例えば、中年にさしかかった頃に「妻」がいきなり口にする「別れようと思えば、私たちはいつだって別れられるのよ」という例外的に括弧に括られた直接話法の言葉がそれである。改行された文章の冒頭の台詞であるだけに人目を惹くが、括弧が閉じられた後には句点「。」もそえられず、また「、と彼女は言った」という三人称的な叙法も用いられてはおらず、そこにも、直接話法による言葉が地の文にまぎれこんでいるかのような印象を与える文脈が成立しており、しかも、この「私たち」は、イグアナの物語を語ろうとする「高校の生物の教師」と「彼」との関係を記述する言葉の中に突出したかたちで姿を見せている。「しかしそんな淡白な付き合いでもその場に漂う特別な匂い、いつでも性的な関係に移行できるのだが、敢えて私たちはそこへは立ち入らないでおこう、という両者のあいだの無言の合意だけは紙に文字で書いたようにはっきりと分かるものだった」。

　これは分析的な説明文ともいうべきものであり、直接話法の台詞でも「内的独白」でもないのだから、ここへの「私たち」の挿入は明らかに異例であり、本来なら「敢えて二人は」のごとき三人称的な叙法におさめるべきであることに作者は意識的であるはずだ。にもかかわらず、ここになまめかしく「私たち」が露呈されているのは、それがイグアナの物語を語る主体の「私」を「流れ」として導きだすという形式的な必然がこめられているからにほかならない。そのことに、作者がどこまで自覚的だったかどうかはわたくしの知るところではないが、優れた作品の言葉はしばしば率先してそうした振る舞いを演じがちなのである。

　いまさら書くまでもあるまいが、文学的と思われる理論的な言説にもしばしば粗雑な用語の混同がまぎれこんでいるので、ここで「物語」という語彙の二つの意味を厳密に整理しておく。それはまず「語ること」そのものを意味しており、それをとりあえず「説話行為」と呼んでおくことにするが、同時に「語られているもの」をも意味しているところが厄介なのだ。「語られているもの」としての物語は、ひとまず「物語内容」と呼ぶこともできようが、それはテクストに現前しておらず、「語ること」に費やされる言葉がそのつどそれを部分的に表象するのみである。人は、その部分的な表象をしかるべく総合しながら現前してはいない物語の全域を想像し、そこに虚構の人物が行きかってはいても、その背後に拡がる舞台装置とそこに流れる時間が、われわれが世界として知っているものに多かれ少なかれ似ている——相似関係にある——と思いこむ。より正確には、思いこむという社会的な習慣を持つとすべきかもしれないが、この「語ること」と「語られているもの」とのこの無理のない調和が「レアリスム」と呼ばれる虚構の言説の前提であり、そこでは、細部の表象に奉仕する言葉はいつでも代置可能なかりそめの記号、すなわち自らの存在を主張することのないメディア＝媒介に貶められる。プロットだのキャラクターだのが話題となるのはそのときにほかならず、その背景には表象への故のない信仰と言語への故のない蔑視が横たわり、磯﨑憲一郎氏のいう「具体性」や「具体的なこと」は影をひそめるしかない。

そうした理由によって、近代小説が「レアリスム」だというのは途方もない間違いであることが明らかになろう。「幻想的」だの「非現実的」だのといった概念は、「レアリスム」を補完するものでしかない。実際、舞台装置がおとぎの国であろうがＳＦの世界であろうが、そこに登場する人物が神様であろうが、動物であろうが、幽霊であろうが、分身であろうが、あるいはロボットであろうが、「語ること」と「語られているもの」とが大きな齟齬をきたさぬかぎり、「レアリスム」の物語は時代を超えて広く受けいれられるのであり、そのとき物語は非歴史的な世界に漂い出し、観念的な消費の対象としていつでも要約を受けいれる。

近代小説とは、この消費の構造を支える「レアリスム」にさからう言説としてみずからを支えるあやうげな言説でしかないのだが、そのあやうさの中にかろうじて歴史が露呈される。テクストに「プラザ合意」といった言葉がまぎれこんでいるからではなく、説話行為と物語内容があからさまに齟齬を生産しているが故に歴史とかろうじて触れあっている『終の住処』が「要約には馴染まない」のは、そこでの「語ること」が、テクストに現前しているわけではない「語られているもの」をなだらかに想像させることのない、いわば過剰な言説におさまっているからだ。実際、さきに見た「敢えて私たちはそこへは立ち入らないでおこう」の「私たち」は、そこにそう書きつけられた瞬間、叙法としてはいかにも異例でありながら、「私たち」とは異なる何ものかを指示対象として持つことなく、つまり「彼」自身と「高校の生物の教師」とからなる「二人」との置き換えをこばみながら、どこにも存在しない「私たち」というなまめかしい虚構の言葉として「語ること」の現在に滞留することで、「語られているもの」としての物語の成立をあらかじめ無効にしてしまう。

そろそろ明らかになろうとしているはずだが、磯﨑氏のいう「具体性」、あるいは「具体的なもの」とは、「語ること」の現在への言葉の滞留にほかならない。それは、例えば、「食事からの帰り道、空には満月があった。この数ヶ月というもの、月は満月のままだった。どんなときでも、それはもちろん夜に限ってではあるが、彼が空を見上げればそこには満月があった。月は自らの力で銀色に輝き始め、不思議なことに雲よりも近く手前にあった。しかも彼以外の誰にも気づかれぬぐらい密やかに、ゆっくりと、大きくなっていた」という文章に出会った場合、そこに書かれている言葉が、その言葉以外の何ものをも指示していないということと同じなのである。それにそえられた「いや、嘘ではない、そういうことだってあるだろう」という一行は不要ではなかろうかと思うが、『終の住処』のこの文章は、そこにそう読まれること以外の何ものか――「幻想的」だったり「非現実的」だったりする比喩的表現、あるいは月と女性の周期的な生理との関係、等々――に思考を向けることを、つつましさをわきまえてはいるがあつかましくないとはとてもいえないやり方で禁じているのである。それは、「語られているもの」の拡がりを豊かに彩ることなく、ほとんど「根拠のない楽観性」を思わせる律儀さで「語ること」の側にとどまる。

いまや、磯﨑憲一郎氏が、なぜ、『終の住処』のテクストから括弧に括られた直接話法の台詞を極端なまでに排除することで、フィクションとしての結構を整えたのかという疑問を論じるべきときが来ている。そのために、ほぼ同じ時期に読む機会のあった佐藤友哉氏の『デンデラ』（新潮社）、舞城王太郎氏の『ビッチマグネット』（『新潮』09年9月号）、湯本香樹実氏の『岸辺の旅』（『文學界』09年9月号）、川上未映子氏の『ヘヴン』（『群像』09年8月号）など、直接話法の台詞がかなり多く書きこまれている作品と読みくらべてあれこれ論じてみるつもりだったのだが、そろそろ紙数が尽きかけているので、ここでは原理的な問題を語るにとどめておく。

すでに述べたように、磯﨑憲一郎氏は、直接話法の台詞を括弧で括ることをかたくなに固辞しているわけではない。例えば、「決めたぞ！　家を建てるぞ！」と叫んだ「彼」の言葉を受けて「妻」が呼びよせたらしい「杖を突き、顎ひげを蓄えた、恐らくもう七十歳に近い」建築家は、「この家は百年間は軽く持ちます」とつぶやくかと思えば、「上棟式だけは行うこと」等々、ひたすら饒舌に直接話法で物語に介入する。だが、この作品のほとんどの括弧に括られた台詞がそうであるように、ダイアローグを形づくることのないモノローグで終わっている。しかも、そうした独白に近い台詞でさえ、改行された新たな段落の冒頭に位置することはない。そこで、ここでの疑問は、対話の成立を回避しようとする作家が、括弧に括られた台詞で改行することをもひたすら回避しているのは何故か、という疑問へと変容せざるをえない。それは、この作品が長編小説ではなく、もっぱら「語ること」に終始する「レシ」、すなわち単声的な「語り」の純粋形態に肉薄せんとしているからではなかろうかと書いておくにとどめる。

ここで、わたくしは、村上龍氏の「選評」を想起せずにはいられない。「ペダンチック、ハイブロウといった、今となってはジョークとしか思えない死語」を思うのみであったという村上氏の見解に全面的に同意するわけではないが――『肝心の子供』（河出書房新社）しか知らなかったとしたら、ことによると同意していたかもしれない――、それは、逆説的ながら、磯﨑憲一郎氏のつつしみをわきまえたあつかましさにもっとも鋭く迫った反応だったかもしれないからだ。とはいえ、『終の住処』が、『世紀の発見』におさめられた二篇とともに、まぎれもなく「反時代的」な貴重な作品であるというわたくしの評価が揺らぐことはない。「語ること」と「語られているもの」のはざまへのあからさまな齟齬の導入には、「ハイブロウ」であることを超えた血なまぐさい戦闘性がこめられているとさえ思うし、何よりもまず、言葉を言葉によって表象することへの深い疑念が、書くことの可能性ではなく、その不可能性の自覚を赤裸々にきわだたせているからだ。

11

何が十八年前の故のない至福感を
不意によみがえらせたのか

一九九一年十一月十七日日曜日の午後一時四〇分、パリ発フランス航空機AF２９８４便は、着陸時のエンジンの唸りと機体の揺れを徐々に遠ざけ、サンクト・ペテルブルグのプルコヴォ国際空港の滑走路で定刻通りにぴたりとその動きを止めた。その日の朝、シャルル・ドゴール空港で同行の三人と落ち合ったわたくしは、そのほとんどが初対面といってよい日本人の男女とともに午前八時〇〇分発のフランス航空機に搭乗し、ヘルシンキ経由でサンクト・ペテルブルグにたどりついたのである。パリとの時差は二時間だから実質的な飛行時間は三時間半ほどでしかなかったはずだが、現地時間はすでにたっぷり正午をまわっている。ゆるやかに地上を滑走し始めた機体の窓から遥かに目にする空港の施設は白樺林のあちらこちらに点在し、さして遠からぬところに人口五百万の大都市――いうまでもなく、帝政ロシア時代に首都として栄えた――が拡がっているとはとても思えぬほど閑散として活気がない。とはいえ、前夜、パリのサン＝ジェルマン＝デ＝プレで目にしたばかりの週末の自堕落な雑踏から思いきり遠く離れた場所に降り立とうとしている自分に、誰に対して表明するわけでもない無償の優越感のようなものを覚えぬでもなかった。

ロシアがまだ「ソ連」と呼ばれていた時期に社会主義圏に足を踏み入れるのだから、入国審査にあたってはいくぶんからだをこわばらせていたが、迷路のような細い通路の建て付けの悪い木製の扉をいくつも開き、それぞれ表情の異なる数人の無口な男女にパスポートを見せ、紙質の悪いざら紙に何やら手書きで記された書類を受けとったり、別の人物からそれに大袈裟な捺印をしてもらったりしているうちに、知らぬ間に到着ロビーに追い出されている自分に気づく。この呆気なさは、いったい何なのだろう。「ソ連」ならではのあの厳重な監視の目は、わたくしの存在をいっさい無視しているかに見える。冷戦終結後の「未曾有の」と呼ばれる——いまなら、さしずめ「百年に一度の」となろうか——この国の社会的な混乱が、入国管理といった外国人向けの業務を目に見えておろそかにし始めていたのだろうか。それともこれは、首都モスクワなどとは異なる由緒ある地方都市ならではの、穏やかな歓待の儀式なのだろうか。

一九九一年といえば、第一次湾岸戦争に象徴されているように、みずからを統御しえなくなったこの世界のほころびがいたるところで惨めに露呈され始めた年だといってよい。わたくしたちが訪れた「ソ連」もそのとき空前の無秩序に陥っており、パンを求めて長蛇の列をなすモスクワ市民のいかにもマスメディア向けのイメージを通して、食糧事情の深刻な悪化が日本にも日々伝えられていた。マフィアが横行し、悪質な犯罪もあとを絶たず、警察すら信頼がならぬから、外国人と見れば近寄ってくる連中にはくれぐれも警戒を怠らぬようにと何度も聞かされていたのに、あたりを行きかう人影からわたくしは無視しつくされ、ずしりと重いスーツケースのかたわらにいかにも東洋人然と動かずにいても、言葉をかける者など一人としていない。

その数週間後に迫っていたはずの「ペレストロイカ」の大統領ミハイル・ゴルバチョフの辞任という「政変」など予想だにしえなかった日本からの旅行者としては、いつの間にか復活してしまったサンクト・ペテルブルグという帝政ロシア時代の都市の名前――それは、市民の投票による変更だという――を口にすることもはばかられるほどで、心の中では、とうとうレニングラードまで来てしまったとつぶやくのが自然なことと思われた。

実際、当時の勤務先から受けとった「海外渡航承認通知書」には、目的国は「ソヴィエト連邦」とはっきり記されていたし、旅行エイジェントからもらったフライト予約の「確認書」にも、まだ変更以前の「レニングラード」《LENINGRAD》という文字がアルファベットで堂々と打ち込まれていたほどだったのである。だが、「ソ連体制」の決定的な崩壊直前に当の「ソ連」に来ているという意識もいたって希薄なまま、わたくしは、空港前のさびれきった風物に目をやりながら、こみあげてくる懐かしさの感情に身を委ねようとしている自分を処理しかねていた。それにしても、世界のどんな都市に初めて足を踏み入れたときにも覚えたことのないこの懐古的な心の揺れは、いったい何なのか。

国際空港の前とはいえ、あたりに拡がっている光景は日本の在来線の急行も止まらぬ無人駅のように侘びしく、塵埃をかぶったまま駐車している何台もの中古車のような車体のまわりを、首輪のない犬どもがわがもの顔に駈けずりまわっている。市内からやってくる高級車から降り立つ着飾った男女は外国人の富豪かと思えたが、これがまぎれもない「ソ連」の富豪カップルで、いくつものスーツケースを運転手に運ばせながら、搭乗ゲートの方に悠然と姿を消す。パリからの便にはかなりの数の外国人が乗っていたはずなのに、彼らがどのような手段でこの場を去って市内を目指したのかは見当もつかず――まさか、あの壊れかかったがたがたの空港バスに全員が乗り込んだわけでもあるまい——、あたりにはなぜそこにいるのか想像しがたい土地の人々が、それぞれに異なる防寒具で頭をおおって黒々と立ちつくしている。ときおり、思いもかけぬ方向の白樺林の中から長い犬の遠吠えが聞こえてくる。かと思うと、どこからともなく集まってきた粗末な身なりの男たちが、手にしていた楽器を思い思いに鳴らしてしばし談笑しあってから、いきなり『星条旗よ永遠なれ』を演奏し始めたりする。

午後の二時をややまわったばかりだったのに、薄暮を思わせる淡い光線の中に沈んでゆく殺風景な空港前で、わたくしは、言葉にはつくしがたい感慨に震える心を持てあまし気味に、思ったほど寒くはない湿った大気に煽られたまま、オーヴァーの襟を立てて一時間の余もぽつねんとあたりを見やっていた。同行者の一人の手荷物が到着後に行方不明となり、その処理に思いもかけぬほど時間がかかったので——それが、この土地でのわたくしたちの受け入れ機関に贈呈すべき百本のＶＨＳカセットテープであることを知っていたわたくしは、歓待の儀式に見あった税金のようなものなのだから、とうてい見つかるはずもあるまいと初めから諦めていた——、ごとごとと無骨に回っているターンテーブルの脇で空港関係者と交渉している彼らとは離れてあたりに視線を送っていると、生まれて初めて目にする光景だったはずなのに、既視感というのではないが、顔一面で受けとめるその場の大気の流れがとても未知のものとは思えず、人々が口にしている言葉はこれっぽっちも理解できぬにもかかわらず、西も東もわからない異境に足を踏み入れたという心もとなさがまったく迫ってこない。それどころか、郷愁からもさして遠くない懐かしさの感情がこみあげてきて、いま目にしているこの風景に向けて心をそっくり開けばそれでよいのだとあたりの風物がうながしているような気がしてならない。何世紀も昔にこの土地の空気を深々と呼吸した遠い祖先の遺伝子が、からだの中のどこかでいきなり脈打ち始めたのだろうか。

そんな埒もない妄想は理性で何とか打ち消しはしたものの、空港前の殺風景な広場でわたくしに襲いかかったしばしの至福感は、思いのほかリアルな感触として、その後も心のどこかで疼いている。おそらく、その体験へのこだわりがなければ、十一月三十日土曜日までの十三日間におよぶ「ソ連」崩壊直前のサンクト・ペテルブルグ滞在にたえることなどとてもできなかったと思う。実際、宿舎としてあてがわれたスターリン主義的な建築様式のホテル・モスクワの薄暗いロビーはホームレスの群れであふれかえっており——そこには犬もいたし、猫もいた——、エレベイターに乗ればたちまち巨漢どもに囲まれてキャビアの高価な壜詰を買えと迫られるし、朝食をとるレストランに行けば、砂糖の不在はいうまでもなく、ある朝コーヒーが消え、翌日はトーストが消え、翌々日は果物が消え、さらには野菜も消えてしまい、残ったのはできそこないの饅頭のようなパンと薄められたスープでしかなかった。

そんな物騒で気の滅入るようなホテルに二週間近くも寝起きしながら何をしていたかといえば、当時の雑誌にあれこれ書いておいたので——『映画狂人日記』(河出書房新社)におさめられた「『レンフィルム祭』を企画して」、『映画巡礼』(マガジンハウス)に収録された「『レンフィルム』撮影所にはただならぬ土地の精霊が漂っていた」、等々——ここでは詳しくは触れずにおくが、十月革命直後の一九一八年に設立された由緒ある撮影所のレンフィルムにこもって、一九八六年というからゴルバチョフの大統領就任より以前に上映禁止措置から「解放」された作品リストの中から、日本に紹介すべき優れた作品の選定にあたっていたのである。

わたくしたち――コーディネイターの女性、朝日新聞社文化事業部の女性、川崎市市民ミュージアムの学芸員である男性、それに英語を話すロシア人の女性通訳――は、毎朝九時にレンフィルムの暖房も充分にきいてはいない試写室に入り、そのすべてが傑作であるはずもない何本ものフィルムの上映に夕方までダイアローグの逐語訳つきで立ち会ってから、もうあのホテルには戻りたくないと駄々をこねる不機嫌な女性二人を説得したり、ときにはドル紙幣をポケット一杯に忍ばせて超高級ホテルにタクシーで乗り付け、目の覚めるように豪華な料理を彼女たちとむなしく頬張ったりしながら――そこでは、ホテル・モスクワからは消滅してしまった本格的なエスプレッソさえ飲むことができた――毎晩、陰鬱な心をいだいてホテルに戻るのだった。この単調きわまりない作品の選定作業の結果は、国際交流基金、朝日新聞社、大阪国際交流センター、川崎市市民ミュージアム共催の「レンフィルム祭」として日本各地で上映され、想像を超えた多くの観客を惹きつけたことで、ひとまず報われたのだといえる。だが、ここで語りたいのは、いまから十八年も前にわたくしがかかわったその文化的イヴェントの思いもよらぬ成功についてではない。

初めてサンクト・ペテルブルグに降り立った瞬間にこみあげてきた理由のない至福感を不意に思い出させてくれたのは、一通のEメールだった。さる五月二十日水曜日の午後九時近くに、国際的なインデペンデント系映画の配給を手がけている一人の信頼すべき女性から、アレクサンドル・ソクーロフ監督の『ボヴァリー夫人』（1989）を配給することになったという思いもかけぬ知らせがとどいたのである。ちょうどそのとき、山田𣝣訳の『ボヴァリー夫人』の文庫版（河出書房新社）「解説」の初稿の校正刷りに目を通しているところだったし、その直前には、もう何十年も書きついでいる『「ボヴァリー夫人」論』の一章として、「署名と交通」という題の百枚ほどのテクストの執筆に難儀していたところでもあったので、二十一世紀の日本の首府で起きた十九世紀フランスの長編小説をめぐる偶然の符合に深く驚いたのはいうまでもない。

そのEメールには、監督は、「今、ロシアで仕上げ作業中ですので、上映素材の到着はもしかすると七月になるかもしれません」とも書かれていたが、その文字のつらなりをたどりながら、ソクーロフの「仕上げ作業」の現場はサンクト・ペテルブルグのレンフィルム撮影所にほかなるまいと確信した。そう確信するにつれて、彼の映画活動の拠点でもあるこの都市の空港でわたくしをとらえた理由のない懐かしさの感情が、あたりに落ちかかる光線の淡さや、白樺林から立ちのぼる犬の遠吠えや、素人楽団の演奏する『星条旗よ永遠なれ』のメロディとともにまざまざとよみがえったのである。あの予期せぬ心の震えは、過去ではなく、『ボヴァリー夫人』の日本公開というとりとめのない未来の一点に向けられていたのだろうか。

監督の「仕上げ作業」が具体的にいかなるものであるかについても、そのEメールは触れていた。いわゆる「ディレクターズカット」版のために、オリジナル版を四十分も短縮するための再編集に没頭しているというのである。すなわち、二十年前に撮られ、国際映画祭でごく限られた機会に上映されたにすぎず、本国でも正式に公開されたことのない『ボヴァリー夫人』のシネマスコープ版をスタンダード・サイズに転換し、一六七分もあった上映時間を一二八分に短縮したものを、世界にさきがけて日本で公開することにソクーロフが同意したのである。二時間四十七分版の『ボヴァリー夫人』を完成直後に見ていささかの違和感を覚えた記憶があるだけに、十八年前のレンフィルム滞在中にソクーロフにインタビューを試みたとき、その言葉のやりとりが必ずしも円滑に推移しなかったことの記憶もまざまざとよみがえった。実際、一九九〇年度の第十九回ロッテルダム国際映画祭のレポートに、ソクーロフの『ボヴァリー夫人』をめぐってわたくしはこう書いていたのである。

「新作『ボヴァリー夫人』を出品した五一年生まれのソクーロフの場合は、フローベールの姦通ドラマの舞台装置をまるで西部劇の街のような乾いた山岳地帯に移しかえ、素裸の男女の性交シーンをその相手ごとの体位まで克明に描くかとみると、不意にセットのミニチュアを強調して夜空の月を肥大化させてみたりといった次第で、かつてのモスフィルムの文芸超大作とはきわだった違いが認められる。たしかにその作風は無視はしえないものの、『ボヴァリー夫人』を見た限りではホウ・シャオシエンとは比較しえないし、ストローブとユイレの新作『セザンヌ』に唐突に挿入されるルノワールの『ボヴァリー夫人』の一シークェンスの迫力の前にはやや色褪せてみえる。この監督の評価はもっと他の作品を見てからにすべきだろう」（『映画巡礼』）

読まれるとおり、筆者は無条件の賛辞を綴ることをためらっている。作者の特異な才能には敏感に反応しながら、小説の舞台をコーカサス地方の乾いた風土に置き換え、素肌をさらした男女のまぐわいに向けるキャメラのあられもなさに辟易させられたからだ。幸運にも、その翌年の一月に開催された第二十回のロッテルダム国際映画祭——第一次湾岸戦争が勃発した直後だったので、合衆国からの参加者は、あのデニス・ホッパーでさえ心底から脅えていた——における「レンフィルム」特集で、『マリア』(75／88)や『孤独な声』(78)や『エレジー』(85)のシリーズを始め、日本では当初『日蝕の日々』と紹介された『日陽はしづかに発酵し…』(88)、等々、ソクーロフの「もっと他の作品」をじっくりと見ることができたので、彼の作品に対する評価は決定的に高まっていた。だが、『ボヴァリー夫人』——当時は、『救いたまえ、護りたまえ』の原題で知られていた——によって彼の世界に触れてしまった不幸からはなお自由になりえておらず、レンフィルムのオフィスで初めて会ったソクーロフに『マリア』や『日陽はしづかに発酵し…』を見たことの興奮を熱っぽく口にしたときにも、こちらの賛辞にどこか控えめなところがあると目ざとく見抜いたからだろうか、自分の撮る作品が日本の観客に理解できるとはとても思えないという言葉で、東京での上映にあたっての来日の要請をやんわりと拒んだのである。たしかに、この映画作家の作品と日本との出会いは不幸なものに終わるかもしれない。それが『マリア』、『モスクワ・エレジー』(87)、『ソビエト・エレジー』(89)、『ペテルブルグ・エレジー』(89)、『日陽はしづかに発酵し…』の五本——それに、セミョーン・アラノヴィッチとの合作『ヴィオラ・ソナタ、ショスタコヴィッチ』(81)も含まれていた——をあえて上映リストに加えたわたくしの真摯な危惧の念でもあった。

だが、事態は嘘のように好転した。ソクーロフは「レンフィルム祭」のために来日してくれたし、川崎市市民ミュージアムでの『日陽はしづかに発酵し…』の上映につめかけて会場を満員にしてしまった観客の熱気には、さすがに驚きの色を隠せなかった。自作がまばらな観客の前で上映されるのになれてしまっているので、この満席の会場での上映はとても信じることはできない。彼は、真剣な口調でそうつぶやいたのである。以後、この映画作家は数えきれぬほど日本を訪れているし、自分には日本の血が流れているのかも知れないなどと口にしながら、日本を舞台とした作品さえ何本も撮りあげている。ヨーロッパの国々でも特殊な機会に上映されているにすぎない彼の作品のほとんどども日本では公開されているのだから、映画にかかわるものなら誰もが知っている「有名人」のひとりだとさえいえる。昨年の十二月に封切られた『チェチェンへ――アレクサンドラの旅』(07)が恐るべき傑作であることは、いまさらいうまでもあるまい。そうした流れを受けて、旧作『ボヴァリー夫人』が、完成から二十年後に日本のスクリーンに登場することになったのである。とはいえ、ソクーロフの「仕上げ作業」は遅れに遅れた模様で、公開に向けての最初の試写が組まれたのは八月五日水曜日、Eメールの予告があってから二ヶ月半も過ぎていた。だが、最初のヴァージョンが完成してから一般公開まで途方もない時間が経過していることにくらべてみれば、その程度の遅滞などあってなきがごときものにすぎない。

そのスタンダード・サイズの新ヴァージョンの画面をスクリーンに追いながら、わたくしは文字通り懐かしさの感情にとらわれ、そんなことなどあるはずもないと充分すぎるほど承知していながらも、ソクーロフが、十八年前にわたくしの味わった齟齬感を修正するために、この新ヴァージョンを難儀しながら仕上げてくれたのだという思いを否定しきれずにいた。実際、わたくしが『「ボヴァリー夫人」論』の「仕上げ作業」にかかりきっていたちょうどその頃、ソクーロフもまた二十年前に撮られた『ボヴァリー夫人』の新ヴァージョンの「仕上げ作業」に没頭していたのである。

もちろん、それはたんなる偶然でしかなく、その符合にこれといった意味がこめられているはずもない。だが、その無意味というほかはない偶然に、まったく意味がないのだろうか。ことによると、殺風景な空港前で不意に襲われた至福感を、ソクーロフに倣って、自分にはロシアの血が流れているのかも知れないという思いきった言葉で説明すべきだったのだろうか。あの予期せぬ体験のリアルな記憶がいまなおからだのどこかで疼いているうちにソクーロフの新たな『ボヴァリー夫人』に接することができたのだから、偶然という名の「運」がわたくしにはかろうじて残されていたのかもしれない。

ひとこと言いそえておくが、わたくしは名高い文学作品を翻案したいわゆる「文芸映画」というものに、まるっきり興味を覚えることのできない人間である。それは、戦争が好きだから「戦争映画」を見に行くのではないように、文芸が好きだから「文芸映画」を見に行ったりはしないというほどの意味だと理解されたい。個人的には、優れた映画作家が戦争映画を撮ることは大いに推奨さるべきだと思っているが——日本映画に優れた戦争映画がほとんど存在していないことの意味を、いつか論じてみたい——、文学作品、とりわけ、十九世紀ヨーロッパの長編小説の映画化だけはできれば避けてほしいと真剣に考えている。それは原則の問題というより、もっぱら経験から導きだされた生のモラルの問題である。

実際、ソクーロフの『チェチェンへ――アレクサンドラの旅』がそうであるように、「戦争映画」には数え切れないほどの傑作が撮られているが、映画の歴史を揺るがせるような「文芸映画」など誰も思い出すことはできまい。ロベール・ブレッソンの『やさしい女』(69)や『白夜』(71)のようにドストエフスキーの中編や短編に想をえたものや、ソクーロフの『静かなる一頁』(93)のように、ドストエフスキーの長編のほんの一部を発想源とした作品の場合はともかく、長編小説を翻案した作品で刺激的なものなど存在しようがない。その意味で、できればソクーロフにも『ボヴァリー夫人』を撮ってほしくなかったという思いは、いまも否定しがたく心のどこかに潜んでいる。

だが、その思いは、映画作家に貴重な文芸作品を翻案する権利など与えるべきではないといった『啓蒙の弁証法』のホルクハイマー＝アドルノ的な視点とはいっさい無縁のものだ。それは、優れた映画作家が十九世紀ヨーロッパの長編小説に接近すると、そこにしばしば自己破壊的な力学が作用しがちだからであり、さきほど、「経験から導きだされた生のモラルの問題」といっておいたものもそれと関係している。

例えば、一九三三年に出版社ガリマール社の社長ガストンから版権の切れたばかりのフローベールの『ボヴァリー夫人』の映画化を依頼されたジャン・ルノワールは、ガストンの愛人だった女優のヴァランティーヌ・テシエを主役のエンマ役として、原作の舞台となるノルマンディーのロケを入念に行い、上映時間一九〇分という当時としては異例の長さの作品を撮りあげる。だが、プロデューサーの反対により三時間を超えるオリジナル・ヴァージョンは公開されることなく短縮され、上映時間一一七分のヴァージョンが翌年封切られたにすぎない。自己破壊的な力学といっておいたのは、ルノワールが公開されることのない上映時間一九〇分もの映画を完成させてしまったことを意味している。しかも、そのオリジナル・プリントはいまなお行方不明だというから、撮影という行為そのものが映画作家にとっての自殺への意志の実現過程でもあったわけだ。

公開されることのなかった『ボヴァリー夫人』を撮影中のアレクサンドル・ソクーロフの身にも、自己破壊的な力学が作用していたことは明らかである。ルノワールの場合と同様、彼もまた、完成されたヴァージョンの上映時間の長さに、映画作家としての自殺への意志が露呈されるしかない作品を撮ってしまったからである。さいわいなことに、ソクーロフの場合は、オリジナルのプリントが手元に残されていたので、みずからそれを再編集することができたのだが、完成していた作品から自分自身の撮ったフィルムを四十分も削除し、そのうえ、シネマスコープの横長画面をスタンダード・サイズにいわば縮小するという作業そのものも、自傷的な振る舞いだといわざるをえない。なぜ、自己破壊的な力学の作動を受けいれてまで、彼らは十九世紀の長編小説を映画に移しかえねばならないのか。

いずれもスタンダード・サイズのドキュメンタリー『マリア』とフィクション『孤独な声』で映画作家としてデビューしたソクーロフは、八〇年代に入って、『痛ましき無関心』(83)と『日陽はしづかに発酵し…』と『ボヴァリー夫人』の三本のフィクションをごく例外的にシネマスコープで撮っている。その三作において、彼は、途方もない移動撮影や空中撮影、広角レンズの使用などにより、構図の古典的な均衡には背を向け、画面に思いがけない歪みや遠近法の混乱を導入するという技法的な冒険をしばしば試みている。オリジナル版の『ボヴァリー夫人』は一九九〇年に一度見ただけなので新ヴァージョンとの詳しい比較はさしひかえるが、少なくとも、「不意にセットのミニチュアを強調して夜空の月を肥大化させてみたり」と書かれているわたくし自身の証言を信頼するなら、新ヴァージョンからその種の「セットのミニチュア」性や小道具の「肥大化」がつとめて排されているのは間違いない。また、肥満した男の股間に垂れるみじめな陰茎や、瘦せぎすな女性の陰部をおおう黒々とした雑草のような体毛ばかりの誇張された性交場面のはしたなさも、めっきり少なくなっている。エンマを誘惑する色事師のロドルフが製鉄工場の経営者となって登場していることなどすっかり忘れていたが、騒音をたてて作動する溶鉱炉の前で彼が彼女の願いを拒絶するシーンは文句なしに素晴らしい。また、中央アジアの乾いた山岳地帯に建てられたオープンセットの道を歩むエンマのクリスチアン・ディオールのスーツの場違いなまでに瀟洒なさまが、今回は妙に目を惹いたように思う。二十年の歳月をかけて、また作者自身による再編集のおかげで、わたくしはやっとのことで素肌のエンマではなく、衣服で裸身をおおったエンマをまともに見ることになったのだろうか。

だが、ひとりディオールの衣裳をまとって塵埃ぽい歩道を進むエンマは、そのことでいかなる自由も謳歌することがない。ここでは、夫以外の男に身をまかせることすらが、姦通する人妻を無機質的な木材や金属の箱へと導き、そこに閉じこめてしまうからだ。これからさきは劇場用のパンフレットに書いたことを芸もなく敷衍することになろうが、エンマにとっては、愛の舞台装置としてあるべき寝室や馬車までが、まるで開かぬ箱のように「幽閉」の意識をきわだたせるものでしかない。服毒後にベッドに身を横たえる臨終の光景さえ、まるで出来損ないの箱のようなセットの寝室で起こり、その亡骸をおさめる三重の棺――これは、原作小説では、夫シャルルの意志によるものだが――も、無駄としか思えぬ重くて大きな箱として見るものを威嚇する。かくして、死せるエンマを乗せた馬車が墓地をめざす埋葬のシーンは、まるで旧ソ連のメーデーの軍事パレードに登場する新型の核兵器のように、無償の重量を誇示する長方形の箱の移動として描かれることになる。

ここでわれわれは理解する。中央アジアを舞台とした『ボヴァリー夫人』は、密閉された「箱」の映画なのだ、と。実際、世界の歴史は、「箱」への幽閉として演じられる、と映画はつぶやいているかに見える。思えば、ソクーロフの二十世紀三部作といわれるヒットラーの最後を描いた『モレク神』(99)も、『牡牛座 レーニンの肖像』(01)も、戦中から戦後にかけてのヒロヒトを描いた『太陽』(05)も、地下壕と呼ばれる無機質的な「箱」や、白樺林の中に孤立した別荘という名の木製の「箱」への「幽閉」の儀式だったといえる。『ボヴァリー夫人』の最後に描かれる巨大な棺の埋葬は、二十世紀三部作における「幽閉」の儀式の大がかりな予行演習だったのかも知れない。二十一世紀の人類は、この儀式からどれほど遠い世界に生きているのか。『ボヴァリー夫人』の新版は、そう問うているように思えてならない。

12 「中秋の名月」が、十三夜と蒸気機関車と人力車の記憶をよみがえらせた夕暮れについて

さる十月三日土曜日の午後六時をまわったころ、とても賑わっているとはいえない駅前の商店街まで、妻と買い物に出かけた。それがなければ夜をすごせぬというほどのものでもなかったのだから、買い物にかこつけた近所への散歩だったといってもよい。電車に乗って都心に向かうのであれば、いくつも角を曲がったり階段を上ったりする駅までの最短距離をせかせかとたどればよいのだが、その日の夕暮れのわたくしたちは、両側にそびえる高い樹々の枝がかろうじてかつての郊外の雰囲気をとどめている家の前の通りを南に向かってぶらぶらと進み、五分もすれば突きあたる私鉄路線の踏切で警報機が鳴り始めても歩調を早めたりはせず、そのあたりでスピードをゆるめる五両連結の電車をのんびりとやりすごす。「警報機がなりはじめてから、または／しゃだんきのしまっているあいだは／踏切内には絶対にはいらないでください」というかたわらの注意書きに目をやりながら――「または」という接続詞のこの種のぎこちない使い方は、官僚機構の作文でよく見かけたものだ――片開きの遮断機の短い棒が右側からするすると斜めに持ち上がるのを待って踏切を渡り、通りすぎたばかりの電車が駅のホームに滑りこむブレーキ音を斜め背後に受けとめながらちょっと進めば十字路にさしかかる。そこを右に折れてすぐに坂を下ると、あとはなだらかな勾配の上り坂が駅前までだらだらと伸びている。ときおり環七への抜け道を知っている車が通りすぎるほか、朝晩の通勤時間帯をのぞけば人影もごくまばらである。

ところが、いつものように十字路をまがると、その先の長い坂道に何やら剣呑な気配が漂っていたので、不意をつかれて思わず歩調をゆるめる。通りの真ん中に陣取った背丈の違う二人の年かさの女性が、かなりのスピードで滑り降りてくる少女の無灯の自転車を避けようともせず、眉間に皺をよせて何やら深刻そうに言葉を交わしあっていたからだ。他人には聞かれまいと声をひそめて噂話をする年配のご婦人なら、このあたりでよく見かける光景なのでとりわけ驚くにはあたらない。だが、その二人は、こちらが姿を見せるのを待っていたかのようにことさら声を高め、同調せよといわんばかりのあつかましさで行く手に立ちはだかり、東の空に視線を向けてため息などついている。その剣幕――攻撃的な意図などなかったことは、すぐにわかったのだが――に気おされ、かかわりになるまいと息をつめて二人の脇をすりぬけると、やっぱりもうだめね、諦めましょうか、といった恨めしげではあるが妙にかん高い声がこれみよがしに背後に響く。いったいあれは何なのかしらと訝るように、かたわらの妻がこちらの顔を覗きこむ。やや距離をおいてから思いきって振り返って見ると、まだ道の中央を離れようとしない未練ありげな女二人の黒い人影が、夕暮れにしては妙に白っぽい雲におおわれた空から落ちかかる鈍い暗さの中に不穏に浮かび上がっていた。

何やら釈然とせぬ思いでだらだら坂を上りきり、やや明るさのました駅前の商店街にさしかかると、買い物をするつもりでいた個人商店の女主人が、若者向けの美容院や不動産屋やコンビニの看板ばかりの目立つ通りの真ん中に立って、人目を避けるようにひっそりと夜空を見上げている。永年の顧客であるわたくしたちの顔を見ると、まるで自分の落ち度だといわんばかりに恐縮して、お月様、もう見えなくなっちゃいましたとはにかむ。その一言で、ようやくその日が十五夜なのだと思いあたり、背丈の違う女性たちの振る舞いの意味にも合点が行き、わたくしたちも遅ればせながら空を見上げたのだが、すっかり雲におおわれた空の一画に月を思わせる明るさが残ってはいたものの、満月などどこにも見あたらず、雑然と交錯し合う無数の電線が不調法に視界をおおっているばかりだ。

買い求めた品を包装しながら、さっきまで開いていたお向かいさんも諦めて、とうとうお店を閉めちゃいましたと笑う女主人の言葉に振り返ると、毎年、お月見の時期には団子を作って律儀に三方にのせて昔なじみの客の目を惹いている和菓子屋の店先にはカーテンがぴたりと引かれ、電気も消えている。この駅前の商店街もすっかり代替わりして、新規参入のドラッグストアーの店頭だけが無償な明るさで人目を惹くほかは、誰もがひっそりと昔ながらの商売にいそしんでいる。この時刻に夜空など見上げて一喜一憂しているのは、もっぱら年配の商店主ばかりだ。

帰宅してから夕刊を拡げてみると、「都民盛り上がらず」という大きな活字の見出しで「東京五輪」の招致——そんなことは、誰も期待などしていなかった——の失敗を伝える記事のかたわらに、「『中秋の名月知らない』20代の2割」という五段ほどの細い囲み記事が印刷されている。「お月見を楽しむ風習が残る『中秋の名月』(十五夜)。今年は三日夜に当たるが、二十代の二割強が『聞いたことがない』という実態が、コニカミノルタホールディングス(東京)の調査で分かった。成人が対象だったが、全体でも約一割が知らなかったという」とこの記事は書き始められている。首都圏を中心としたアンケートで、「五百十六人から有効回答を得た」というその調査結果にどれほど信頼がおけるものかは知るよしもないが、「中秋の名月」という言葉を「『聞いたことはある』は全体で53・1％、「意味も知っている」は36・4％で、いずれも年齢が上がるにつれ深く理解している傾向がみられた」（「東京新聞」十月三日夕刊第八面）と書かれている。その日の夕暮れの散歩でわたくしたちの視線を惹いたのは、「深く理解している傾向がみられた」という年齢層の人々ばかりだということになろうが、とうにその年齢に達しているわたくしでさえ、「中秋の名月」がその夜のこととは気づかずにいたのである。

いきなり、見えた、見えたという妻の声が響く。二階の東側の窓から夜空を見上げていた妻が、呼んでいるのである。そのかたわらに立つと、雲の隙間から満月がまるまると姿をのぞかせているのが見える。ひとまず向かいの家の屋根すれすれに送っていた視線を、妻の指さきの動きにつれて背の高い樹々のいただきよりさらに上まで向け直したところ、思っていたよりも遥かに高い中空に、雲間から姿を見せた十五夜の月がかかっていたのである。

ああ、とつぶやきながら、わたくしは妙に甘ったるい気分に襲われた。妻の手の動きにつれて視線を高めた身振りが、わたくしの中に、いつそれを目にしたのかさえ定かではない光景をにわかによみがえらせたからである。いまという時間においてけぼりをくらったような心もとなさとともに、記憶の底に揺れているあるかないかの垂れ幕に、夕暮れのプラットホームに勢いよく滑りこんでくる蒸気機関車と、玄関の車寄せで客を待つ何台もの人力車のイメージとが映しだされたような気がしたのである。

それがいつのことかを思い出そうにもまったく手がかりがなく、戦前のことだとしかいえぬある夕暮れのこと、まだ幼稚園にも通っていなかったわたくしは、かたわらにかがみこんだ母ではない女性の指さきの動きにつれて、駅のプラットホームの黒々とした屋根と屋根との間に拡がる夜空の高みに、満月に近い月を見上げたことがあった。ほら、あれが十三夜のお月様。そう耳元でささやいたのが、父方の祖母の妹にあたる大叔母か、それとも父の従妹にあたる叔母だったのか、すべては朦朧として断定することはできない。ただ、その女性のまとっている和服にこめられた香の匂いが母のそれとは異なるものだったことは、その口からもれた「十三夜」という言葉の響きとともに、からだのどこかに漠たる記憶としてなおも息づいていたようで、それが妻の指さきの動きにつれて中空の高みの十五夜へと視線を向ける仕草によってよみがえったもののようだ。

旅先の鉄道の駅でわざわざ十三夜を見せてくれたのがそのプラットホームにいたはずの母ではなく、なぜ大叔母――あるいは叔母――だったのかはまったくわからない。父親の不在は、おそらく召集中のことだったからだろうと想像がつく。その場所が東海道線の静岡駅であることも、その都市に父方の祖父母が長く暮らしていたことからほぼ間違いあるまい。東京に住んでいるわたくしたちは、何かしらの家族のつどい――誕生祝いだろうか、法事だったのだろうか――のため、近しい親戚とつれだって祖父母の家で数日を過ごしてから、東京に戻ろうとしていたのだろうと思う。だが、記憶は文字通り断片的でとりとめもなく、祖父母の家でのできごとも、駅をめざして母と乗り込んだはずの人力車の内部のことも、きれいさっぱり忘れている。かろうじて覚えているのは、親類の女性とともに見上げた静岡駅の十三夜の月と、駅までの乗り物として祖母が呼んでおいた人力車が何台も玄関脇に待機していた光景と、特急燕号を牽引する蒸気機関車C53が夕暮れのプラットホームに滑りこんでくる瞬間の無類の迫力ばかりだった。

『時刻表復刻版戦前・戦中編』（JTB、1999）によると、当時の特急燕号は午後六時十五分静岡駅着、午後六時十八分同駅発とあるから、プラットホームから十三夜を見上げたのは、それからほぼ七十年後に駅前の商店街まで散歩にでかけ、十五夜を見損なって恨めしげにしていた女性たちを見かけた時刻とほぼ一致する。わたくしたちが乗り込んだ特急燕号の蒸気機関車は沼津駅で電気機関車とすげかえられ、午後九時ちょうど――当時の時刻表は、二十一時という記述法を採用していない――に東京駅に到着したことになっているが、車中のことも帰宅の道筋もすっかり記憶から失われている。わたくしは、日本で生まれ育ったのではない妻に、十五夜――そのことを彼女はすでによく知っている――と十三夜との違いを説明しながら、満月ではないが故の十三夜の趣き深さを語った。その趣きが、戦前の静岡駅のプラットホームで十三夜を仰ぎ見ようとかたわらにかがみこんだ大叔母か叔母の和服にこもっていた香の匂いとともに、遥か後になってから読んだ樋口一葉の『十三夜』の記憶にもつらなるものだったことはいうまでもない。思えば、『十三夜』も人力車のイメージとともに語られている中編だったが、わたくしの中にまどろんでいたもう一つの人力車の記憶が、それについて語ることを長らくためらわせていたのである。

一九九六年十二月十日火曜日から十四日土曜日までの五日間、立教大学で「近代日本における時間の概念と経験」という大がかりな国際シンポジウムが開催された。わたくしも講演者として招かれて、三日目――初日にはパーティーがあっただけだった――の十二月十三日金曜日の千石英世、渡辺一民両氏の司会による第3セッション「文学と時間」で、「樋口一葉の『にごりえ』について――『恩寵』の時間と『歴史』の時間」という題の発表をする機会に恵まれた。当時の勤務先での行政的な多忙さからその日の午後しか参加できなかったが、セッションの司会者であり、シンポジウムの構想にも深くかかわっておられた渡辺氏に参加を打診されたときから、文学における近代的な時間の生成を語るなら樋口一葉について論じるしかないと心に決めていた。それは、発表の冒頭部分で述べているように、「日本の近代小説の重要な部分は、樋口一葉の作品を起源としている」という仮説をいだいていたからである。

いうまでもなく、「その仮説は、樋口一葉が日本の近代文学の創始者であったという主張に行きつくものではない」。そうではなく、「二十三歳の樋口一葉が書いた『にごりえ』を通して、作者自身が、無意識ながら、その後の日本の近代文学が依拠することになる図式をほぼ完全なかたちで提示して」おりながら、そこに「素描されたものがほとんど集団的に忘却されたということのうちに、日本の近代文学のある種の傾向がすけてみえる」ということを論証するため、『恩寵』の時間と『歴史』の時間」という視点から樋口一葉の『にごりえ』を分析したのである。それは、「明治の表象空間」の連載(『新潮』)で憑かれたように樋口一葉の狂気に行きつく言語体験に触れている松浦寿輝氏が、渡邊守章氏との対談「『たけくらべ』の声、息遣い」(『文學界』09年9月号)で、「たとえば中上健次の散文など、一葉的な『声』と『息』のポリフォニーが隔世遺伝的に突然噴出したといった感じがなくもない」と述べていることとある意味では同じ方向を目指すものだともいえるかも知れない。いずれにせよ、わたくしの短い講演は、発表後の討論とともに『立教国際シンポジウム報告書』（立教大学、１９９７）に収録されてから『文学』（岩波書店）の一九九七年春号に掲載され、さらに全面的に改稿されて『魅せられて――作家論集』（河出書房新社、２００５）の冒頭におさめられたもので、充分に論じつくしたとはいえぬものの、個人的には執着のあるテクストである。

だが、樋口一葉を論じるなら、まず『十三夜』から始めねばならぬという強い思いをいだいていたことを、ここで言いそえておきたい。『にごりえ』も『たけくらべ』もたしかに素晴らしいが、奇蹟というほかはないできばえの『十三夜』の、その味わい深い余韻をあえて断ち切る鋭利な言葉の切れ味とはくらべようもないと思っていたし、いまもその考えは変わらない。『にごりえ』と『たけくらべ』では、物語の終わりが書くことの終わりとほぼ重なりあっているが、『十三夜』の物語は書くことの終わりにはおさまりがつかぬ拡がりを持ち、それをあえて終わらせて見せようとする作者に、より苛酷な言語体験を迫っているからだ。

誰もが知るように、この中編は、裕福な原田家の跡取り息子に見初められて嫁いだつつましい育ちの阿関が、七年も夫に連れ添って子供までもうけながら、ことあるごとに実家の貧しさをいつのり、妻の教育のなさをあからさまに口にする夫の日々の蔑みにたえかねて、子を寝かせつけてから離縁を覚悟でひそかに家を出て、ひとり実家に戻ってきた一夜のできごとを、上下の二部構成で語ったものである。十三夜の晩の久方ぶりの再会を喜ぶ父母に向かって、「二年も三年も泣尽して今日という今日どうでも離縁を貰うて頂こうと決心の臍をかためました」と切りだして当惑させる阿関と、そういわれてもどうするあてもない父母との救いのないやりとりが前半にあたる。娘の言葉を耳にして、「無理は無い、居愁らくもあろう」と嘆息する父から改めて妻なるもののつとめの厳しさを聞かされ、「雇いつけの車宿とて無き家なれば路ゆく車を窓から呼んで、合点が行ったら兎も角も帰れ」と諭されて家を出てからが後半部分となるのだが、それは、依怙地な車夫と阿関が夜道で口論しているうちに、二人がかつては親しい仲だったと知れるという宿命譚めいた展開をみせる。ことと次第によっては、川口松太郎風の人情劇が始まってもおかしくはない筋立てだが、実家の父からどんな言葉を聞かされて阿関がそこにいるのか知るよしもない零落した車夫の録之助が、客をあくまで身分の違う家に嫁いだ何の不満もない人妻だと信じ、別れがたく思いつつも気っ風のよさを装って、「さ、お出なされ、私も帰ります」とうながし、「其人は東へ、此人は南へ」と別れたというのだが、それが二人の生きるそれぞれの物語を首尾よく終わらせるものでないことは、『にごりえ』のように「まだ盆提燈のかげ薄淋しき頃、新開の町を出し棺二つあり」にあたる言葉もそえられていないだけに、読む者なら誰でも気づく。上下がそれぞれ異なる舞台装置に異なる人物を登場させ、思いきった省略と転調でたがいに痛ましい現在を生きつつある男女の出会いと別れを一気に語ってしまう一葉の筆力には、ただ息をのむほかはない。

にもかかわらず、『にごりえ』について語り、『十三夜』を語らずにおいたのは、この作品に触れることをためらわせる人力車をめぐる個人的な記憶を、一九九六年のわたくしが処理し切れずにいたからだ。それは、十三夜の晩に静岡駅まで東京からの客たちを送りとどけるための玄関脇の数台の人力車とは異なる、もう一つの人力車にまつわる記憶である。東京に滞在していた父方の祖母が、小学校時代のわたくしが誰にもつきそわれず一人で登校しているのをもの珍しげに見やり、まあ羨ましいこと、明治の時分はそれはしつけが厳しいものでしたから、毎朝通う華族女学校まで、雇いの車夫さんの引く人力車に乗ってゆかねばならなかったの、とぽつりともらしたのである。大きな人力車で通りを運ばれて行くのが恥ずかしくてならず、自分で歩いて行きたいと何度いっても、かかさまがどうしても許してくださらなかったと祖母は遠くをみつめるようにして言いそえた。小学生のわたくしは、人力車の黒い幌に隠れて、小柄な娘時代の祖母が袴姿で恥じらいながら揺られている姿を想像して、それが明治という時代なのだと理由もなく納得した。だが、祖母の父、つまりわたくしの曾祖父にあたる人物は、日露戦争以後に爵位を授けられた新華族の一人にすぎぬとも聞かされていたので、娘時代の祖母がすでに華族女学校に——それも人力車で——通っていたというのはまったくの初耳だった。

長らく『十三夜』を素直に語れずにいたのは、祖母が乗りたくないといっていた人力車の目的地が、ほかならぬ華族女学校だったからである。実際、その記憶は、阿関の不運を語る一葉の記述とごく自然に響応し合う。原田家の跡取り息子の妻として彼女が我慢も辛抱もしきれなくなったのは、「二言目には教育のない身、教育のない身と御蔑みなさる、それは素より華族女学校の椅子にかかって育った物ではないに相違なく、御同僚の奥様がたの様にお花のお茶の、歌の画のと習い立てた事もなければ其御話しの御相手は出来ませぬけれど、出来ずば人知れず習わせて下さっても済むべき筈、何も表向き実家の悪るいを風聴なされて、召使いの婢女どもに顔の見られるような事なさらずとも宜かりそうなもの」と述懐せずにはいられない夫の仕打ちがあったからなのだ。

この数行を読みながら、わたくしは、一葉のほぼ同時代人だったといってよい父方の祖母が、文字通り「華族女学校の椅子にかかって育った物」にほかならず、「御同僚の奥様がたの様にお花のお茶の、歌の画のと習い立てた事」のある恵まれた女性だったと認めざるをえない。また、祖母を毎朝華族女学校へと送りとどけていた人力車の車夫が、『十三夜』の録之助のような境遇に身を置いていなかったとも限らない。祖母との血縁を介して『十三夜』をまるで同時代の作品のように身近な体験として読むしかないわたくしは、自分が原田家の跡取り息子のように振る舞ったことはないにせよ、阿関とも録之助とも異なる階層の子弟だと認識せざるをえず、そうであるなら、この作品をどのように論じようと、所詮は抽象的な読みしかできまいという階級的な限界のようなものをそのつど意識するしかなかった。おそらくそれは、人力車に揺られて着いた静岡駅で東京行きの特急燕号に乗りこむ直前、和服にこもった香りを匂わせながらかたわらにかがんだ大叔母か叔母の指の動きにつれて十三夜の月を仰ぎ見たときのわたくしにしみついた限界だったといえるのかもしれない。だとするなら、いまから二十日ほど前、日本で生まれ育ったわけではない妻と夜空に十五夜を見上げていたわたくしは、蒸気機関車がプラットホームに滑りこんできた夕暮れの体験から、七十余年ののちもなお自由になっていないのだろうか。

今井正監督の『にごりえ』（1953）——これは、「十三夜」、「大つごもり」、「にごりえ」の三つの中編からなっている――や五所平之助監督の美空ひばり主演の『たけくらべ』(55)などを見ていたので、樋口一葉の名は高校時代からある程度まで親しいものだったといえる。だが、その作品を本格的に読み始めたのは大学に入ってからのことだ。あの人は世が世なら殿様だぞという風評に軽々と乗せられて出席した成瀬正勝教授の国文学の授業で、間接的ながら一葉の作品が取りあげられたからである。犬山藩主の末裔で十一代当主だというから、成瀬教授が殿様だという風評はまぎれもない真実だった。旧華族で『新思潮』の同人で、文芸評論を戦前の『新潮』にも書いていたというだけあって、教授の講義は滅法面白かった――和田芳恵という一葉の研究者が、名前から女性と勘違いされてある女子大から講演を依頼されたが、当日彼が姿を見せるとどうしても本人と信じてもらえず、玄関で門前払いを食らわされた、云々、といった文壇のエピソードばかりが話題となっていた――が、休講も多かったと記憶している。当時は、いまのように一葉のテクストがおぞましい恣意的な改行をこうむったり、台詞をそのつど括弧で括るといった普及版など存在していなかったので、図書館で初めて『現代日本文學全集』(筑摩書房、1956)の「北村透谷、樋口一葉集」を手にしたときはかなり面食らった。だが、ページを埋めつくした活字のつらなりを音の流れとしてたどってゆくと、思いのほかすらすらと読めてイメージが結ぶことに驚いたりもした。

樋口一葉を改めて読み直したのは、八〇年代に、雑誌『季刊思潮』の編集責任者だった柄谷行人氏と浅田彰氏を中心として日本の明治以降の批評の問題を考えようとしていたとき、小林秀雄と中村光夫の両氏はいうまでもなく、江藤淳氏や吉本隆明氏を含めて、一葉の散文をほとんど読みこめてはおらず、その理論的な言説に彼女の歴史的な意義を取りこめていないし、また取りこもうとさえしていないことに気づいたからである。研究書はあれこれあるが、批評にとっての樋口一葉は、ほとんど未開拓の地平をかたちづくっている。

そう思って読み進めて行くうちに、「言文一致」とは異なる文学的な近代性のありかが見えて来る。それは、まだ存在すらしていない「散文の危機」――この概念については第八章で詳しく論じている――ともいうべきものとあらかじめ遭遇してしまった作家の自己瓦解ともいうべき事態にほかならない。結核で夭折したといわれる彼女は、当人にとってのものではないはずの「散文の危機」をみずからの身に招きよせながら、文字通り書くことによって死ぬしかない存在だったのである。近代の小説は、言葉が何かを表象しうるという作家の思いこみを排したところにしか成立しえない逆説的な試みにほかならず、それはいわゆるリアリズムとは無縁のもので、そこには表象することのない文章が言語として露呈されている。一葉は、ほとんど意識することもなく、その露呈された言語と触れあいながら書くことを苛酷に実践しつくしたのだから、若くしてこの世を去らざるをえなかったとさえいえるかと思う。

高橋源一郎氏は、『大人にはわからない日本文学史』（岩波書店）の冒頭の「1日目『文学史』を樋口一葉で折りたたむとすれば」で『にごりえ』をとりあげ、その特徴が「読みにくさ」にあるといいながら、その読みにくさを、「読者が困惑するのは、そこでなにが起こっているのか、すぐにはわからないということです」と説明している。「リアリズムとは、『目に見えるように』表現すること」だが、一葉の作品は「目に見えるように」は書かれていないというのである。それは、いま述べたばかりのことをくり返すなら、「言葉が何かを表象しうるという作家の思いこみ」を読者も共有するという前提で書かれてはいないということにほかならない。高橋氏は、さらに、『にごりえ』の書き出しの数行を引用しながら、「自然主義的リアリズムで書かれた作品を読む時のように、少し離れて全体の輪郭を読むというやり方は、不可能になる」と述べてから、この作品は、「わたしたちに読み方の変更を迫る」と結論している。その「読み方の変更」こそ、「散文の危機」に向かいあえと作者に促す近代の小説にふさわしい文学の振る舞いにほかならない。

その後、高橋氏は、「あゝ嫌だ嫌だ嫌だ」で始まる名高いお力の長いモノローグを引用しながら、「一字一字に視線を落とし、あるいは口元で小さく朗読しながら読む」ことしかできないこのモノローグにも、人は驚くほどの「リアル」を感じとることができるはずだといいそえている。にもかかわらず、高橋氏は、「すぐれた作品というものは、どんな場合でも、リアルなはずです」と書きつけて、芸術の普遍性の領域へと逃げこもうとするかに見える。だが、それは樋口一葉に関しては間違った視点だといわざるをえない。一葉における「リアル」は、言語がその表象機能への過度の信頼を放棄し、まさしく表象などまとうことのない裸の言語として露呈された時、その言語の素肌に、作者が、そしてそれとともに読者までが素肌で触れるしかないから「リアル」なのであって、傑作一般が漂わせている本物の瞬間のまばゆさといったもののそれとは明らかに異なっている。かりに「リアル」という言葉を使うなら、一葉の「リアル」は、まさしく「散文の危機」に触れてしまった作者の歴史意識としての近代性がそこに脈打っているものなのだ。

第十章で、磯﨑憲一郎氏の『終の住処』に触れつつ、「レアリスム」なるものの非＝歴史性を指摘した言葉をくり返すことになるが、かりにそんなものがあるとして、自然主義的リアリズムなるものにふさわしく書かれた作品のことごとくは、「語ること」と「語られているもの」とが齟齬なく調和する消費の対象として、時代を超えて広く受けいれられている「非＝歴史的」な作品でしかない。樋口一葉の作品が高橋源一郎氏も認めるように「読みにくい」のは、その言葉が消費にさからっているからにほかならず、であるが故に、それはきわめて歴史的な「近代小説」なのである。

先述の松浦寿輝氏の「明治の表象空間」の連載や、渡部直己氏の「日本小説技術史」の連載第三回目「樋口一葉の裁縫用具」（『新潮』08年12月号）のとりわけ「裁断と狂気」以後の段落の入念な指摘をのぞけば、まぎれもなく近代性を生きた作家だという視点から樋口一葉をとらえようとする姿勢が近代日本の批評家たちの多くに欠けていたのは間違いない。だからというわけでもないが、恥じらいながら毎朝人力車に揺られて華族女学校に通っていた明治女性の孫にも、批評家として『十三夜』を近代の小説にふさわしく語る資格が欠けているわけでもなかろう。「中秋の名月」をかろうじて目にしたいま、わたくしはごく冷静に事態を受けとめている。

13 十二月七日という
世界史的な日付が記憶によみがえらせた、
ある乗馬ズボン姿の少年について

十二月七日月曜日というからほぼ一週間前のことになるが、推敲に一週間の余もかかってしまった厄介な英文の書類を難儀しながら脱稿し、アメリカ合衆国の東海岸に位置するさる有名大学の事務局宛てに、あわただしくＥＭＳで発送した。ただ、投函の直前に、書類の日付を変更せざるをえなかった事情を書いておかねばなるまい。日本で「真珠湾攻撃」の日として記憶されている十二月八日は合衆国の現地時間で十二月七日に当たっているので、合衆国民にとって、それは「パールハーバーの不意討ち」の記憶につらなるいたずらに愛国心をかりたてかねない不穏な日付だからである。正確にその六十八年後に日本で執筆された書類の日付は、そんなことにこだわりを持つ自分をなかば持てあましながらも、あえて十二月七日を避け、十二月五日と書き換えられねばならなかった。昭和十六年十二月八日の「宣戦布告」に五歳の少年として立ち会い、『ハワイ・マレー沖海戦』（山本嘉次郎監督、１９４２）を封切り時に見てしまい、二十年八月十五日の終戦の「詔勅」に九歳の少年として耳を傾けた世代ならではのむなしいこだわりからである。

ここでいう厄介な英文の書類の一つは、合衆国の東海岸の有名大学で教鞭をとるひとりの優れた研究者が、さる政府機関にしかるべき申請を行うことになったので、人文科学研究の現状からして、その人物が高度に先進的な研究者にふさわしく国際的に高い評価の対象とされているかどうかを、その領域の専門家として慎重に判断し、そこから導きだされる肯定的な結論を列挙することからなる一通の推薦状である。当然のことながら、推薦者自身の資格も問われることになるので、わたくし自身の英文の*Curriculum Vitae*――このラテン語を「履歴書」と訳すのは、どうも実態にそぐわない気がする――を添付することも要請されており、推薦状の執筆にとりかかる以前に、二〇〇八年十二月で止まっていた業績一覧を更新することから始めねばならなかった。推薦状は、簡潔にして説得的な自己紹介から始めてほしいというのが、大学事務局からの依頼だったからである。

こうした場合、みずからの国際的な「権威」を根拠づける他人からの評価――名誉博士号の数だの、海外での受勲歴や受賞歴だの、書物や論文に寄せられた評価、等々、を何の臆面もなくすらすらと挙げておかねばならない。それが、自分ではなく、もっぱら他人の評価に貢献するものだからである。そのようにして下される評価は、「権威」あるとされる個人、あるいは集団によって承認されたとき初めて「権威」あるものと判断されるが、その判断の基盤を提供する「権威」あるとされる個人、あるいは集団もまた、別の「権威」あるとされる個人、あるいは集団によってそうと判断されているにすぎないのだから、アカデミズムにおけるこの種の評価とは、とりわけ人文科学の場合、「権威」ある判断の無限連鎖ともいうべきものに組みこまれ、所詮は絶対的な「権威」など存在しえないというペシミズムに行きつく。であるが故に、こうした遊戯から断固として身を引くか、それとも、その無限連鎖を遊戯とは知りつつもあえて演じてみせるしかないのだが、すでに推薦状を投函してしまったわたくしは、ひとまず後者を選択したことになる。

もちろん、その選択は、原理とはいっさい無縁の、まったくもって恣意的なものというほかはない。ここで推薦すべき人物が、過去四十年ほどの研究を近くから見まもっていた親しい同世代の友人――ファーストネイムで書簡を書き始めることにふさわしい――だったので、喜んで推薦状の執筆依頼を受諾したまでのことである。もちろん、この種の業績審査に友情はいかなる意味も持ちえず、その研究の卓越性が客観的に証明されねばならない。推薦状に含まれるあらゆる情報は、「精確で信頼できる」《accurate and truthful》ものでなければならない、と事務局の担当者も念を押している。

アメリカ合衆国の政府機関宛てに推薦状を書くのはこれが初めてのことだったが、研究者の昇任の資格審査にあたっての推薦状なら、これまでも欧米の大学宛てに英語やフランス語で何通も書いたことがあり、とりわけ厄介な仕事ではない。ただ、その執筆を通して、合衆国の大学では、いわゆる「冠」講座の教授が正式の「大学」講座のポストに推挙される場合にも厳密な資格審査が行われており、それをサポートすべく、国際的な研究者が何人も動員されていることを知ったのは、貴重な体験だったといえる。世間的には同じ「大学教授」でも、そこには苛酷なヒエラルキーが存在しているからである。それにくらべてみると、日本の大学における教授の新規採用や昇任人事の資格審査は、制度的にいうなら、いまなお野蛮な状態を脱していないといわざるをえない。だが、それはいつか論じるに値する問題だとはいえ、当面の話題とはなりがたい。

ところで、大学事務局の担当事務官――といっても、れっきとしたPh.D.の資格の持ち主である――からのEメールに添付されていた執筆のガイドラインには、わたくしの書かねばならぬ推薦状が、大学の専門家集団に宛てられたものではなく、あくまで大学から政府機関に提出される申請書類の一つなので、その読み手は、しかるべく「教育を受けた『一般市民』」《educated "Civilians"》の一人にほかならず、申請者の研究領域に対する専門的な知識は皆無だと想定してほしいと書かれている。それ故、言葉遣いはひたすら平明なものであることが望ましく、できれば「『ナショナル ジオグラフィック』誌の記事」《*National Geographic* article》が読める程度の知的水準を持った人間にふさわしい文章としていただきたいと結ばれている。

かくして、わたくしは、推敲の第一歩を、《*National Geographic*》誌の本国のウェブサイトの訪問——日本語版のウェブサイトも存在しているが、それは、この際、何の役にも立たないので——から始めるしかなかったのだが、それにはたっぷり一晩かかってしまう。しかも、そのパソコン上の断片的な読書は、推薦状の実質的な執筆にはいかなる有効性も発揮することがなかった。それは、わたくしの書く英語が、そもそも『ナショナル ジオグラフィック』誌の読者の知的水準にふさわしい程度のものだと気づかされたからであり、これもまた新鮮な発見だったといえる。大学事務局の担当者は、さらにいくつもの語彙論的な要請も行っている。わたくしが書きこむべき語彙として、肝心なところに「喝采の対象となる研究者」《acclaimed researcher》、「卓越した業績」《outstanding work》、「先験的な努力」《pioneering efforts》、等々、の表現を効果的に案配し、間違っても「将来性のある研究者」《promising researcher》だの、「彼/彼女には大きな可能性がある」《he/she has great potential》などと記すことで、申請者が「すでにその領域での主導者として認知された研究者」《already recognized as leaders in their fields》である事実を疑わせてはならないというのである。わたくしにとどまらず、国際的な複数の研究者に同時に発送されたものと推察されるガイドラインに記されたこの註記は、国籍を問わず、大学関係者の多くが、若手研究者の資格審査に使われるこうした便利な言いまわしを、この種の申請の推薦文にも機械的に使用しがちなことを示唆しているのかも知れない。

さいわいなことに、わたくしが合衆国の政府機関に宛てた推薦状で評価すべき対象は、「すでにその領域での主導者として認知された研究者」と呼ばれるにふさわしい人物だったが、それだけに厄介だったのは、事務局からのメールに添付されていた当人の「履歴書」をプリントアウトすると十九ページにも及び――ちなみに、わたくしのものでさえ、日本語による業績を排除しても十四ページを超えている――それに目を通し、七〇年代の中期から今日にいたる彼の無数の業績の中で、どの書物やどの論文を挙げれば、彼が「卓越した業績」の持ち主として「喝采の対象となる研究者」たりえているかの説明に有効かを考えながら、その書物や論文の現物が手もとにあるかどうかを確かめる作業にも、たっぷり二日は浪費してしまったことだ。確かに学会誌論文の別刷りを寄贈してもらっていながら、それがどこにファイルされているかを忘れてしまった場合はさらに時間がかかり、さいわい見つかっても、どの部分を引用すれば説得的な文章が成立するのかと構想をめぐらせることは半端な仕事ではなかった。

こうしてわたくしは、合衆国の政府機関の見も知らぬ男性――要するに、官僚であり、国家公務員である――宛てに、レターヘッドつきのA４判の便箋で八枚にもおさまらぬとても短いとはいえぬ推薦文を一気に書き上げてしまった。それを執筆のアウトラインに従って五枚ほどに短縮する作業にまる一日を費やし、さらに英語の達人に目を通してもらい、その有意義な指摘に感心したり、自分ではとても思いつかないアカデミックな社交にふさわしい語彙や言いまわしに舌を捲きながら完成原稿を仕上げるのにも、ゆうに二日を要した。

やっとのことでプリントアウトされた推薦状を真夜中にじっくり読み直してみると、その執筆もまた、徹底した無償性において、一種の批評的な振る舞いであるかのように思われたりもする。すると、いきなり郵便受けに新聞が放り込まれる音がする。その朝刊を拡げてみると、紙面に印刷された十二月七日月曜日という日付が、疲れた瞳を奇妙に騒がせる。わたくしは、ほとんど反射的に、推薦状の日付を十二月七日から十二月五日と書き換え、あらかじめ取りよせておいたEMSの分厚い封筒に、二十枚近くになってしまった英文の書類を滑りこませた。いうまでもなく、こうした書類はひとまず「機密文書＝親展」《Confidential》とみなされ、いずれは開示されはするだろうが、当面は人目に触れることがない。ことによると、人文科学は、「推薦状文学」——ミシェル・フーコーだって、ロラン・バルトだって、レヴィ＝ストロースだって、何通もの人目に触れぬ推薦状を書いているはずだ——という新たな研究領域をいつか持つことになるかも知れない。とりとめもなくそんな思いをめぐらせながら、明け方に深い眠りに落ちた。

分厚いEMSの封筒を郵便局員の手にゆだねたとき、時刻は十二月七日の午後三時をまわっていたと思う。その後、自宅の近くから文房具屋がすっかり消滅してしまったため、渋谷まで出向かないと買い求められなくなった嵩をとるバインダー型のスクラップ・ブックを文具店とは異なる大型店舗で半ダース注文し、配送の手続きをとったりしてから帰宅すると、ソファーに夕刊がぞんざいに投げだされている。それを手にとると、いつもとは何やら異なる気配がその紙面から立ちのぼってくる。一面のトップに、確かにこの目で見たことのある家族のスナップ写真が大きく印刷されていたからである。

公的な性格をおびているはずの新聞に、ごくプライヴェートなイメージが再現されていることに違和感を覚えたわたくしは、いつにない胸騒ぎに襲われた。息をつめて瞳を凝らしてみると、それは、小学校から大学まで——高校だけは違っていたが——同級生だった小野寺龍二の家族写真にほかならない。まぎれもなく、半世紀以上も前に、小野寺家の家族アルバムで確かに目にしたことのある写真だったのである。そう思い当たった瞬間、わたくしは、その記事が、昭和十六年十二月八日、すなわち、西暦一九四一年十二月七日のパールハーバーの記憶と無縁ではなかろうことを即座に直感した。同級生の父親である小野寺信少将といえば、きわめて高い情報収集能力によって軍事情勢を的確に把握し、軍の上層部に何度も対米開戦の回避を具申した軍人として記憶されていたからである。少将の努力にもかかわらず、十二月八日の「真珠湾攻撃」——対戦国にとっての十二月七日の「パールハーバーの不意討ち」——は起こってしまった。それから正確に六十八年後のその日付にあたる日の朝、合衆国の政府機関宛ての書類の日付をあえて十二月七日から五日と書き換えたことが、この写真との不意の遭遇を惹きよせているかのように思え、それが錯覚でしかないと知りながらも、わたくしはひたすら混乱するしかなかった。

「スウェーデン駐在時の小野寺少将㊧と妻、次男（遺族提供）」というそっけない説明文がそえられているその写真の右端で、レンズを覗きこむように無邪気に微笑んでいるのは、われわれがまだ出会う以前の、おそらくは五歳か六歳だったろう小野寺少将夫妻の次男坊である。スウェーデン駐在武官だった少将一家が敗戦後に日本に引き揚げてきて身を寄せていた家がたまたま自宅の近所だったこともあり、少年の横で長椅子に身を横たえている少将とも、そのかたわらにたたずんでいる小野寺夫人とも、何度か言葉を交わす機会に恵まれた。たがいの家を気軽に訪問し合う仲だったからである。

わたくしは、懐かしさというより、何やら胸をつかれる思いで、幼年時代の小野寺龍二の晴れやかな表情に改めて瞳を向けた。長じて外交官となった彼は、オーストリア大使としてウィーンに駐在中の一九九二年、冬の休暇で訪れたアルプス山中で雪崩に捲きこまれて命を落とした。山歩きでは誰よりも慎重な男だっただけに、無念でならない。だが、写真の喚起する視覚的な記憶にもまして、「龍二」と書いて「りゅうじ」ではなく「りょうじ」と読むのだと説明してくれた少年時代の彼の、どこか大人びた口調を耳にするような気がして背筋が震えた。小野寺夫人の声まで、耳元に響いているように思われたからである。

小野寺龍二は、敗戦の翌年にあたる昭和二十一年四月に、当時小学校四年だったわれわれの学年に、いわば第一号の帰国子女として編入され、クラスにちょっとしたカルチャー・ショックをもたらした。制服を仕立てる余裕などない時期のこと故、誰もが兄貴や親類の着古したものを譲り受けて登校するしかなかったが、大柄な彼は、制服の下に茶褐色の乗馬ズボン——いま思えば、母上のものだったかも知れない——をはいてわれわれの前に登場したのである。外国といえばもっぱらアメリカを意味していた時期に、ヨーロッパには第二次世界大戦で中立を貫いたスウェーデンという国が存在し、その首都がストックホルムと呼ばれているという事実を、乗馬ズボン姿の幼い彼の存在がわれわれにしっかりと記憶させた。ストックホルムではドイツ語学校に通学していたとのことで、複雑な掛け算の計算のときなど、ドイツ語の数字を口の中でつぶやきながら正しい答えを導きだしていたりしたが、スウェーデン語も話せるという幼児期の複雑な言語体験から、英語もある程度までは類推で理解できるという。

われわれは、ときには先生までも、外国のこととなると、何かにつけてこの少年に意見を求めたものだ。ほとんどの場合、すらすらと答えを披瀝してみせたが、ときには、僕は万能じゃありませんとはにかんだりもした。あるとき、下校時に、敗戦直後の混乱で一時間に四本か五本しか走っていなかった郊外電車の到着を渋谷駅のプラットホームの人混みで待ちながら、とっておきの秘密でももらすかのように、この地球には時差というものがあり、例えば十二月八日はほとんどの西欧諸国では七日に当たっていると教えてくれたのも彼である。それから半世紀以上も後に合衆国の政府機関宛ての英文でしたためられた推薦状の日付をわざわざ十二月七日から十二月五日へと変更したのは、ことによると小野寺龍二の記憶に導かれてのことだったのかも知れない。

中学に進学してからは、彼は水泳部、わたくしは陸上競技部でそれぞれ対外試合で活躍したが、あるとき選手の数がたりないというラグビー部の試合にかり出され、同じジャージをまとって秩父宮ラグビー場に立ったことがある。所詮は急造の素人集団でしかなく試合には大敗したが、思ってもみない場所で相手のパスをインターセプトした彼が、持ち慣れない楕円形のボールをかかえて敵陣めがけて背をまるめるようにして疾走していた光景が瞳に焼き付いている。小野寺ならやってくれる。そう信じて、わたくしは何やら言葉にならない大声を咆哮しながら、憑かれたように彼のあとを追った記憶がある。その時期から、スポーツマンでもある彼は、外交官になるという明確な将来像を描きあげていた。

外交官試験に合格した彼は、わたくしがパリ大学で博士論文を準備していたとき、当時の西ドイツの首都ボン近郊のバッド・ゴーデスベルグの日本大使館にアタッシェとして勤務していた。ヨーロッパ全土を記録的な寒波が凍りつかせた一九六三年の二月、たまたまわたくしの両親がボンに滞在中だったこともあり、久方ぶりに小野寺に会えるのを楽しみにして、週末のドイツ旅行を試みたことがある。ところが、パリ北駅発の夜行の国際列車が翌朝ケルン中央駅に到着すると、あまりの寒さで路線のポイントというポイントが凍りつき、近郊の《DB》「西ドイツ国鉄」はすっかり麻痺している。アウトバーンも氷結してバスも運休しており、ほんの数十キロ先のボンまでの交通網はすっかり途絶えてしまった。見知らぬ駅の広い構内をさまよいながら、さまざまな窓口でへたくそなドイツ語であれこれ問い合わせているうちに、国鉄の路線に並行して、ケルン市の路面電車がかろうじてボンまで走っていることをつきとめ、乾いた雪を踏みしめながら心もとない思いで停車場まで足を運んだ。

電話をしておいたのでボンの駅まで迎えにきてくれた小野寺は、ドイツ語ができるはずのボン滞在の日本人の多くが君のように機転が利くとはかぎらないので、今朝の大使館はあれこれの問い合わせで混乱しきっているのだと、路面電車で首都まで何とかたどりついたわたくしの振る舞いを褒めてくれた。翌日、われわれは、凍てつく寒気をものともせずに、ときおり流氷が音をたてて流れるラインのほとりを長い時間をかけて散策した。彼の上司である当時の外務大臣について、なかなか優れた政治家だとは思うが、公式晩餐の席でスープを啜るときの音が尋常でないことがひたすら恥ずかしかったので、これだけは何とかしてほしいものだといいながら、いまの話は国家機密だよと悪戯っぽく笑って見せた。

わたくしは、数十年後に、彼がドイツ大使としてこの土地に駐在している姿を想像した。しかし、東西対立の終焉によってボンは西ドイツの首都であることを止め、統合後のドイツの首都はベルリンに移り、その直後に、彼はオーストリア大使としてこの世を去ってしまった。わたくしは、いまは存在しない大学の校友会誌の『銀杏』に、『乗馬ズボンをはいた少年――駐オーストリア特命全権大使小野寺龍二君追悼』という文章を書いて彼の冥福を祈った。また、つい先日のことだが、『文藝春秋』誌の「同級生交歓」の写真撮影のために、小学校の校庭に何年ぶりかでクラスメートが十人も集まったとき、小野寺龍二が元気だったら――NHKのパリ特派員だった二見道雄とともに――、間違いなくこの場に立っていたはずだと思いをめぐらした。あたかもそれに呼応するかのように、彼の写真がいきなり新聞の一面を飾っていたのだから、わたくしは深い感慨にひたるしかなかった。

いうまでもなく、十二月七日の夕刊の第一面の記事は、小野寺龍二をめぐるものではなかった。「『日米開戦回避を』公電30通」という横組みの大きな活字が記事の上端に並び、それよりやや小さくはあってもかなりの大きさのゴシック体の活字が縦組みで、「元スウェーデン駐在・小野寺少将」と印刷されている記者の署名入りの記事を、人は十二月七日付けの「東京新聞」の夕刊第一面のトップに読むことができる。「太平洋戦争が始まった真珠湾攻撃から八日で六十八年。日本軍人でありながら対米戦争回避を地球の反対側から唱え続けた人がいる。当時、スウェーデン駐在武官だった小野寺信・陸軍少将。次女で日本チェコ友好協会長の大鷹節子さん〔略〕が二十一日、慶応大（港区三田）で講演し、父の無念を伝え『どんなことがあっても戦争をしてはいけない』と訴える」という導入の言葉からして、この記事が、少将の次男とは無縁のものであることがすぐさま理解できる。

記事の冒頭には、「次女、慶大で21日講演」という一行が印刷され、その脇に、講演者の大鷹節子さんの顔写真もカラーでそえられているが、小野寺家で見かけた記憶のある龍二の姉上にあたる方だった。講演当日は先約があり拝聴できないなと思いながら記事を読み進めると、「日本の同盟国だったドイツが劣勢な戦況から、対米開戦反対の電報を約三十回にわたり日本の軍参謀本部に送り続けた」という小野寺少将の苦悩が語られている。「しかし、日本はドイツから入手したドイツ優勢との情報を信用し、東部戦線の一時休止でドイツの劣勢が明白になったまさにその日、対米戦争に突入した」とその記事は続き、さらに「開戦後は戦争の早期終結に腐心。四五年二月の米英ソによるヤルタ密約の『ドイツ降伏から三カ月後にソ連が対日参戦する』との条項を知り、五月のドイツ降伏の前後には、一刻も早く終戦するよう打電した」。だが、参謀本部がそれを黙殺し、その結果として、「広島、長崎への原爆投下や旧満州（中国東北部）へのソ連侵攻で多大な人命が失われた」とその記事は綴られて行く。その後に、「都合の悪い情報を無視して戦争に突き進むことのないよう、父の無念を言い続けたい」という姉上の言葉が括弧で括られている。

「沈黙を守った父の代わりに母が著した本から戦争回避のため父が奔走したことを知」ったという大鷹さんは、『戦争回避の英知――和平に尽力した陸軍武官の娘がプラハで思うこと』（朝日新聞出版、２００９）という最近の書物が多くの読者の目に触れ、「共感が広がるのはうれしい」と口にしたと記者は報告している。ちなみに、「母が著した本」とは、小野寺百合子著『バルト海のほとりにて　武官の妻の大東亜戦争』（朝日文庫、１９９２）ほか数冊を意味しているが、小野寺少将夫人はトーベ・ヤンソンの『ムーミン』の翻訳者でも知られる文筆家なのである。

「東京新聞」の夕刊第一面を飾るこの記事に書かれていることの大半は、すでに五十年以上も前に、まだ幼かった小野寺龍二の口からそれとなく聞かされていたことだった。彼の記憶が、わたくしの中で、十二月八日――くどいようだが、世界史的には十二月七日にほかならぬ――という日付の記憶とかさなりあっているのは、そうした理由による。ただ、この記事を読みながらいささか気になったのは、日本の新聞だから当然とはいえ、記者が、「真珠湾攻撃から八日で六十八年」と書いているように、開戦の日付をあくまで十二月八日とし、パールハーバーが国際的には十二月七日であることを無視していることだ。また、「日本軍人でありながら対米戦争回避を地球の反対側から唱え続けた人がいる」という記者の言葉や、「戦争を避けようとしていた軍人がいるとは知らなかった」という講演の主催者の言葉にもいささかの違和感を覚えずにはいられない。

のちの連合艦隊司令長官の山本五十六でさえ、当時の近衛首相に日米戦争を回避するよう要請していた――その意図が那辺にあったかは議論のわかれるところだが――ことはよく知られているし、開戦時の東條首相はいうまでもなく、陸軍の参謀総長も海軍の軍令部総長でさえ、誰ひとり勝算ありとは口にしていないのだから、軍人の中に開戦回避論者がいたのはごく自然なことだとさえいえる。とりわけ、小野寺少将のように中国大陸における諜報機関と深くかかわり、情報処理能力にたけた軍人なら当然である。わたくしが気がかりなのは、この記事の記者が、軍人なら誰もが開戦論者だったかのような前提で文章をしたためているかに見えることだ。合衆国の第三十四代大統領のアイゼンハウアー元帥が、第二次世界大戦の連合軍総司令官だった経験から、ほとんど戦闘経験のないニクソン副大統領の好戦的な提案を退けたことからもうかがえるように、あらゆる軍人が戦争をしたがっているかのような思い込みは、ごく拙劣な情報処理によるものでしかない。

いうまでもなく、この記事に若干の難癖をつけたからといって、小野寺少将の次女の発言として引かれている「人は生きるために生まれてきた。国のためでも死んではいけない」という言葉に疑念を呈しているのではない。それどころか、小野寺少将の次女の言葉であるだけに真摯に受けとめているのだが、問題はそれにふさわしくあるにはいったいどうすればよいかということだ。おそらく、この言葉にふさわしくあろうとするなら、小野寺少将が、「日本軍人でありながら対米戦争回避」のために三十通もの公電を打電したというメロドラマのような文脈ではなく、そうすることで、少将は軍人としての当然の義務をはたしていたのだというリアリズムの文脈においてそれをとらえなおすべきだろう。この記事の記者の善意をいささかも疑うものではないが、マスメディアにおけるメロドラマ的な図式化がきわだちつつあるいま、あえてそう指摘しておきたい。

戦争の始末におえない怖ろしさは、軍人が軍人としての義務をはたしえない状況に軍人を陥れるメカニズムが不可避的に作動してしまうことにある。かりに自国民の防衛が軍人の義務だとしても、沖縄戦を想起するまでもなく、その義務をはたしえない軍人を少なからず生産してしまうのが戦争の本質的なメカニズムだからである。そのメカニズムを作動させないためにわれわれが存在しているはずだが、われわれはその義務にどこまで自覚的たりうるだろうか。

わたくしが合衆国の政府機関宛ての推薦状の日付を十二月七日とせずに五日と書き換えたのは、どんな素性の持ち主か見当もつかないそれを読む人が、ことによったらいだいているかもしれぬ愛国心をいたずらに煽りたてまいとする配慮からである。いうまでもなく、それはむなしい心遣いでしかない。だが、小野寺少将の次男と同級生だったわたくしにとっては、そうするしかないこだわりだったともいえる。配送されたばかりのスクラップ・ブックに十二月七日付けの「東京新聞」の夕刊をはさみこみながら、推敲に一週間の余も費やした推薦状を英語でしたためることのむなしさと、日付をめぐる配慮のむなしさとを心の天秤にかけ、思わずため息をもらした。そのむなしさに耐えることなど、とうていほかの世代の男女に強制しうるものではないと承知しているからだ。

14 映画は、高齢化社会の「老齢者」にふさわしい表象形態なのだろうか

さる一月十二日火曜日の午前十一時をまわったころだったろうか、午後一時に組まれていたあるアメリカ映画の試写を見るため都心に向かおうとしていると、しばらく前から「リベラシオン」紙のサイトに見入っていた妻があっと息をのみ、一呼吸おいてから、心の準備をしておくようにとおもむろにつぶやく。外は雨もよいの荒れた天候で、庭の草木の濡れて黒ずんだ枝々がまがまがしく風に揺れている。心の準備というほどだから、われわれ二人にとってかけがえのない人物の訃報に違いなかろうと身構えながら、まさかと思いつつも覚悟を決め、今年で八十歳を迎えるある映画作家のファーストネイムを口にしてみる。名高い使徒の名前を二つ律儀に組み合わせた洗礼名であり、誰もが一度は口にしたり、耳にしたこともあるはずのものだ。前の晩、仕事を終えて眠りにつこうとする前に、これという理由もないまま、まだ本国でも公開されてもいない彼の新作の何度も見たことのあるトレーラーをパソコン画面に再現し、くり返しそれに見入っていたことが何やら不吉な振る舞いのように思えたからである。

小さく首を横に振ってそのファーストネイムを否定する妻は、かたわらの書架の上から二段目——つまり目の高さにあたるところ——にいかにもぞんざいに置かれている紙質の悪い雑誌からの小さな切り抜き写真の方にゆっくりと視線を向け、ほとんど聞きとれぬ声で、エリックとつぶやく。そのファーストネイムを胸もと深くにおしとどめながら、無言のわたくしは、起きてしまったことをありのまま受け入れるしかない自分をにわかには処理しきれず、むなしく呼吸を整えようとするのみだった。

すでに充分すぎるほど褪色している細長いカラー写真は、ケースにもおさめられずにむき出しのまま並んだ書物の背表紙に立てかけられており、年末年始に海外からとどく厚紙のカードの陰に隠れたり、本を取りだす指の動きで倒れたままになっても気づかずにいたり、ときには床に舞い落ちているとも知らずに踏みつけそうになったりしたものだが、仕事机の右脇の書架からもう長いこと姿を消さずにいたものだ。額縁に入れて飾ったりすると儀式的な距離感が生まれかねないので、わたくしたちは、その色褪せたカラーの肖像写真をさりげなく身近においておくことを、暗黙のうちに選択していたのだといえる。

その切り抜き写真を改めて手にとってみると、そこには、ホテル・ラ・フェニーチェの玄関前でふと足を止めたかに見えるすでに八十歳を超えていたエリック・ロメールが、律儀に両足をそろえたまま思いきり背をまるめ、不意をうたれて吃驚したかのように、帽子をかぶったままの顔だけをこちらに向けている。イタリア語で「不死鳥」を意味しているはずなのに、二十世紀末の火災であっさり二度目の焼失をこうむった同じ名前のオペラ座の脇に建っているこの静かで古めかしいホテルは、「ラ・フェニーチェと芸術家のホテル」《Hotel La Fenice et des Artistes》を正式の名称としており、「芸術家」――この場合は、劇場に出入りするオペラ歌手や演奏家を意味するのだろう――を初め、そんな人種がいまなお存在しているものだとして、いわゆる「知識人」や「文化人」によってとりわけ愛用されている。

「1936」というホテルの番地まで読みこめるこの縦長の写真は、ロメールがヴェネチア国際映画祭でその功績を顕揚する金獅子特別功労賞を受けた二〇〇一年九月に撮られたもののはずだから、この小さな切り抜き写真の中央に位置している彼も、おそらくこのホテルに投宿していたのだろう。そう証言しているかに見える彼の全身をおさめたこの写真は、思えば九年の余も、その視線の先でパソコンの画面に何やら文章など書きつけている老齢の――ロメールより十五歳以上も若いとは言え、そう呼ぶのがふさわしい――日本人のそぶりを、無言で見つめていたことになる。

老齢の映画作家のむしろ健康そうな細い体軀に瞳を向けながら、彼ほど痩せているわけではない老齢の日本人は、ふと追想にふけった。彼は、いったいなぜ、いつもあれほどかん高い声で、まるでハワード・ホークスのスクリューボール・コメディの男女のような早口でしゃべっていたのか。それでいて、彼の作品に描かれる男女は、いかにも聞きとりやすい緩やかな口調で、ごく他愛もないおしゃべりを交わしあっている。このコントラストは、いったい何を意味しているのだろうか。

ときおり声に出してあれこれの関連記事を読みあげてみせる妻の言葉に耳を傾けていると、あと三月たらずで九十歳になろうとしていたエリック・ロメールは、どうやら二〇一〇年一月十一日月曜日に、サルペトリエール病院で息をひきとったもののようだ。フロイトがヒステリー研究で名高いジャン＝マルタン・シャルコー博士のもとでしばらく医師として勤務したこともあるという、パリ十三区の由緒正しい大学病院である。死因については何も記されていないようなので、おそらく、充実した生涯を終えようとする高齢者にふさわしく、消え入るように息をひきとったのだろう。彼はアラン・レネやアラン・ロブ＝グリエより二歳年上で一九二〇年生まれだったはずだから、八十七歳で発表したあの卑猥なまでに優雅な『我が至上の愛――アストレとセラドン』（２００７）がその遺作となり、享年は八十九歳ということになる。『海辺のポーリーヌ』（83）や『木と市長と文化会館または七つの偶然』（92）で思いきり愛嬌を振りまいていた女優のアリエル・ドンバールがほんの数日前に病院に見舞い、ベッドに横たわったままのロメールは、細い指先の動きで「ありがとう」《Merci》の文字をなぞってみせたという。このエピソードには、さすがに鼻の奥がつんと痺れた。病床のロメールは、あのかん高い早口の言葉を、もう声として響かせることはなかったのだろう。

いまは、悲嘆にくれているときではない。そうつぶやく妻の沈んだ声にうながされ、試写に出向くのをやめてロメールの作品のどれかをＤＶＤで眺めながら追悼にふけるつもりでいたわたくしは、いったん脱ぎ捨てておいたオーヴァーを改めてまとった。死の知らせは、誰もがたどるべき道筋を示しているにすぎない。雨傘を拡げて玄関の扉を閉めようとするわたくしに、セリーヌの言葉を引きながら、彼女は低い声でつぶやく。わたくしはせいぜい明るさを装い、冷たい雨の中を私鉄の駅へと急いだ。

ところが、渋谷で高架の地下鉄に乗り換えると、銀座線はただいま全線で運行が取りやめになりましたという不吉なアナウンスが車内に流れる。原因はまだわからず、復旧の見込みも立っていないという。それ見たことか、ロメールをおろそかにするとこういうことになる。いささか理不尽にそうつぶやきながら舌打ちすると、誰よりも早くホームを抜け出していくつもの階段を駈け降り、雨の中を小走りに車列に近づくと、内幸町までといってタクシーに乗りこみ、じっとりと濡れた雨傘を膝元で持てあましながら、ロメールの訃報から思いきり遠ざかろうとして、目的地につくまで、気のいい運転手さんとひたすら他愛もないお喋りをした。

一九二〇年三月二十日土曜日、誰もがロメールという名で知っている――知っていた――映画作家は、フランス中西部に位置するコレーズ県のテュール市に住むデジレ・シェレール氏とジャンヌ夫人の長男モーリス・アンリ・ジョゼフとして誕生した。第一次世界大戦が終結してから、まだ二年という時期のことで、日本でいえば大正時代にあたっている。一九〇八年というからまぎれもない明治生まれのマノエル・ド・オリヴェイラが百歳を超えてもなお毎年新作を発表しているという現代の映画界にあっては、いまからたった八十九年前に生まれたロメールの死はむしろ夭折とさえいえそうだが、この大正生まれの映画作家とわずかなりとも同時代を共有しえたことは、稀有の体験というほかはない。

『パリのランデブー』（94）の日本公開にあたって、彼のオフィスでインタビューしたときのことがふと頭をよぎる。この映画は、まるでルネ・クレールの『巴里の屋根の下』（30）のように、街頭でアコーデオンを弾きながら歌う音楽家の場面から始まりますねと口にしたとたん、ロメールは、これを見てクレールを思い出してくれたのは日本人のあなただけです、と例のかん高い声でけたたましく笑い、いきなり真顔になって、実際、このシーンを撮り始める前には『巴里の屋根の下』のことをずっと考えていたのだという。クレールはすっかり忘れられているが、それは不当なことだ。ところで、クレールの名を挙げたりするあなたはいったい何年の生まれですか、見かけより年上なのかもしれないが、と彼はふたたび笑って見せた。この部分は発表されたインタビュー「パリの実践的映画論」(『ＳＷＩＴＣＨ』95年12月号、『映画狂人のあの人に会いたい』、河出書房新社、２００２)には収録されていないが、ほんの数分のことながら、彼とルネ・クレールをめぐって言葉を交わしたことを、稀有の体験としていまも忘れることができない。ロメールが七十五歳、こちらが六十歳になろうとしているときのことである。

書架にかかげられた写真の撮られた二〇〇一年にも、六十五歳のわたくしは八十一歳の彼と出会っている。彼が金獅子特別功労賞を受賞し、『グレースと公爵』の世界プレミア上映が行われたヴェネチアで、それを記念して開催された国際シンポジウムに招待され、ロメールにおける「偶然の習慣性」という主題のスピーチを披露する機会に恵まれたからである。その会場には姿を見せなかったロメールは、翌日、プロデューサーのメネゴスからわたくしの発言の趣旨を耳打ちされ、かつてインタビューされたことを記憶しているといいながら、にこりと笑って手をさしのべた。

だが、そうした稀有の体験の多くが、ある時期まで、彼の自己同一性の曖昧さと深くかかわりのあるものだったことは指摘しておかねばなるまい。何かにつけて韜晦癖のあるロメールは、見知らぬ他人を警戒し、とても本心など披瀝したりはしまいといわれていたからである。実際、ロメールの生地や生年月日や生誕時の洗礼名をめぐっては長らく曖昧な噂ばかりが流れており、四月四日誕生説――これは日本語版の『ウィキペディア』にまで受けつがれている――や、ナンシー生まれ説――これは、『ウィキペディア』にくらべれば遥かに信頼性の高いフランス映画社のパンフレットにまで受けつがれている――や、ジャン＝マリ・モーリス説――英語版『ウィキペディア』ではそれがモーリス・アンリ・ジョゼフと併記されている――が流布されたりしていた。その不確かな噂が「ロメール神話」として語りつがれ、彼をこの市民社会とは異質の正体不明の映画作家として、誰もが敬して遠ざけていたのである。生年月日については、ロメール論の著者ジョエル・マニーに、ロメール自身がみずからの生年月日を一九二〇年三月二十一日と証言したというので、いまでは多くの文献もそれにしたがっているが、テュール市役所に登録されている一九二〇年の出生記録第六三号には、あくまで三月二十日という日付が記されているともいわれているのだから、死後のロメールにも、なおその曖昧さがつきまとっている。

三月二十日であるにせよ、二十一日であるにせよ、とにかくモーリスが一九二〇年に生を受けたテュールを県庁所在地とするコレーズ県は、フランスのいわゆる「中央山岳地帯」に位置し、伝統的な地域圏としてはリムーザン地方に所属する。「テュール」《Tulle》という都市の名前はオクシタニア語のテュラ《Tula》から来ているというから、ここに住みついていた者の多くは南フランス文化圏に属しているはずだが、父親のデジレ・シェレール氏はドイツに接した東部の国境地帯に拡がるアルザス地方の出身である。ふと目にしたロラン・バルトの言葉にうながされて『O侯爵夫人』の映画化を思いついたとき、クライストの原作を原語でも読んだといっているロメールだから、彼のドイツ語の能力はおそらく父親から受けついだものだろう。母親の出身地がどの地方であるかは明らかにされていないが、自分の長男が家族の外ではエリック・ロメールと呼ばれ、映画を撮っている人間だと知らされたのは、晩年のことにすぎないという。地方在住のブルジョワジーにとって、とりわけ十九世紀から続いている第三共和政下に結婚して家族を持った世代の男女の場合、映画はまだまだ卑賤な見せ物と見なされていたのだから、母親の手前、できれば映画に関わっていることを知られまいと、息子モーリスはあえて映画作家としての身分を曖昧にしていたといわれている。だが、この「曖昧」さが、「失敗」の意識ともまったく無縁でないことは見落とさずにおきたい。これから見てみるように、かりにモーリス・シェレールが学業において「成功」していたら、このアルザス系リムーザン人がエリック・ロメールなどという名前で活動することはまずなかったはずだからである。

ロメールは、まだモーリスと呼ばれていた少年時代には、ほとんど映画を見たことがなかったという。それは、彼がいわゆるシネフィルではなかったことを意味しており、『カイエ・デュ・シネマ』出身のヌーヴェル・ヴァーグ系の映画作家としてきわめて異例のことだといわねばなるまい。映画館に足を運び始めたのは、一九三七年に十七歳でパリに出てからのことだというが、それは、彼が名門アンリ四世高校の寄宿生となったとき、たまたま近くにユルスリーヌ座があったというだけの理由にすぎない。アントナン・アルトーの脚本によるジェルメーヌ・デュラックの監督作品『貝殻と僧侶』(27) の公開にあたって、アンドレ・ブルトンを初めとするシュールレアリストたちが大挙して上映阻止におしかけて歴史的な乱闘を演じた舞台としても名高く、いまも存在しているアート系の小屋である。一九二六年の創業当時から、ルネ・クレールを初め、ブルトンやマン・レイといった顔ぶれが観客席によく見かけられたというが、ロメールは、その後もシュールレアリスムにはいっさい興味を示してはおらず、その運動から遠ざかって以後のルネ・クレールの作品に惹かれているだけだった。また、彼が親元を離れてパリで寄宿生活を始めたのは、いわゆる「人民戦線」時代にあたっているが、同時代の政治的な潮流への関心もほとんどなかったかに見える。

　アンリ四世高校の寄宿生モーリスは、高等師範学校《エコル・ノルマル・シュペリユール》の受験クラスに進み、彼とはたった一歳の違いだが、師範学校の若き秀才ジャン＝ルイ・ボリーの指導を受ける。フランス解放の一年後にゴンクール賞を受賞して小説家への道を歩み始め、「戦犯」ルイ＝フェルディナン・セリーヌの文学的復権に力をそえ、六〇年代から七〇年代にかけては、いくつかの週刊誌で映画時評を担当し、映画批評家としても一世を風靡することになるジャン＝ルイ・ボリーである。だが、まさか彼の指導に問題があったからではなかろうが、モーリスは目指していた高等師範学校の入学試験に落第してしまう。また、教授資格試験でも口頭試問で二度も不合格とされているほどだから——かん高い早口で喋りすぎたからだろうか——、試験官たちが好い印象をいだくはずもなく、パリで教職につく可能性もほぼ閉ざされたといってよい。彼が初めて職をえたのは地方の中学でしかない。

　こうして、フランス解放直後のパリで、モーリス・シェレールは、社会的にも家庭的にも「失敗者」の刻印を押されることになる。指導教師ボリーの影響からか、ドイツ占領下のパリでは、下宿にこもってひたすら小説を書いていたという。それは、ジルベール・コルディエ名義で、一九四六年に老舗のガリマール社から『エリザベト』――その抄訳は、『ユリイカ』のエリック・ロメール特集号（02年11月号）で読むことができる――として刊行されるが、次回作の『教訓物語』の原稿はあっさり送り返されてくる。それは、ずっと後になって、一九七四年にレルヌ社からエリック・ロメール名義の著作として刊行され、『六つの本心の話』（細川晋訳、早川書房）という題名のもとで日本語で読むことができるが、第二次大戦直後のパリの「実存主義」的な風土とはおよそ無縁の反時代的な小説だから、書肆が出版をためらったのも当然かもしれない。アルベール・カミュの『ペスト』をフランス文学史上最も愚かな作品と酷評してもいるロメールのことだから、彼の文学観は、同時代的な流行からは思いきり遠いところにあったとみてよい。

いずれにせよ、モーリスは、エリック・ロメールを名乗る以前の小説家ジルベール・コルディエとしても、「失敗者」たらざるをえない。身分を偽るためのこの名前は、文字通りの自己同一性の「曖昧さ」として、「失敗」の記憶とともに葬られることになる。ちなみに、モーリスの二歳年下のルネ・シェレールは、兄の失敗した高等師範学校の選抜試験に合格して研究者としてのキャリアを順調に歩み始め、ミシェル・フーコーやジル・ドゥルーズとも近い哲学者として、一九六八年直後にその精神を受けつぐ大学としてヴァンセンヌ大学センターの設立に深くかかわり、現在はパリ第八大学の名誉教授として、「六八年の精神」を否定するサルコジ大統領の姿勢を真っ向から批判している。シェレール家にとっては、この弟だけが「成功者」と見なされたのである。

「失敗者」として地方での教師生活を余儀なくされたモーリスは、ほとんど同じ時期にシネマテークで映画を発見する。グリフィス、フリッツ・ラング、ムルナウ、エイゼンシュテイン、チャップリン、バスター・キートンの無声映画がとりわけ彼の心を騒がせたという。その発見が、二十五歳を超えた彼に――知り合いになった映画好きの仲間のゴダールやトリュフォーやシャブロールは、彼より十歳も年下のまだハイティーンの青年である――、またもや身分を偽る名前を捏造させることになり、映画関係の文章にはエリック・ロメールと署名することになる。それはアナグラムだというが、本名のMaurice SchérerをどうΛ分解して組み直せばEric Rohmerなどという無国籍的な固有名詞が成立するのか――エリック《Eric》はエーリッヒ・フォン・シュトロハイムの《Erich》から、ロメール《Rohmer》は「フー・マンチュー」シリーズの生みの親であるイギリスの作家サックス・ローマー《Sax Rohmer》から、という憶測もあるが――、これも曖昧というほかはない。また、ヌーヴェル・ヴァーグの年下の仲間たちからはほぼ十年遅れで『モード家の一夜』（69）や『クレールの膝』（70）を撮り、批評家からも注目され、興行的にも初めて成功してからも、彼は執拗に顔写真の公表をひかえていたので、その防御的な姿勢が、映画作家ロメールの自己同一性をさらに曖昧なものとさせることになる。実際、ある時期まで、彼の顔写真を手に入れることは、モーリス・ブランショやジャック・デリダのそれを手に入れること以上に困難なことだった。『O侯爵夫人』がカンヌ国際映画祭で上映されたときも、恒例の舞台挨拶はいうまでもなく、カメラマンの待ちかまえる記者会見への出席さえ彼はこばんだという。

エリック・ロメールという曖昧な名前が、この時期から「失敗」の記憶とは無縁のものになり始めていたのは確かである。だが、「成功者」と見なされつつあった彼は、そのときすでに五十六歳となっている。しかも、世界を魅了した「喜劇と格言劇」シリーズや「四季の物語」シリーズを、まだ一本も撮ってさえいないのだから、何度も「失敗」をかさねたエリック・ロメールは、稀に見る遅咲きの映画作家だというほかはない。ことによると、彼は、映画という視覚的な表象形態が、二十一世紀の高齢化社会にふさわしい「老齢者」のメディアとなる宿命を、身をもって予言していたのかも知れない。

エリック・ロメールが他界した翌日に冷たい雨をついてWBの試写室で見てきたのは、『インビクタス／負けざる者たち』(09)。すでに次回作の撮影に入ったと聞いて誰もが驚いた今年の五月三十一日月曜日に八十歳の誕生日を迎えるクリント・イーストウッドの最新作である。この作品で南アフリカ共和国初の黒人大統領のネルソン・マンデラを演じるモーガン・フリーマンも七十二歳のはずだから、イーストウッドの作品としては、彼自身が偏屈な老人を演じた『グラン・トリノ』(08)に続いての、まぎれもない「老齢者」の映画ということになる。クリント・イーストウッドが七十四歳で撮った『ミリオンダラー・ベイビー』(04)がアカデミー・監督賞に輝いたとき、史上最年長での受賞者として話題になったが、それ以後、彼は五本もの作品を涼しい顔で発表している。そのさまは、映画が二十一世紀の高齢化社会の「老齢者」にふさわしい表象形態だというロメール的な予言を、寡黙に実践しているかのように見える。

試写室を出るなり思わず飛び乗ってしまったタクシーの中で、わたくしは、「老齢者」というよりむしろ年齢不詳の「幽霊」が撮ったとしか思えないイーストウッドの新作の不気味なまでに透明な肌触りを処理しきれぬまま、しばし茫然としていた。滅法面白い作品なのに、一本の映画を見たという確かな手応えがあまりにも希薄だったからだ。これは「映画時評」(『群像』10年3月号)でも触れたことだが、『グラン・トリノ』の最後で胸一杯に銃弾を受けとめたイーストウッドはその場で死んでしまい、『インビクタス／負けざる者たち』を南アフリカの現地で撮ったのはその「幽霊」にすぎないといった、フィクションと現実のみだりな混同へと誘う何かが、その透明感にまがまがしくはりつめているとしか思えなかったからでもある。

実際、ここでは、マンデラ役のモーガン・フリーマンさえ、生きた人間というより、触れることのできない「幽霊」のような曖昧な輪郭におさまっている。思えば、この黒人の俳優は、イーストウッドの『許されざる者』(92)で、ほとんど彼自身の身代わりになって銃弾に倒れ、保安官事務所の脇に立てかけられた棺桶に横たわる遺骸として、雨に湿った夜の外気にさらされたままでいた。危険なことはさせないという彼の妻との約束を履行しえなかったイーストウッドは、あたかもその罪滅ぼしだというかのように、十六年後の『グラン・トリノ』で、みずから銃弾に倒れ、棺桶に遺骸として横たわって見せた。

その棺桶に横たわる二人の遺骸を鏡とするかのように、『インビクタス／負けざる者たち』の老齢の大統領ネルソン・マンデラは、『グラン・トリノ』の老人ウォルト・コワルスキーの陰画のようにスクリーンに映しだされる。実際には、どちらがどちらの陰画で、どちらがどちらの陽画なのかは定かでないが、肌の色を初めとして、武器を持つか持たないか、人種差別的な言辞を弄するか弄さないか、等々、この二本の作品の二人の「老齢者」は、あらゆる点で対照的なのである。『グラン・トリノ』では拳銃を振りまわして争いあう若者たちが、『インビクタス／負けざる者たち』ではラグビー・ボールを奪い合うというように、すべてが図式的なコントラストにおさまっている。「幽霊」が撮ったとしか思えないというのは、この新作の律儀なまでの図式性が、見る者を映画ならではの猥雑さから思いきり遠ざけ、絵に描いたようなハッピーエンドの不気味な透明さのさなかに放置するからだ。世の健全な思考の持ち主なら、冗談じゃないと口にして視線をそむけるしかないだろう。

「冗談じゃない」。このいらだたしげな一言が、いきなりエリック・ロメールとクリント・イーストウッドとを親しく結びつける。二人の作品は、これまで、しばしばこうした反応を惹きおこすものだったからだ。実際、イーストウッドの『ペイルライダー』(85)がカンヌ国際映画祭で上映されたとき、「冗談じゃない」という反応がかなりの数の人々の口からもれたといわれているし、『ガントレット』(77)を上映中の東京の劇場でも、「ふざけるな」といって途中で席を立つ者が少なからず存在していた。ロメールの「喜劇と格言劇」の一本が上映されていた東京の試写室でも、途中で怒って理不尽に騒ぎ出した男がいたと聞くし、遺作となった『我が至上の愛――アストレとセラドン』を劇場で見直したときも、終映後に、「ばかみたい」とつぶやく女性観客があきれ顔でエレベイターに乗りこむ姿を、この目ではっきりと見ている。

「冗談じゃない」、「ふざけるな」、「ばかみたい」。見ている者がそうした言葉で不快感を表明せざるをえないのは、その映画がただつまらなかったからではなく、それを見ている自分が、映画からあられもない侮辱を受けているかのごとき印象を否定しえないからにほかなるまい。実際、つまらない映画に対して人々は思いのほか寛容であり、みだりに声をたかめて「冗談じゃない」などと憤ったりはしないものだ。ところが、分際をわきまえてひかえていればよいはずの映画が、いきなりつつしみを忘れてあられもなく振る舞い始め、見たこともないなれなれしさで迫ってきて、見ている者の知的な優位を揺るがせることだけは、許すことができないもののようだ。ロメールとイーストウッドの作品は、映画のおさまるべき社会的な限界をあつかましく踏み越えることで、ある種の人々を思いきりいらだたせるという共通点を持っているのかもしれない。

ことによると、それは、この二人が、かなり遅い時期に映画を撮り始めたことと無縁ではないかもしれない。実際、ロメールが長編第一作『獅子座』(59)を発表したのは三十九歳のときだし、イーストウッドが処女長編『恐怖のメロディ』(71)を撮ったのも四十一歳のときである。そのときから、映画は、それが描く題材にはかかわりなく、高齢化社会の「老齢者」にふさわしい表象形態だという自覚があったのだろうか。思えば、『我が至上の愛——アストレとセラドン』の絵に描いたようなハッピーエンドには、『インビクタス/負けざる者たち』のそれを予言するかのように、過度の「透明」さがみなぎっていたのだから、これもまた「幽霊」の撮った映画だといえるのかも知れない。だがそれにしても、映画ではイーストウッドとロメールとを同じ言葉で語れるし、それがごく自然なことなのに、文学の領域では、あたかも十九世紀のように、「純文学」と「エンターテインメント」といったありもしない区別が当然のごとく語られているのは、いったいなぜなのだろうか。

15
言語への怖れを欠いた
振る舞いの一般化は、
社会の遠からぬ死を招きよせる

二〇一〇年一月二十七日水曜日の午後、千代田区永田町二丁目1－1の参議院議員会館で、「2010年国民読書年宣言集会」なるものが行われたという。そんな場所でどんな宣言がなされようとわたくしの関知するところではないが、その「宣言集会」の「司会とアピール発表」には「肥田美代子＝文字・活字文化推進機構理事長」なる未知の女性があたり、「大久保満男・日本歯科医師会会長」ほか数名の男性が挨拶に立ったとされている。こうした儀式における日本人男女の挨拶や司会の退屈さは多少とも知っているつもりだが、それはここでの話題とすることでもあるまい。このニュースを耳にして気がかりだったのは、マイクを握る「日本歯科医師会会長」大久保氏という未知の男性の写真を掲載している二〇一〇年二月二十六日金曜日版の『週刊読書人』によると、その「宣言集会」は「関連三団体の主催」によるものとされていながら、「日本歯科医師会」が「関連三団体」の一つであるかどうかは明らかにされていないことだ。かつて橋本龍太郎元総理らへのヤミ献金で話題となり、最近の「政権交代」選挙後は民主党支持に回ったと記憶しているほかはこれという印象もない団体だが、それが「2010年国民読書年宣言集会」でいかなる役割を演じようとしているのか、それを詳しく究明する意欲はいまのわたくしにはない。

「挨拶に立ったのは次の諸賢」としていくつもの名前が挙げられている『週刊読書人』の記事を

たどってみると、「山岡賢次・活字文化議員連盟会長、安藤忠雄・国民読書年推進会議代表、福原義春・文字・活字文化推進機構会長」というとても無名とはいえない人物の名前が三つも冒頭に読めるので、おそらく、山岡氏、安藤氏、福原氏が会長や代表をつとめる「活字文化議員連盟」、「国民読書年推進会議」、「文字・活字文化推進機構」とやらが主催の「関連三団体」なのだろうとおよその察しはつく。だが、「宣言集会」で挨拶に立った複数の顔ぶれの中で、「阿刀田高・日本ペンクラブ会長」はもとより、「小峰紀雄・日本書籍出版協会理事長」、「内山斉・日本新聞協会会長」、「長尾真・国立国会図書館長」などを、そうした顔ぶれがその場でなにがしかの言葉を述べる状況はある程度まで理解できるが、「日本歯科医師会」とこの「宣言集会」との関係だけは想像を超えており、何やらまがまがしい謎として残る。ことによると、「会長」の大久保氏は読書家として広く知られている人物なのかもしれない。あるいは、歯科医の待合室での読書が全国的に「推進」されるとでもいうのだろうか。いずれにせよ、今年がそれにあたるのだと唐突に知らされた「国民読書年」なるものは、それと「日本歯科医師会」との関係をめぐっての不穏な疑問符とともに始まる。

そもそも、「国民読書年」とは何か。いったい誰が、そのけったいな「年」を祝福しようというのか。「国民」というからには、わたくし自身もそれに含まれている日本国籍の持ち主はすべからく読書にはげまねばならず、日本国籍を持ってはいないが日本語の読み書きは、ときに日本国籍の持ち主より遥かに堪能だったりする多くの外国籍の男女は、そのかぎりではないとでもいうのだろうか。思わずそうつぶやかざるをえない少なからぬ数の「国民」の耳に、「活字文化議員連盟」だの「国民読書年推進会議」だの「文字・活字文化推進機構」だのといった名前は、あからさまにいかがわしい音として響く。たしか、芥川賞受賞作家のモブ・ノリオ氏が、いまは手もとにないフリーペイパー『WB』の最近号のコラムで「マンガじみた名を持つ」と書いておられた組織が「文字・活字文化推進機構」ではなかったかという気もする。実際、こうした名前の財団法人と深い関わりを持つ男女の言語感覚は、想像を超えて凄まじい。二十一世紀における「活字文化」なるものの「推進」が具体的に何を意味しているのか、さっぱりわからないからである。いずれにせよ、それが意味しているものの曖昧さにいらだちを覚えずにいられる者だけが「2010年国民読書年宣言集会」に参加したことになるのだろうから、それは無自覚ながらことのほか排他的なイヴェントだったに違いない。

「文字」はともかく、「活字」なるものは、人類の歴史にあって比較的最近の「発明」にすぎず、ほんの数世紀という短い期間に栄えた束の間の「文化」でしかない。「活字」の起源を中国の膠泥活字に求めるか、グーテンベルクの鉛合金の活字に求めるかはともかく、葡萄搾り器の原理を応用したヨーロッパ的な活字印刷機は、蒸気機関による輪転機が開発されるまで長らく「惰性態」におかれており、まがりなりにも「文化」を形成するにいたったのは十九世紀の中頃からにすぎない。しかも、同一のテクストの大量印刷を可能にして活況を呈したかにみえる活版印刷による「活字文化」の時代も、二世紀とは持たなかった。印刷媒体としての「活字」は世界的にほぼ死にかけており、いま目にしている「活字」らしきものの大半は、化学的に、あるいは電子的に捏造された「活字」のシミュレーションにすぎないのだから、われわれのまわりにもはや「活字文化」など存在していない。

ごく最近目にした正真正銘の「活字」による印刷物はといえば、贈呈を受けるたびに誌面を指先でしっとりと撫でてしまう朝吹亮二、川上弘美、松浦寿輝三氏による私家版の詩誌『水火』（水火社）ぐらいしか思いつかない。これは文字通り贅沢な趣味を反映した「活字」フェティシズムをいわば反時代的に煽りたてるもので、この倒錯性はどう間違っても「議員連盟」や「機構」が「推進」すべき対象とはなりがたい。というより、それが「活字」であれ「活字」まがいのものであれ、そのつらなりを読んで何らかの刺激を受けとめたり受けとめなかったりすることは、どこまでも他人には隠すべきひそかな体験にほかならず、「連盟」だの「機構」だのといった第三者に、その甘美な羞恥心をみだりに踏み荒らされたくはない。実際、「読書」とはあくまで変化にむけてのあられもない秘儀にほかならず、読みつつある文章の著者の名前や題名を思わず他人の目から隠さずにはいられない淫靡さを示唆することのない書物など、いくら読もうと人は変化したりはしない。

ことによると、「活字文化議員連盟」や「文字・活字文化推進機構」は、「活字文化」――「文字」はともかく――という言葉で、「活版印刷に用いる字型。繰り返し使用するところから、活きている字の意。古く木製のものもあったが、現在普通には、方形柱状の金属の頂面に文字・記号を凸起させたもの」という『広辞苑』の「活字」の定義とはおよそ異なる何かを想像しているのかもしれない。もっとも、『広辞苑』の定義にはどこかしら古めかしいものがあり、わたくしの所有する第四版以降ではことによると改訂されているかもしれないが、いまそれを確かめようとする意欲はない。かりに、いわゆる「写植」、すなわち写真植字による誌面の化学的なレイアウトや、電子的にコード化された画素の集積にすぎないフォント配列としてのレイアウトによる印刷物を広義の「活字文化」ととらえるにしても、こんにちそれを「推進」することは、どこかしら浦島太郎めいた時代錯誤を思わせずにはおかない。

　実際、批評家の前田塁氏がその近著『紙の本が亡びるとき?』（青土社）で指摘しているグーグル社の「ライブラリプロジェクト」や、アマゾンドットコム社の「電子書籍端末『Kindle』（キンドル）のアメリカ国外出荷開始」（*asahi.com*　２００９年11月12日の「斎藤・西田のデジタルトレンド・チェック！」による）を一部の新聞がいささか大げさに「黒船」にたとえたことからも明らかなように、「紙の本」は消滅するかもしれぬという危機意識が広範に共有されつつあるこの時期に、一群の国会議員がのんびりと「活字文化議員連盟」なるものを組織し、その会長が「２０１０年国民読書年宣言集会」で挨拶したりしているのは、政府与党の一員としてあまりにも思慮を欠いた――世界情勢には目をつむっているのだから――不謹慎な振る舞いというほかはない。

　かりに、この国会議員の集団が、「ライブラリプロジェクト」や「キンドル」――にとどまらず、多くの「電子書籍端末」がさまざまな企業から発売されている――への対応などはきっぱりと拒否し、『広辞苑』のやや古くさい定義通りの「活字」の文化をあえて「推進」するというのなら、それは「文字・活字文化推進機構」による「活字文化」の「推進」とともに、時代錯誤を遥かに超えた歴史にさからう国家的な暴挙というほかはない。その種の反動的な振る舞いをあえて演じてみせることの倒錯性を個人的には嫌っていないが、かりにそうした「連盟」や「機構」

の命名が倒錯とは無縁のほんの思いつきにすぎず、深く考えられたものではないというのであれば、あるいは、そうした命名によって一般には知られたくない何か——例えば、これを機会に新聞の地盤低下を何とかおしとどめようとする、等々——をおい隠すためだというのであれば、そうした団体が「２０１０年国民読書年宣言集会」を主催するのは、やはり国家的な暴挙だというほかはない。そうした無自覚な暴挙に、「日本歯科医師会」は、いったいどのような力を貸そうというのだろうか。

たまたま前々章の執筆のために手もとにファイルしておいた「東京新聞」の二〇一〇年一月八日金曜日付け夕刊の文化面によると、「ことしは『国民読書年』。二〇〇八年に国会が議決したもので、書物に親しむ社会をめざし、さまざまな取り組みが盛んになりそうだ」とのことなので、さしずめ「２０１０年国民読書年宣言集会」なども、そうした「取り組み」の一つなのだろう。では、そのアピールの発表にあたったとされる肥田美代子氏とはそもそも何者なのか。というより、彼女が理事長をつとめる「文字・活字文化推進機構」とはいったいいかなる組織なのか。そもそも、「文字・活字文化」という表現の「・」はどのような機能を演じていると解釈すべきなのか。すでに指摘したように、歴史的にはあくまで異なるものとしてある「文字文化」と「活字文化」とを、何らかの理由で無理に一つにまとめようとするものなのか。それとも、「機構」は「文字・活字文化」というものが普遍的に存在すると強弁するつもりなのだろうか。

「二〇〇八年に国会が議決したもの」だと「東京新聞」がいう「国民読書年」についてみると、

確かに「国民読書年に関する決議」というものが「平成二十年六月六日」に衆参両院で行われており、「衆議院本会議」の「第一六九回国会、決議第二号」として、短い文章が残されている。その「決議文」は、「われわれは『文字・活字文化振興法』の制定から五年目の平成二十二年（西暦二〇一〇年）を新たに『国民読書年』と定め、政官民協力のもと、国をあげてあらゆる努力を重ねることをここに宣言する」と結ばれているので、さしずめ「2010年国民読書年宣言集会」も、「国をあげてあらゆる努力を重ねること」の一環として行われたものだろうと想像できる。つまり、時代錯誤を超えた暴挙を「国をあげて」推進するのが「国民読書年」だということになるのだが、これまでいくつもの「国をあげて」の暴挙を見逃してきている「国民」の一人としては、いまさらそれを断固阻止しようとする気持ちはない。「国民」の大半に迷惑をかけずにひそかにやってくれれば、多少の税金——平成二十一年度は「機構」に九，一四七，六〇〇円が一般会計から支出されている——がそれに浪費されようと、事業仕分けの責任者のように声高に文句はいうまい。

ところが、「決議文」のいま見た数行に先立って、「平成十一年（西暦一九九九年）に『子ども読書年に関する決議』を衆参両院で採択、平成十三年（西暦二〇〇一年）には『子どもの読書活動の推進に関する法律』を制定、さらに平成十七年（西暦二〇〇五年）には『文字・活字文化振興法』を制定し、具体的な施策の展開を政府とともに進めてきた」とも書かれているので、問題の暴挙は法律的な基盤さえ持っていると理解できる。そして、そうした法律の制定をうながしたものが、「我が国においては近年、年齢や性別、職業等を越えて活字離れ、読書離れが進み、読解力や言語力の衰退が我が国の精神文明の変質と社会の劣化を誘引する大きな要因の一つとなりつつある」という危機意識であることも、「第一六九回国会、決議第二号」の文面から推察できる。

だが、この危機意識が正しい現状認識にもとづくものとはとうてい思えない。かりに、日本国民の「読解力や言語力の衰退」が認められるとしても、その主要な原因が「活字離れ、読書離れ」だとはにわかに断定しかねるからである。実際、現在、この地球に暮らす人々がこれほど広義の「活字」、すなわち電子的に捏造された「活字」に接している時代は人類史上かつてなかったはずである。それと同様に、いわゆるケータイ小説などを想起するまでもなく、日本人がこれほど多くの物語を電子的な「活字」で読んでいる時代もなかったといえる。インターネット上を流通する情報の大半——八十パーセント以上という統計もある——は広義の「活字」にほかならぬからである。だから、「活字離れ」も「読書離れ」も現実に起こってはおらず、「活字」、あるいは「活字」的なものが、あまりにも多くの人によって日々読まれていることこそが問題とされねばならない。つまり、いまでは誰もがたえまなく大ぴらに読書をしており、読むという秘儀がもたらす淫靡な体験が何の羞恥心もなく共有されてしまっているという不吉さこそ検討されねばならぬはずだが、あたかも電子媒体による読書がどれほど普及しようがそれは読書ではないかのように、それは「文字・活字文化推進機構」による「推進」の対象とはされていない。現実として身近に起こっていることには目をつむろうとするこの「機構」が、浦島太郎的な時代錯誤に陥っているのはあまりに明らかである。

にもかかわらず、「活字離れ」や「読書離れ」があたかも「読解力や言語力の衰退」の原因であるかのように語られがちなのは、そう考えておいた方が何かにつけて便利だからにほかならない。実際、「活字離れ」や「読書離れ」を安易に口にする男女には、「活字」あるいは「活字」的なものに誰もが安易に接しているという二十一世紀的な現実が見えてはいないか、しかるべき目的の達成のために、見えてはいないふりを装っているだけなのである。

「活字離れ」や「読書離れ」といった言葉をやみくもに信じてはならないというのは、情報社会に生きる者の常識である。ところが、わが国の国会議員はなぜかその常識にさからい、「活字離れ、読書離れが進み、読解力や言語力の衰退が我が国の精神文明の変質と社会の劣化を誘引する大きな要因の一つとなりつつある」などと、まるでイラクには大量破壊兵器が存在するという小泉元首相の国会答弁に劣らぬ誤った情報に操作されたまま、「決議文」を採択してしまった。ことによると、小泉氏には、みずからの答弁が誤った情報に基づくものであることを充分すぎるほど承知していながら、そう断言しておく方が政策の施行——例えば、自衛隊の海外派遣——に便利だという思惑があったのかもしれない。衆参両院の「決議文」や「文字・活字文化振興法」の制定にも、そうした邪悪な思惑がこめられているのだろうか。

「文字・活字文化推進機構」という嘘としか思えぬいかがわしい名前の財団法人の設立は、前記の法律の制定と無関係ではない。実際、同財団のウェブサイトの「設立趣旨」には、「これらの法律に魂を吹き込み、実効あるものにするには、民間活力の充分な機能が必要です。／この趣旨に基き、私たちは『民の力』を基盤に『文字・活字文化推進機構』を設立し、知力と活力に満ちた社会の実現に取り組みます」と書かれている。しかも、その直前には、「文化や歴史の基盤である日本語を深く理解し、表現力や思考力を持った人材を育てることは、健全な民主主義の発展にとって必須の条件です。その鍵は文字・活字文化の振興と普及にあるといわなければなりません。活字文化はすべての社会活動の基盤であり、人づくり、地域づくり、国づくりにとって欠くことのできないものです」という、冗談としか思えない杜撰な記述がつらねられている。

だがそれにしても、この「設立趣旨」を書きながら、その書き手——おそらくは、複数の——は、「活字文化」が「社会活動の基盤」だなどと本気で信じているのだろうか。それとも、そうとは信じぬままに、そう書いておいた方が何らかの利益につらなると信じていたのだろうか。いうまでもあるまいが、社会活動の基盤は間違っても「活字文化」ではなく、「言語」である。どうやら、「文字・活字文化推進機構」は、「設立趣旨」がはからずも露呈させているように、社会活動の基盤が「言語」だという歴史的な真実を隠蔽するために設立されたいかがわしい組織としか思えない。

財団法人「文字・活字文化推進機構」のウェブサイトによると、その事業内容は、「子どもの読書活動推進法」に基づくものと、「文字・活字文化振興法」に基づくものとに大別される。前者については、「学校における読育の充実」、「地域における読育の支援」、「新聞に親しむ子どもを育む」、「テレビ読書案内」、「『国際子ども読書年』の国連決議に向けて」の五項目が、後者については、「企業・職場における言語力の向上」、「政・官・民共同のシンポジウムの開催」、「『言語力検定・研修』の実施」、「公共図書館・ビジネス図書館の拡充」、「新聞に親しむ生活づくり」、「地域・社会の活字文化振興」、「『２０１０年国民読書年』の国会決議に向けて」の七項目が挙げられている。

すぐさま人目を惹くのは、この両者に共通する「新聞に親しむ子どもを育む」と「新聞に親しむ生活づくり」という二項目である。もちろん、なぜ「新聞に親しむ」ことが大人にも子供にも求められるのかについての説明は、いっさい書かれていない。そこには、「新聞に親しむ」ことはよいことだという浦島太郎的というほかはない盲信があるばかりだ。実際、わたくしは、いわゆる「全国紙」の定期購読を故あって二十年も前にやめてしまった人間だが、社会生活には何の支障もない。

だが、「新聞に親しむ子どもを育む」の最初の項目として、「全国の公立小・中・高に学習教材としての複数紙を配備する『新聞閲読整備五か年計画』(仮称)を策定し、それに必要な予算措置を求める」と記されているのを目にするとき、この「機構」の設立が「日本新聞協会」の思惑を色濃く反映していはしまいかと勘ぐらざるをえない。ことによると、あっけらかんとした風情で「活字文化はすべての社会活動の基盤であり」と書いた人間は、「新聞はすべての社会活動の基盤であり」となかば本気で考えている新聞人だったのかもしれない。だが、世界的に見ても、「活字」なるものは、人類の歴史にあって比較的最近の「発明」にすぎず、「活字文化」はほんの数世紀という短い期間に栄えた束の間の「文化」でしかなかったという歴史的な分析を示し、新聞はごく短命だった「活字文化」とともに消滅する運命にあり、かろうじて電子媒体としてとどまるしかあるまいとの認識へと若い「国民」を導くことの方が、遥かに「全国の公立小・中・高」の教育にふさわしいことだと思う。「複数紙を配備する『新聞閲読整備五か年計画』」など、

『言語力検定・研修』の実施」などとともに、国をあげての浦島太郎的な暴挙というほかはない。

二〇一〇年二月二十一日日曜日午後十時十七分四十二秒。たったいまとどいたばかりの早稲田文学編集室からのメールに、いまは手もとにないと記しておいたモブ・ノリオ氏のコラム「絶対兵役拒否宣言」が載った『WB』(vol.18早稲田文学会/早稲田文学編集室)が添付されている。「『いま《言語力》が危ない　読書はことばを救えるか』と、こうして二〇〇九年九月四日の朝日新聞から引用しただけでもその言葉全体に違和を感じる題のシンポジウムが、朝日新聞社と〈財〉文字・活字文化推進機構というマンガじみた名を持つ組織の共催で開かれたそうだ」という言葉で始まるモブ氏のコラムに改めて目を通してみると、これまでにわたくしの述べてきたことの大半が、すでにいわれていることがわかる。また、そのコラムは、「文字・活字文化推進機構」の事業内容の紹介にあった「政・官・民共同のシンポジウムの開催」という事業が、「政・官」をのぞいた「民」の共催によるものとしてすでに実現していたことも教えてくれる。それもまた、「引用しただけでもその言葉全体に違和を感じる」しかない「いま『言語力』が危ない　読書はことばを救えるか」という題で行われたというのだから、その「言葉全体に違和を感じる」ことのない人しか参加の意志をいだきえないという意味で、排他性をおびたものだったこともわかる。

その無自覚な排他性を題名そのものがきわだたせているシンポジウムで基調講演を行ったという北川達夫氏なる人物の発言の要旨に、きわめて正当な疑義をとなえるモブ氏の立論をここで詳しくたどり直している余裕はない。ただ、経済協力開発機構（ＯＥＣＤ）の行う学習到達度調査（ＰＩＳＡ）で、日本の「読解力」の得点が低いことを指摘しながら、「この状況に、子どもたちの『言語力』を危ぶむ声が上がっています」と書かれていることに表明されたモブ氏のいらだちには深く共感せざるをえない。氏は、コラムの終わり近くに、「そもそも、『言語力』などというキモい言葉を流行らそうとしている連中が言葉や文化や感受性について発言することを、信用してどうする？」と腹立たしげに記しているが、それは、「文字・活字文化推進機構」などという「マンガじみた」名称を思いつき、それを何のためらいもなく採用してしまう破廉恥な男女に、「言葉」の問題をまかせておいてよいはずがないというわたくしの実感とぴたりとかさなりあう。

かりに「近年、……活字離れ、読書離れが進み、読解力や言語力の衰退が我が国の精神文明の変質と社会の劣化を誘引する大きな要因の一つとなりつつある」というのが事実であったとしても、それに対する「特効薬」など存在するはずもない。そこで起きているのは、社会の教育的な刺激の低下という現象にほかならず、そのような社会を生きつつある国民は、それにふさわしい子供、すなわちそれにふさわしい若い国民しか持つことができないからだ。どうやら「文字・活字文化推進機構」が「特効薬」と考えているらしい「言語力検定」が実施されたところで、それは「言語力検定」にしか貢献することがなく、社会の教育的な刺激の豊かな多様化につながるはずもない。社会の教育的な刺激とは、矛盾——異なるものの豊かで多様な共存——を許容する風土にほかならず、合格や不合格といった線引きとはいっさい無縁で、そこでは間違いさえが成長の契機となりうるし、正しさにこだわっていると成長しそびれることもあると、時間をかけてその構成員に理解させるものだからである。この点にかんしてはさらに厳しいモブ・ノリオ氏は、「本や音楽や美術の話を普通に家で子供とするとは思えない、これほどマスメディアに影響を受けやすそうな大人がいっぱいいる我々の国でなら、確かに、『言語力検定』やそれに関係した副教材の販売は、なるほど素敵な商売に違いない」と述べている。つまり、氏は、「文字・活字文化推進機構」が利権団体になりかねないという危惧を表明しておられるわけだ。ちなみに、元衆参両院の議員で児童文学者でもあるという「機構」理事長の肥田美代子氏は、同時に「出版文化産業振興財団」なるものの理事長でもあるというが、幼い「国民」を有害図書から保護する法案を提出しそびれたほかにこれといった実績もないこの人物が、「財団」ウェブサイトの「ごあいさつ」で性懲りもなく「言語力」だの「活字文化」だのと口にしながら二つもの財団法人の理事長を務めているのだから、この方面の「推進」や「振興」にかかわる人材はそれほど払底しているのか、それともほかに隠された理由があるのかと、誰もが陰惨な想像へと誘われるしかない。

いまでは新聞の紙面にももっともらしく印刷されたり、NHKのテレビ番組でもこれみよがしに口にされたりしている「言語力」という醜い造語は、どうやら、「言語力産業」ともいうべきものの確立を目ざしているとしか思えぬ一群の人々の間で、まことに便利な打ち出の小槌のようなものとして流通しているかに見える。その流通をさらに円滑たらしめる潤滑油として機能しているのが、「活字文化推進」という非＝歴史的なイデオロギー――であるかぎり、あくまで抽象的な概念――にほかなるまい。「国民読書年」というイヴェントがどこかしらいかがわしいのは、「活字離れ」や「読書離れ」といった、いかにもわかりやすいが故に現実離れした概念を目くらましにして、「言語力産業」が着々と確立されつつあることを隠そうとしているかに見えるからだ。「言語力」という言葉が醜い——モブ・ノリオ氏によればキモい——のは、そこに「言語」に対するあからさまな侮蔑というか、怖れの欠如が透けて見えるからだ。いうまでもなく、人類は、「言語」を所有しつくすことなどできない。「言語」は、あくまで他者としてその全貌を我々の視線から遠ざけ、言語活動の根拠を人類に譲渡することなどありはしないからである。「言語」が、人類にとって絶対的な不自由であることをやめる瞬間など来るはずもなかろう。われわれにできることは、せいぜいが「言語」による表象能力のもろもろの技術を、社会の教育的な刺激に触れつつ相対的に高めたり、低めたりすることにつきている。その刺激が豊かな多様性を見失えば、社会の「言語」による表象能力も必然的に貧しいものになる。しかも、その貧しさは、多くの場合、「言語」的な表象行為の主体によって意識されることがない。「言語力」だの「活字文化推進」だのといった言葉が何の恥じらいもなく新聞紙面や「国会決議」に躍っているのは、「言語」に対する侮蔑が一般化した社会の甘受すべき当然の代償なのである。その代償からいささかも自由ではないわたくし自身も、あえてそれを背負わねばならない。

批評家は、社会の教育的な刺激そのものをあれこれ批判する資格など持ってはいない。みずからその刺激を受けとめながら、同時に、その刺激の一部たらざるをえないからだ。批評家に許された数少ない振る舞いは、その刺激が豊かな多様性を見失い始めたとき、その瞬間を黙って指さすことぐらいだろう。社会の教育的な刺激が豊かな多様性を見失うことは、その社会の遠からぬ死を意味している。遠からぬといっても、まだ数世紀は先のことであろうが。

あとがき

二〇〇八年十月十六日木曜日十二時十五分、山の上ホテルの旧館ロビーで矢野優氏と落ちあい、昼食に天麩羅をご馳走になった。文芸雑誌の編集長との会食だから、何らかの執筆依頼がなされようとは漠然とながら予期していたが、連載はどうかという言葉にはただうろたえるしかなかった。しかも、大岡昇平先生の『成城だより』（1〜3）のような感じでと氏が口にされたので、滅相もないと言下にそれをうち消した。そのあと、どんな言葉が交わされたのかは記憶にないが、天麩羅の妙なる味覚が、雑誌『新潮』誌上での十五回におよぶ連載へとわたくしを向かわせたのは確かなようだ。題名を『随想』としたのも、その漢字のつらなりが、どこかしら古風な「天麩羅」の語感と通じ合っているように思えたからである。

勿論、その一語が何やら勝算めいたものを約束してくれたわけではない。ただ、「天麩羅」料理のおさまる秩序と形式性が、書くことの形式性へとわたくしを導いていたように思う。どんな題材を扱っても、その長さは400字詰め原稿用紙のぴったり28枚分、すなわち40字×40字に設定してあるPCのフォーマットの7枚分を理不尽なまでに尊重するというのが第一の形式である。第二の形式は、それぞれの章を一行あきで三部に分け、それに小見出しはそえないというものだ。各回の冒頭には、可能な限り年、月、日、曜日をそえるというのが第三の形式だが、これは『成城だより』の記憶というより、同じ時期に他誌に連載中だった阿部和重氏の長編小説『ピストルズ』への、氏の迷惑も顧みない身勝手なオマージュにほかならない。かくして、平成の日本文学には、年、月、日、曜日が律儀に書きそえられたテクストが、世代を異にする著者による二つの散文として同時に書きつがれていたことになる。何という形式主義的な自己満足！

ここで、「わたくし」という一人称の代名詞について一言述べておく。その「わたくし」が、著者たる蓮實重彥と矛盾なくかさなりあうかどうかはいたっておぼつかない。そもそも、ある個人が、自分の身に起こったとされていることがらを語ろうとして、「私」であれ、「わたし」であれ、「僕」であれ、「ぼく」であれ、そんな代名詞の一つを書きつけた瞬間、否定しがたいいかがわしさがあたりにたちこめる。あえて「わたくし」と書くことでそのいかがわしさを受けとめるとき、そこにはフィクションめいたものが立ちあがる。それは、「10」で磯﨑憲一郎氏の散文をめぐって語ったことだ。「5」で墜落する日本軍の戦闘機を目にした少年が「わたくし」でもありうると示唆しているのは、「わたくし」自身ではなく、『東京都戦災誌』という書物の「麻布区飯倉片町29、友軍機墜落火災発生」というたった一行の記述にほかならない。「わたくし」という人称代名詞は、いま見たおぼつかなさといかがわしさにいかにもふさわしいという理由で採択されたものにすぎず、ことによったらありうるかも知れぬ「自伝的」な書物に向けての足慣らしを目論んでのことではいささかもない。

連載の執筆にあたっては、そのつど的確な感想で心もとない著者をすっかり「乗せて」しまった『新潮』誌の矢野氏はいうに及ばず、次の方々の寛大な援助を得ることができた。すなわち、創設時の直木賞をめぐっての資料は文藝春秋社第一出版局第一文藝部の丹羽健介氏、『川口松太郎全集』については講談社『群像』編集部の三枝亮介氏、戦前の朝日新聞の紙面については、当時は朝日新聞社文化部に所属しておられた古賀太氏（現在は日本大学教授）、『中村光夫全集』についてては元筑摩書房編集部の間宮幹彦氏、戦前の東京の都電の経路、ならびに東海道本線の時刻表をめぐっては新潮社の田中比呂之氏にお世話になった。心より御礼申し上げる。書籍出版にあたっては、前著『「赤」の誘惑――フィクション論序説』に続いて鈴木力氏の手を煩わせた。氏には、感謝以上の思いを捧げたい。

最後に、お詫びと訂正を二つ。一つは、「10」で山田詠美氏の言葉として引かれた「圧倒的な支持」について。山田氏自身は「圧倒的な高得点」といわれたのだと間接的に知らされたので、一部の新聞をもとに「圧倒的な支持」を山田氏の言葉として文脈を構築したわたくしの文章が氏に不快感をもたらしたとするなら、悪いのは新聞記者で俺のせいじゃあないと傲岸に居直ることも大いに可能だが、ここでは素直にお詫びすることを選びたいと思う。二つ目は、「13」で友人小野寺がはいていた「乗馬ズボン」がどうやら母上の「スキーズボン」らしいことが、姉上からの私信と、ご恵送いただいた御著書で明らかになったことだ。にもかかわらず、「圧倒的な支持」も「乗馬ズボン」も、あえて訂正せずにおきたい。お詫びと訂正などと書きながらお詫びも訂正もしていないのは、年齢故の脳軟化症じみた図々しさと解釈されて一向にかまわない。

二〇一〇年　七月三十一日　　　著　者

初出　「新潮」二〇〇九年新年号〜十二月号、二〇一〇年二月号〜四月号

装画　松永かの
装幀　新潮社装幀室

蓮實重彦

1936(昭和11)年東京生れ。東京大学文学部仏文学科卒業。
教養学部教授を経て93年から95年まで教養学部長、
95年から97年まで副学長を歴任。97年から2001年まで第26代総長。
主な著書に、『反＝日本語論』(1977 読売文学賞受賞)
『監督 小津安二郎』(1983 仏訳が映画書翻訳最高賞受賞)
『凡庸な芸術家の肖像 マクシム・デュ・カン論』(1989 芸術選奨文部大臣賞受賞)
『「赤」の誘惑——フィクション論序説』(2007)など多数。
1999年、芸術文化コマンドゥール勲章受章。

随想《ずいそう》

Essais critiques

2010年 8 月30日　発行
2016年11月25日　4刷

著者　蓮實重彦（はすみ・しげひこ）
発行者　佐藤隆信
発行所　株式会社新潮社
〒162-8711 東京都新宿区矢来町71
電話　編集部03-3266-5411　読者係03-3266-5111
http://www.shinchosha.co.jp
印刷所　大日本印刷株式会社
製本所　加藤製本株式会社

乱丁・落丁本は、ご面倒ですが小社読者係宛お送り下さい。
送料小社負担にてお取替えいたします。
価格はカバーに表示してあります。

ISBN978-4-10-304352-2 C0095